FOLIO SCIENCE-FICTION

Ugo Bellagamba

Tancrède

Une uchronie

Gallimard

Quand il n'enseigne pas l'histoire du droit et des idées politiques à l'Université de Nice, ou celle des constellations à ses enfants, Ugo Bellagamba écrit. On lui doit de nombreuses nouvelles et novellas — quelques-unes sous le pseudonyme de Michael Rheyss — parues dans différentes revues et anthologies et reprises dans le recueil *La Cité du Soleil*, un essai sur Robert A. Heinlein, en coécriture avec Éric Picholle, ainsi que quatre romans : deux écrits en collaboration avec Thomas Day (*L'école des assassins* et *Le double corps du roi*), *La huitième colline de Rome*, faisant revivre Nice à l'époque antique, et *Tancrède, une uchronie*, qui lui a valu d'être récompensé par le Prix Rosny aîné et le Prix européen Utopiales des Pays de la Loire. Ugo Bellagamba travaille actuellement à un essai sur l'uchronie.

Pour Clément et Clément, qui m'entourent dans le temps et consolident ce pont, que j'emprunte chaque jour, entre réel et imaginaire.

AVANT-PROPOS

Le texte qui suit n'est pas, contrairement aux apparences, une pure fiction. Il s'appuie sur des sources directes, fragmentaires mais très précises, découvertes il y a environ sept ans, lors d'un voyage d'étude au Caire, financé par l'Université de Nice-Sophia-Antipolis.

C'est fortuitement que j'ai pu mettre la main sur la série de documents reproduits ci-dessous. L'un des jeunes archivistes stagiaires de la Bibliothèque de Dâr al-Kutub, avait, semble-t-il, confondu deux cotes dans un rayonnage mal éclairé et hanté de poussières. Contrairement à une idée reçue, la rationalisation des fonds anciens est loin d'être partout opérée, y compris en France. Ainsi, au lieu de me voir remettre les documents que j'avais demandés, portant sur le droit successoral de l'Ancien Empire pharaonique, j'ai réceptionné, dans une boîte sans âge, un ensemble de feuillets assez corrompus. Ils n'étaient pas reliés, mais répartis en liasses numérotées à la craie blanche. Nombre de mes collègues auraient froncé les sourcils et, poliment mais avec la fermeté qui sied à leur fonction, réclamé illico presto le bon document. Ce n'est pas ma manière. Intrigué, je pris plutôt le parti d'examiner ces feuillets, pour un moment. Sans doute aussi parce que je ne rechigne pas à gaspiller les deniers publics, une attitude très largement répandue dans l'Université.

Bien que je sois un historien du droit confirmé et un chercheur raisonnablement expérimenté, il m'a fallu beaucoup de patience pour établir un ordre chronologique à peu près convaincant dans des folios qui, la plupart du temps, ne comportaient aucune mention claire de leur date de rédaction. Le recours à la photographie numérique, je dois le dire, m'a grandement facilité le récolement, et ces liasses ont pu regagner leur place initiale, dans l'obscurité, tandis que, sur mon portable, je poursuivais leur examen. Bien entendu, j'ai soigneusement noté la cote de la boîte décolorée, à toutes fins utiles. À dire vrai, je n'ai nulle intention de la communiquer ici et, m'ayant lu jusqu'à la dernière ligne, vous comprendrez le bien-fondé de cette décision, je vous le garantis.

Les feuillets contenus dans les liasses cairotes me sont peu à peu apparus comme des fragments des « Mémoires » d'un chevalier normand ayant répondu à l'appel à la Croisade lancé par Urbain II au Concile de Clermont, à la fin du XIe siècle chrétien. Bien qu'elles soient anonymes (et cela semble délibéré car je n'ai pas relevé de traces d'effacement, de grattage, ou de détérioration localisée), je pense pouvoir affirmer aujourd'hui que ces

Mémoires sont celles du prince Tancrède de Hauteville, fils d'Emma de Hauteville et d'Odon Bonmarchis, petit-fils de Robert Guiscard, arrière-petit fils de Tancrède l'Ancien, libérateur de la Sicile musulmane, et, en l'occurrence, neveu de Bohémond de Tarente, qui fut l'un des acteurs principaux de la Première Croisade.

Bien qu'étant dix-neuviémiste par ma thèse, et ayant orienté mes recherches vers les premières sources du droit en Méditerranée et l'anthropologie juridique, je connais bien la période féodale et ses logiques territoriales, y compris dans leurs répercussions sur les Croisades : elle se trouve au cœur de la plupart de mes enseignements magistraux. C'est pourquoi, j'ai été surpris, impressionné même, par l'histoire que m'ont racontée ces fragments. La décision de vous la transmettre sous la forme d'un roman est venue de cet émerveillement.

Lorsque les archives se sont avérées suffisamment claires et continues, je me suis pratiquement contenté de les retranscrire, en m'efforçant simplement d'en moderniser la syntaxe et le style, afin d'en rendre le contenu accessible au plus grand nombre, tout en lui conservant sa nature propre (j'ai conservé, dans le corps du texte, la numérotation des folios) ; à l'inverse, toutes les fois où le texte s'avérait par trop lacunaire, plutôt que de laisser dans l'ombre des pans entiers du récit, et du contexte historique, j'ai pris la liberté d'inventer. J'ai opté pour une narration directe, à la première personne, et au présent. Revêtant, pour ainsi dire, la « persona » de Tancrède, le temps du roman.

Ce choix est difficile peut-être, à tel point que certains éditeurs l'ont déjà rejeté, mais il est plus ambitieux qu'une simple présentation des archives en colloque ou en séminaire, bien trop confidentiels, ou la rédaction d'une énième fresque historique dont les étals des librairies regorgent à l'arrivée de l'été, et qui est aussi vite lue qu'oubliée. Tout cela peut, je le conçois, paraître inopportun. Ma communauté universitaire, elle non plus, ne considérera pas ce travail comme relevant de l'orthodoxie. Qu'importe, il me semble que c'est ainsi qu'il doit être présenté. Je laisse aux lecteurs le soin de juger de la pertinence de mon obstination. Et bien entendu de se faire une opinion sur le substrat historique, résolument marginal, du récit que je leur soumets ici.

Toutefois, et pour conclure, n'étant pas philosophe, ni par le titre, ni par l'esprit, comme on me l'a récemment rappelé dans ma propre université, je ne me risquerai pas à lancer le débat de la Vérité et de la Fiction. Mais, je le répète, le destin de Tancrède, si exceptionnel soit-il, n'est pas seulement le fruit de mon imagination. Il est le reflet d'un monde éteint, et, à ce titre, je crois, est légitimé à nous hanter.

UGO BELLAGAMBA

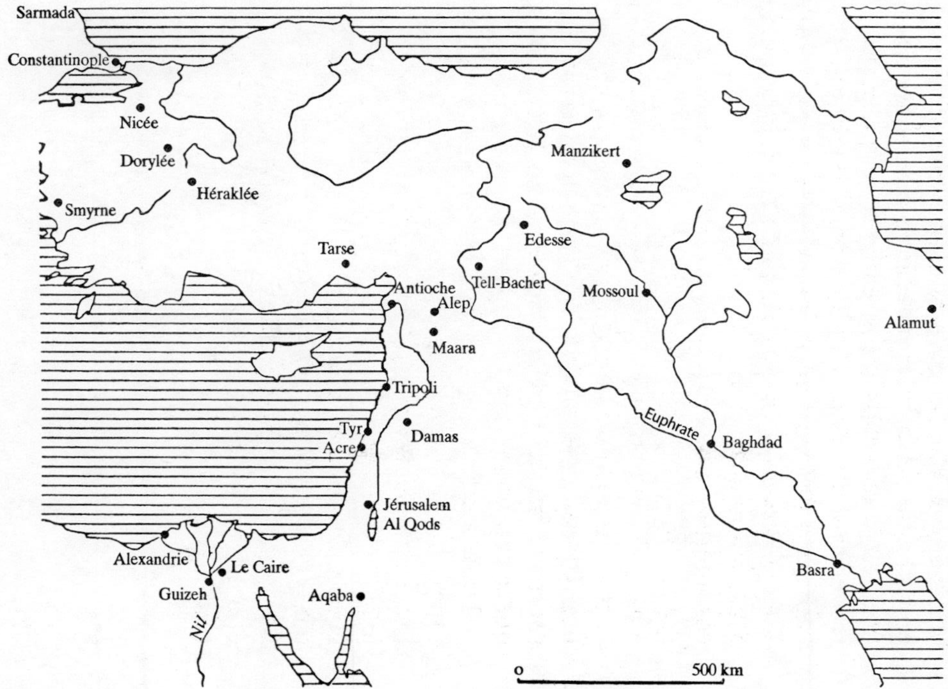
Sarmada
Constantinople
Nicée
Dorylée
Héraklée
Smyrne
Tarse
Antioche
Alep
Maara
Tripoli
Tyr
Acre
Damas
Jérusalem
Al Qods
Alexandrie
Le Caire
Guizeh
Nil
Aqaba
Edesse
Tell-Bacher
Manzikert
Mossoul
Euphrate
Baghdad
Basra
Alamut
0
500 km

PREMIÈRE PARTIE

L'APOSTAT

1

Amalfi, août 1096

Le déluge tombe sur Amalfi-Pont-sur-Scaphard et j'observe une ville qui se noie. La baie est devenue floue et grise. Sur le beffroi, la verte oriflamme des rebelles se devine, tout au plus. Même les blanches demeures patriciennes, juchées au sommet de la colline capitale, se fondent dans les giboulées.

Je passe une main gantée sur ma nuque, fais craquer mes cervicales.

Le siège de la cité dure depuis des semaines. Amalfitains et Salernois opposent une résistance farouche à nos armées. Mais nous avons déjà verrouillé tout le sud de l'Italie et la victoire n'est plus qu'une question de jours. Ils le savent, ils ont la rage des désespérés.

Amalfi va tomber, ouvrant la voie vers Naples…

Dans l'éclat aveuglant d'un éclair lointain, je sens qu'il est temps d'agir.

Sans jeter un regard en arrière, je me signe et m'agenouille dans la terre détrempée. Le poids de mon haubert rend la posture inconfortable, mais je n'y prête aucune attention. Les trois cents guerriers derrière moi, tout aussi lourdement caparaçonnés, mettent un genou à terre comme un seul homme. La vibration qui en résulte remonte jusqu'à moi, à travers la boue, et me galvanise. La pluie martèle les heaumes et les écus, remplissant ma tête d'un grondement assourdissant.

Je force ma voix et mon chant monte vers les cieux.

« Ô Notre père, donnez-nous la victoire, car c'est à vous qu'appartiennent le royaume, la puissance et la gloire. *Non nobis domine, non nobis sed nomini tuo da gloriam. Amen.* »

Des clameurs ferventes s'élèvent derrière moi lorsque je me redresse. Diogène, mon écuyer, m'aide à enfourcher mon grand destrier qui piaffe et fume d'impatience dans l'air surchargé d'humidité. Mon armée, parfaitement synchrone, m'imite, formant l'ost le plus redoutable qu'il m'ait été donné de contempler. Une fois calé dans la selle de cuir, je ferme mon poing gauche sur la garde de mon épée et, défouraillant, je fais chanter la lame.

« Pour Roger et la Sicile ! » je hurle en m'élançant vers les murs d'Amalfi, tandis qu'un fugace rai de lumière découpe les nuages, dévoilant la masse compacte des cavaliers ennemis qui s'élancent à notre encontre, déchirant des trombes d'eau.

Les deux armées viennent au contact, dans une tonitruance d'acier, d'os et de cuir martyrisés, et, comme à chaque assaut, je ne ressens rien d'autre, au fond de moi, qu'une foi profonde. Vibrante telle la lame qui pénètre dans le corps de l'ennemi, s'insinue sous son armure, et en ressort, de l'autre côté, les viscères entortillées dans les mailles rouillées. Une telle violence, et une absence de dégoût pour icelle, pourrait sembler contradictoire à un jeune catéchumène. Ne serait-ce point là une inopportune offrande païenne à un Dieu de Miséricorde ? Il n'en est rien et, grâce au Ciel, ce ne sont pas les novices qui protègent les principautés ou conquièrent les royaumes !

Autour de moi, le sang se mêle à la pluie et ruisselle sur les flancs des chevaux aux yeux fous. Leurs hennissements annoncent les cris des damnés. Reconnaître les siens est déjà une gageure, mais Dieu est là pour guider mon bras, et l'absence totale de doute me permet de frapper de plus en plus fort. À aucun moment, je ne crains la mort, car je chemine dans les pas de Jésus-Christ, notre Sauveur. Le guerrier amalfitain, sur ma droite, se fend vers mon aisselle, vers cette infime faille de mon armure, mais son bras s'emmêle dans sa cape de pourpre, et sa lame dévie.

Un noble.

D'un geste sûr, je tranche net la gorge du seigneur de la pointe de ma lame. Il tombe en arrière, vide les étriers et disparaît dans la boue, coruscant rendu à l'opacité de la mort. Il paye le prix de son orgueil, un péché qui n'a rien de véniel. Son âme sera sauvée, puisque je la recommande à Dieu. Le sang, qu'il soit bleu ou noir, participe de la Communion que le Seigneur a proposée au Monde à l'aube des Temps. Tout chevalier normand apprend cela lors de son adoubement. Il est faux de croire que la Sainte Église a horreur du sang.

Celui-ci, au contraire, doit être versé, en rémission des fautes.

Le temps se dilate, il en va toujours ainsi. Mon cheval souffle, le cœur battant si fort que je le sens à travers mes jambières de métal. Les lames, tout autour de moi, chantent si clairement que j'ai du mal à les distinguer du vent. Sans peur, je joins la mienne au mâle concert, et lorsqu'elle goûte à nouveau aux muscles, aux os, et aux tendons de l'ennemi, je ressens la même allégresse qu'à l'heure de l'eucharistie.

Ceci est mon corps, offert pour Vous.

Les yeux mi-clos, sourire aux lèvres, je fourraille l'ost amalfitain.

Le soir tombe sur le champ de bataille et, une fois encore, la ville n'a pas cédé sous les assauts normands. Dans le clair-obscur d'après la pluie et l'odeur âcre du bois pourri, les corps des hommes et des chevaux démembrés jonchent la terre gorgée d'eau et de sang, entre les murailles d'Amalfi et les flots enténébrés de la mer Tyrrhénienne. La tunique rougie par le sang de mes ennemis, je me détourne de ce macabre spectacle, ôte mon heaume et rejette mon camail en arrière, libérant mes cheveux, moirés de sueur.

Prenant une profonde inspiration, tête baissée, pour ne pas heurter le délicat linteau de bois d'olivier, j'entre dans la tente du chef des assiégeants.

À l'intérieur, éclairé par un brasero posé sur une grossière table de bois, Bohémond de Tarente est penché sur une carte de la région de Salerne. Personne d'autre ne se trouve dans la tente, ce qui est inaccoutumé. Ses lieutenants auraient dû être présents, en train d'échafauder un plan d'assaut pour les journées à venir.

« Mon oncle, salut ! » dis-je en m'inclinant légèrement.

Le massif Bohémond relève la tête et, après une infime hésitation, sourit.

« Tancrède ! »

Il s'avance et me serre dans des bras aussi larges que ceux d'un mangonneau.

« Le Seigneur veille sur toi, mon neveu. »

Bohémond esquisse un signe de croix approximatif et éclate de rire.

Si mon oncle est sans peur, capable d'héroïsme sur le champ de bataille, il se comporte la plupart du temps en mécréant. Il aime les femmes, la bonne chère et les richesses matérielles, et pratique l'orgie de préférence à l'eucharistie, en jurant comme un infidèle. Son âme est généreuse, mais condamnée aux Enfers.

Bohémond finit par me lâcher et, repoussant une bougie à la flamme vacillante, s'assied sur un coin de la table qui gémit sous son poids, bien qu'il ne porte aucune cotte de mailles.

« Je viens de prendre une importante décision, Tancrède. Voilà pourquoi je t'ai fait mander sans délai », lance-t-il en rivant son regard au mien. « Es-tu prêt à me suivre et à épouser mes projets ? »

Légèrement sur la défensive, je lui réponds.

« Mon oncle, je chevaucherai à vos côtés tant que Dieu le voudra !

— Ta foi est touchante. Un magnifique oblat, tu aurais fait. Oui, magnifique ! Mais quel effroyable gâchis ! Je préfère t'avoir à mes côtés, une lame à la main, plutôt que de te savoir dans une abbaye, en train de prier, même si c'est pour le salut de mon âme. Écoute donc, incontinent, ce que j'ai à te dire.

— Je suis votre dévoué serviteur.

— J'abandonne Amalfi. »

Je sursaute, malgré moi.

« Tu as bien entendu. Demain, nous levons le siège et nous rentrons à Syracuse. Nous ne prendrons pas la cité verte. Quant à Naples, elle attendra bien.

— N'avons-nous pas promis au comte Roger de… ?

— Le vieux bouc est loin, Tancrède. Il ne comprend pas que beaucoup de choses ont changé ces derniers mois. La prise d'Amalfi n'est plus une priorité à mes yeux. L'héritage de la Pouille est sur le point de m'échapper, maudit soit mon demi-frère ! Lui et Roger m'ont laissé Bari… Bien maigre compensation ! Ils n'ont qu'à venir prendre Amalfi eux-mêmes, s'ils la veulent tant ! L'avenir regarde déjà ailleurs et moi aussi !

— Où, mon oncle ?

— Beaucoup plus au sud… », commence-t-il, une flamme dans les yeux.

Mon cœur s'emplit soudain d'une joie rayonnante.

Il oppose un sourire gourmand à mon expression béate.

« La Terre Sainte, Tancrède ! J'ai entendu l'appel du Pontife. »

Je prends appui sur le bord de la table, tellement ma surprise est grande.

« Vous avez l'intention de vous croiser, puis-je en croire mes oreilles ?

— Ouvre-les toutes grandes ! Les troupes normandes du duc Robert sont parties, déjà, et de nombreux autres princes ont répondu à l'exhortation pontificale. Nous allons les rejoindre et délivrer Jérusalem ! Montrer à Alexis et à ses Grecs dégénérés comment on se bat de ce côté-ci de la Méditerranée ! Chasser les Infidèles qui se sont emparés du Tombeau du Christ, et gagner le salut de nos âmes. Pour la mienne, il est grand temps, tu ne trouves pas ? »

Son rire tonitruant me parvient à travers un voile.

Je ne fais pas de commentaire, tant mon émotion est forte.

Jérusalem... la Terre Sainte.

J'ai rêvé cette opportunité, ce moment, depuis des mois. Depuis l'appel lancé par Urbain le Second l'année dernière, lors du concile de Clermont et maintes fois repris par la suite. J'ai mémorisé jusqu'à la formulation précise du seigneur apostolique : « Quiconque mû par la seule piété, et non pour gagner honneur ou argent, aura pris le chemin de Jérusalem en vue de libérer l'Église de Dieu, que son voyage lui soit compté pour seule pénitence. »

« Alors, qu'en dis-tu, Tancrède ? » éructe Bohémond.

Réalisant que j'ai baissé la tête pour interroger mon for intérieur, je la relève et pose le regard sur mon oncle, Bohémond, prince de Calabre et de Tarente, fils de Robert Guiscard, aux côtés duquel je me suis déjà mesuré à l'Empereur des Grecs, en 1082, en Macédoine et en Thessalie.

« Je suis prêt à partir.

— À la bonne heure ! Allons brûler les païens, et reprendre ce qui nous appartient. Et qui sait ? Peut-être en retirerons-nous quelque fortune ? »

Malgré l'ivresse de savoir que le départ pour la Croisade est désormais garanti, je ne puis m'empêcher de douter des motivations de mon oncle. A-t-il réellement conscience de la signification spirituelle de la Croisade ? N'y voit-il pas plutôt une occasion de se mesurer une nouvelle fois à Alexis ? Ou une chance inespérée de s'enrichir sur le dos des Infidèles, en forgeant un royaume plus grand que la Calabre dans les terres du Levant ?

Bohémond le Baroudeur est un conquérant, pas un pèlerin…

« Kay ! » tonne Bohémond.

J'ai à peine le temps de me retourner pour voir débouler sous la tente son écuyer à la musculature saillante et aux yeux globuleux, l'air gêné, comme s'il venait d'être surpris en train de faire quelque chose de répréhensible. Sans doute était-il en train d'épier notre conversation. Mais, manifestement, affichant un sourire carnassier, le chef des Normands n'est pas dupe.

« Préviens mes lieutenants, Kay. Qu'ils viennent aussi vite que possible.

— J'y cours, seigneur.

— Et Kay…

— Mon seigneur ?

— Rassemble toutes mes affaires, prépare sommier, roncin et destrier, lance, masse d'armes et bouclier. Nous partons pour un long voyage dont la plupart ne reviendront pas. Et n'oublie pas ta gourde, Kay. Sinon tu seras mort avant d'avoir vu la première citadelle tomber sous ma férule ! »

Frissonnant, je lève les yeux vers le ciel qui s'éclaircit. L'aube, calme et invincible, monte à l'assaut de la baie d'Amalfi. La cité n'est pas encore éveillée ; l'entrelacs de ses ruelles retient la nuit.

Je n'ai pas dormi.

En quittant la tente de Bohémond, je me suis défait de mes habits militaires. Ne conservant qu'une tunique et une paire de chausses, j'ai marché seul, à l'oblique des murailles pour échapper à la vigilance des guetteurs amalfitains.

Toute la nuit, agenouillé face à la mer, les bras en croix, j'ai prié le Seigneur.

Pour la libération de la Terre Sainte. Pour la Croisade, pour que le tombeau du Christ soit libéré d'une infâmante soumission, pour que Jérusalem rayonne de la gloire éternelle de Dieu et enfante le monde avec Sa parole. De toute la ferveur dont je suis capable, j'ai prié pour Bohémond, pour ceux qui le suivront, pour que nous trouvions tous les chemins de la rédemption. J'ai prié pour que notre élan vers la munificence divine nous purifie de nos fautes passées.

Je suis resté prostré pendant des heures.

Et, à présent que le soleil revient, ce n'est pas de l'épuisement que je ressens, mais un sentiment proche de l'extase. Sous mes yeux, les flots grondent dans la lumière du Levant, et le vent qui en ride la surface est le Verbe de Dieu. Il les fait danser comme des courtisanes à la dentelle d'écume. Les bulles salines éclatent dans l'air, autant d'anges envoyés pour la sauvegarde des hommes. Leur voix est le ressac, leurs armes sont d'écaille et leurs écus de corail. Ces séraphins me manqueront dans le désert.

Soudain, une vague s'élève à l'assaut du ciel et l'astre du jour l'épouse, le temps d'un souffle. L'écume qui ourle l'opale se mue en or et dessine les murailles d'une cité parfaite.

Jérusalem !

Puis la vague retombe sur les rochers dans un fracas assourdissant et j'en reçois l'humeur salée sur mes lèvres desséchées. Un signe vient de m'être donné. Tremblant, je me relève, embrasse une dernière fois du regard la terre que je m'apprête à quitter. Je ne la reverrai jamais, je le sais.

Car mon chemin, à présent, est celui qui mène à la Cité de Dieu. Et on ne peut l'emprunter à reculons. Il sera ma croix et mon temple, jusqu'à la fin.

Lorsque je me relève, j'ai l'impression de m'envoler.

2

Constantinople, 1097

« Ils ne sont pas nombreux. Une centaine, peut-être moins. »

Je scrute l'horizon, hanté de brumes de chaleur. À mes côtés, Bohémond se gratte les joues dévorées par la barbe. Nos roncins viennent de traverser la rivière Vardar à gué. Le reste de l'expédition a de l'eau jusqu'aux genouillères, ou attend encore sur l'autre rive.

« Dois-je donner la charge ?

— Attendons de voir de qui il s'agit, me répond Bohémond. J'ai ma petite idée…

— Ils ont une étrange manière de chevaucher. Des Infidèles ?

— Si haut en Macédoine ? Impossible !

— Nous devrions les attaquer, avant qu'ils ne…

— Tu es trop impétueux, Tancrède. »

Son reproche me blesse.

« Bon sang ne saurait mentir, Bohémond », dis-je.

Bohémond porte sur moi un regard amusé.

« Ni périr inutilement, chevalier. On attend. »

Je connais ce ton, je n'insiste pas.

Je me retourne vers l'ost en train de franchir la rivière. Il y a là presque deux mille hommes. Bohémond, en maître de guerre émérite, les a organisés en trois batailles représentant l'avant-garde, le centre de l'armée et l'arrière-garde. Cette dernière n'a pas encore touché l'eau du Vardar. Chaque bataille a été divisée en trois échelles d'égale importance, regroupant plusieurs bannières, symbolisant le degré de vassalité des généraux à leur suzerain. L'une des échelles de l'avant-garde a été placée sous mon commandement et, en cas d'assaut général, c'est à moi que revient le commandement de la prime bataille. Une responsabilité colossale pour un jeune homme.

Je marche dans les pas de Dieu et j'œuvre pour sa Gloire.

Tous les Croisés de Bohémond ne sont pas nobles et notre armée s'appuie sur nombre de vilains, certains jouant le rôle de sergents de compagnie, dans l'une ou l'autre des trente-trois bannières formant la troupe.

Toutefois, l'expédition compte, outre mon oncle et moi-même, le prince Richard, son frère Renoul, Robert d'Anse, Hermann de Cannes, Robert de Sourde-Vallée, Robert fils de Toutain, Onfroy, fils de Raoul, Richard, fils du comte Renoul, le comte de Rossignol avec ses frères, Boel de Chartes, Aubré de Cagnano et, enfin, Onfroy de Mont-Galeux. Chacun de ces princes a levé le ban et l'arrière-ban sur l'ensemble de ses territoires. La plupart de leurs vassaux sont là, ainsi que la majorité des dépendants non nobles des seigneuries placées sous leur autorité. Ces derniers remplissent le plus souvent le rôle d'écuyers ou de porte-bannières. La masse compacte de leurs montures et de leur équipement, depuis les sommiers chargés de lances, de masses, d'armures et d'écus, jusqu'aux fougueux et élégants destriers, objets de toutes les attentions, clame la noblesse de leur rang et leur détermination à se croiser.

J'embrasse l'ost mouvant du regard.

Hommes et chevaux ont enduré un long voyage.

Notre expédition a traversé l'Adriatique le 26 octobre 1096 et accosté en Albanie. Au prix de quelques échauffourées avec les populations locales, Bohémond a trouvé de quoi nous ravitailler. Puis, nous avons descendu la vallée d'Andronopolis et célébré la Nativité du Seigneur dans la ville de Castoria, en Macédoine occidentale. Nous voilà au Vardar, frontière naturelle de l'Empire byzantin. Les estafettes chargées de reconnaître le terrain ont donné l'alerte il y a moins d'une heure. Un groupe de cavaliers vient à notre rencontre. Bohémond a décidé de ne pas ralentir l'allure et, à présent, la confrontation semble inévitable et arrive au plus mauvais moment. Le franchissement du fleuve fragilise nos positions.

« Pourquoi attendre ? Ces maudits Infidèles ne...

— Ce ne sont pas des Infidèles, Tancrède, mais des mercenaires impériaux, ce qui change tout.

— Comment le savez-vous mon oncle ?

— Je les ai déjà affrontés… et vaincus ! » répond Bohémond, souriant.

La légèreté avec laquelle mon oncle appréhende la situation me surprend.

Certes, je sais qu'il a combattu les armées du « perfide empereur des Grecs efféminés », comme il se plaît à désigner Alexis Comnène, aux côtés de son père, Robert Guiscard, en 1082. Tous deux ont pourchassé l'Empereur jusqu'en Thessalie, le faisant reculer sur ses propres terres. Mais la « percée normande » s'est vite soldée par la défaite désastreuse de Larissa.

« Pourquoi l'Empereur nous enverrait-il ses mercenaires ?

— Il se méfie de nous. Et il a bien raison ! » dit Bohémond avec férocité.

Mon oncle gonfle la poitrine, resserre la main sur la garde de sa lame droite.

« Quel jour sommes-nous, Tancrède ?

— Le dix-huitième du mois de février de cette année 1097.

— Tu retiendras, neveu, que c'est le jour où l'Empereur des Grecs a commis une nouvelle erreur d'appréciation à mon égard. Voici l'occasion que j'attendais depuis plus de dix ans », rugit Bohémond en éperonnant son roncin. « Prends cent hommes, et viens avec moi ! » crie-t-il en saisissant une lance sur le dos du lourd sommier que son écuyer Kay tient toujours à proximité.

Bohémond s'élance au grand galop. Je n'ai que le temps de faire signe aux premiers cavaliers de la bannière qui se trouve près de moi. Il s'agit de celle du comte Rossignol. En dépit de la surprise qui traverse les traits tirés du vieux noble, ce dernier hoche simplement la tête et ses chevaliers s'engagent à la suite de leur suzerain. De loin, les armures de nos ennemis jettent des reflets fauves, qui tranchent violemment avec la blancheur immaculée de nos tuniques. Les Croisés utilisent souvent la lance, de préférence à l'épée, afin de désarçonner leurs opposants lors du premier contact. Mais une volée de flèches vient briser l'élan des hommes du comte Rossignol. Je crache. L'arc est une arme dépourvue de toute noblesse, qui permet de frapper de loin. L'arme des lâches. En criant, je parviens à maintenir la cohésion de mon groupe et nous fondons sur les Impériaux.

Le choc des deux cavaleries est brutal, accompagné par ce bruit caractéristique de métal torturé et d'os brisés, surligné de hurlements de douleur qui ne sont pas tous humains. Rapidement, la confrontation au corps à corps s'impose. Dès lors, le combat tourne rapidement à notre avantage.

Le nombre ne fait rien à l'affaire. La pugnacité des mercenaires d'Alexis Comnène semble s'être émoussée, à force de patrouiller dans une zone de l'Empire depuis longtemps pacifiée. Elle n'est rien en comparaison de celle de mes hommes, qui voient dans cette escarmouche la première occasion de démontrer leur valeur.

En quelques minutes, l'affaire est réglée.

Bohémond massacre, au bas mot, une dizaine de sbires d'Alexis avec un plaisir manifeste. Pourtant lorsque les ennemis sont cernés, que les Croisés se préparent à la curée, il ordonne l'arrêt du combat.

« Mon oncle, laissez-moi les châtier », dis-je, exalté par l'assaut.

Le Normand corpulent secoue la tête de gauche à droite.

« Non, Tancrède. Nous allons les laisser repartir.

— Mais ils nous ont délibérément…

— Qu'ils repartent, te dis-je ! Qu'ils aillent dire à l'Empereur que nous arrivons. »

Le ton de Bohémond ne souffre nulle repartie. Malgré mon irritation et celle, des plus légitimes, du comte Rossignol, qui aurait, sans doute, apprécié d'envoyer ad patres les archers qui ont fauché quelques-uns de ses meilleurs vassaux, les chevaux sont rendus à ceux des mercenaires encore capables de se tenir debout. Bohémond laisse même les mercenaires récupérer les blessés. Nous avons de fortes chances de les retrouver en aval de notre route. Je pense que mon oncle commet une erreur, mais je m'abstiens de tout commentaire.

Lorsqu'ils sont prêts, Bohémond leur crie : « Allez et prévenez Alexis que nous serons bientôt là. Qu'il fasse un meilleur accueil aux Chevaliers du Christ, ou qu'il envoie de vrais soldats ! ».

Les mercenaires grognent mais s'enfuient à bride abattue. Nous aurions dû les abattre avec les marques de leur infamie : une flèche dans le dos. J'imagine aisément le rapport qu'ils feront au Maître de Constantinople. À présent, les choses ne seront que plus compliquées lorsque nous arriverons.

Bohémond amène son cheval à mes côtés.

Ma remarque fuse avant que j'en prenne conscience.

« Je crains que l'Empereur ne goûte guère votre humour, mon oncle… », dis-je en flattant l'encolure de son roncin, humide de l'effort accompli durant l'escarmouche.

Bohémond me regarde, comme si j'étais un enfant un peu lent à comprendre.

« Au contraire, je crois même qu'il l'appréciera beaucoup. Vois-tu, cher neveu, ceci n'était qu'un moyen pour le Basileus d'évaluer nos forces et surtout de s'assurer que nous passerons bien par Constantinople avant de nous engager sur les chemins de la Terre Sainte. Il s'agit d'une "invitation appuyée".

— Entendez-vous par là qu'il ne voulait… qu'attirer notre attention ?

— Bien sûr. Ces hommes, ces mercenaires, tu as dû le remarquer, n'étaient pas de la première fraîcheur. Ils devaient croupir dans cet avant-poste depuis des mois… Ils étaient sacrifiables.

— Juste un coup d'aiguillon, en quelque sorte.

— Exact. Un avertissement. Mais, vois-tu, mon cher neveu, le Basileus, lui, n'a pas encore entendu le mien. Et puisque je ne suis pas un Grec amolli, comme la plupart de ses sujets, je m'en vais le lui porter en personne. »

Bohémond se tourne vers l'ost, qui finit de franchir la rivière, et l'épée au clair, tonne : « À Constantinople, frères croisés ! »

Avec à sa tête un personnage aussi courageux et intraitable, notre expédition n'a rien à craindre de l'Empire. Jamais mon oncle ne laissera le Basileus le détourner de son but : la délivrance de Jérusalem et la libération de tous les Chrétiens d'Asie Mineure. En définitive, Bohémond lui-même, malgré ses manières et son manque de ferveur, agit pour la plus grande gloire de Dieu.

[Mémoires de Tancrède de Hauteville
(abrév. MdTH), folio 1 recto]

Notre arrivée à Constantinople, le 10 avril 1097, ne s'est pas du tout passée comme j'avais pu l'imaginer : les Croisés de Bohémond n'ont fait aucune entrée triomphale dans l'opulente métropole impériale. Je n'ai pas pu voir l'inquiétude dans les regards des sujets du Basileus. Je n'ai pas vu non plus les parures chatoyantes qui, partout, dit-on, transforment les rues de Constantinople en camaïeu d'or et d'argent.

Et l'appel à l'extase, à l'émerveillement des sens, qui doit se répercuter dans les moindres recoins de la cité, depuis ses venelles tortueuses jusqu'au sommet de la coupole de la basilique Sainte-Sophie, surchargée de décorations, je ne l'ai pas entendu non plus.

L'exotisme insoumis qu'irradie Constantinople, je ne l'ai perçu que de loin.

Le Basileus n'a pas autorisé les Croisés à pénétrer dans son orgueilleuse cité. Le prudent Alexis nous a envoyé une ambassade, lourdement armée, dirigée par l'un de ses meilleurs généraux, un dénommé Tatikios, que j'ai vite surnommé « Tatin », à cause de son nez coupé.

Tatin devait « guider » nos troupes jusqu'aux portes de la capitale. En pratique, il nous a installés, pratiquement de force, près de la ville de Rousa, proche de Constantinople.

Assez près pour être étroitement surveillés.

Assez loin pour ne pouvoir y entrer à l'improviste.

J'ai été choqué de constater à quel point mon oncle est resté passif, sans réaction face aux injonctions impériales. Il y a là une forme de renoncement qui ne correspond pas à sa personnalité. À moins que quelque chose ne m'échappe. C'est comme s'il acceptait la domination politique du Basileus sans discuter. Toutefois, je connais Bohémond, je lui fais confiance. Il doit réserver une surprise à Alexis.

Alors que je lace mes chausses devant l'entrée de ma tente, accompagnant les premières lueurs de l'aube, je vois émerger du pavillon dévolu au chef des Croisés un personnage resplendissant. On dirait un roi de l'ancien temps, un digne avatar du Très-Chrétien Clovis. Il me faut un certain temps pour reconnaître Bohémond.

Dans son armure d'apparat, étincelante, avec son heaume représentant un dragon décoré de deux escarboucles, son écu et sa lance bicolores, arborant fièrement la croix de la milice du Christ, orfroi et gonfanon, Bohémond de Calabre ressemble à un archange vengeur. Avec l'aide de Kay, il monte sur son destrier à la robe baie, le meilleur des trois que je lui sais posséder et cale sa lance contre la selle de manière à ce que ses couleurs flottent haut dans l'air froid du petit matin. Les rayons obliques du Levant transforment son armure en feu vivant.

Enfin, il daigne poser un regard sur son neveu ébahi.

« Tancrède ! Je me rends à Constantinople affronter le Basileus », dit Bohémond, avec emphase.

Il pointe du doigt une phalange de cavaliers impériaux, l'air farouche. Tatin est à leur tête. Droit sur son destrier, il semble s'impatienter.

« Alexis m'a envoyé une escorte et la politesse m'interdit de le faire attendre », dit Bohémond.

En dépit de ses atours princiers et de ses paroles bravaches, je pense que mon oncle fait preuve de lâcheté en obéissant au Basileus avec autant de diligence.

Il se penche vers moi, comme pour une confidence.

« Si je ne reviens pas, je compte sur toi pour mettre l'orgueilleuse Constantinople à feu et à sang. »

Je parviens péniblement à masquer mon dégoût et esquisse un sourire sans joie, que Bohémond semble prendre pour de la férocité.

« Il est temps, Prince de Calabre », dit Tatikios, inflexible.

Bohémond cravache son destrier pour le faire se cabrer et s'avance, le port altier, vers les impériaux qui l'encadrent de leurs armures fauves, occultant l'éclat de sa superbe. Le Normand, bien que plus grand que la plupart des « Grecs », ressemble plus à un prisonnier de guerre qu'à un chevalier du Christ.

Un Dragon de paille dont l'Empereur brûlera aisément les ailes...

Je rentre dans ma tente avant même que Bohémond n'ait quitté le campement. Diogène, mon écuyer et parfois mon confident, m'aide à me préparer sans parler, ce qui me laisse le loisir de réfléchir. Je l'ai appelé comme ça, parce qu'il vivait dans la misère la plus accomplie, partageant des détritus avec des chiens. Son père était un serf en fuite, sa mère une dame de la petite noblesse sicilienne aux goûts pervers. Il a appris à écrire, il sait se battre. Son bras et sa plume sont à mes côtés depuis que j'ai quinze ans, jamais il ne m'a failli. Ma priorité est de protéger l'armée que Bohémond vient de placer, temporairement, sous ma responsabilité. Je vais déplacer le campement plus à l'ouest de Rousa, afin qu'on ne puisse pas nous surprendre facilement. Puis, je vais ordonner une reconnaissance des alentours. Je veux prendre contact avec les autres princes territoriaux qui se sont lancés dans la Croisade et qui ont fait le crochet, volontaire ou imposé, par Constantinople. Il me semble que nous pouvons utiliser, contre les prétentions impériales, une « communauté », non seulement de foi mais aussi d'intérêts.

Je fais mander Hermann de Cannes, chevalier qui nous a rejoints quelques mois avant la bataille d'Amalfi. Il a prêté un hommage-lige à Bohémond, après avoir abandonné toutes ses terres derrière lui. Sa mission est claire : établir la liste des Croisés qui campent autour de Constantinople.

La nuit tombée, constatant que Bohémond n'est pas revenu, j'organise la réunion, dans ma tente, des princes normands. Nous célébrons la Pâques en l'honneur du Seigneur. Puis, Hermann de Cannes, à peine arrivé, nous expose la situation stratégique.

Comme je l'avais supposé, nombreux sont les Croisés rassemblés autour de la ville du « perfide empereur des Grecs ». Se trouvent là les forces de la plupart des princes européens partis pour la Croisade depuis qu'a résonné l'appel de Clermont. L'armée de Hugues le Grand, frère du roi de France, campe au sud de la cité impériale, près de celles de Robert de Normandie, Étienne de Blois, Robert de Flandre. Raymond de Saint-Gilles et Adémar du Puy, eux, ont installé leurs chevaliers plus au nord. Seul Godefroy de Bouillon, arrivé parmi les premiers, juste après Hugues le Grand, à la fin du mois de décembre 1096, semble avoir déjà levé le camp, ouvrant la voie de la Terre Sainte. Il a failli, m'apprend Hermann, provoquer une guerre ouverte avec le Basileus en janvier 1097. Il y a donc un précédent. Et l'affrontement direct a été évité de justesse.

« Quelle solution diplomatique ont-ils trouvée ? »

Hermann de Cannes baisse la tête.

« Cela ne va pas vous plaire, mon Prince.

— Parlez.

— Godefroy de Bouillon a prêté l'hommage. »

Dans un brouhaha de protestations, je me lève brutalement.

« Quoi ? Il est devenu l'homme d'Alexis Comnène ?

— Oui, il s'est placé volontairement sous sa domination politique.

— D'autres princes ont-ils fait de même ?

— Presque tous. Il ne reste que...

— N'en dis pas plus, Hermann de Cannes. »

Le prince se tait et se relève. Le silence est tombé sur la noble assemblée. Tous semblent dubitatifs. Ils se cherchent un positionnement. Quant à moi, j'accuse le coup et maudis ma naïveté. Car je viens seulement de comprendre les motivations réelles de Bohémond. Cet oncle si fier, si prompt à fustiger les faiblesses impériales, n'est qu'une illusion. Nous avons chevauché jusqu'aux portes du désert derrière une chimère. Je me lève et sors, sans un mot.

« C'est donc ici que tu te caches », dit Bohémond enfin rentré de la cité impériale, après trois jours d'absence.

La nuit précédente, je me suis installé, avec mes chevaliers, mes dépendants et tout mon équipement, à la jonction côtière entre le Bras de Saint-Georges et la mer de Marmara, à l'écart du reste de l'armée de Bohémond. J'ai, bien entendu, proposé aux autres princes, tous vassaux de Bohémond, de m'accompagner, mais aucun n'a osé affronter le courroux de notre suzerain. Même le vaillant Hermann de Cannes a décliné mon offre de sécession. Je n'en ai pas été étonné outre mesure. Pour ma part, rien n'a affecté ma résolution. Je suis un Croisé, pas l'arrière-arrière vassal d'un Grec, fût-il Empereur. Je suis bien décidé à mener la Croisade sans me plier aux exigences diplomatiques du

Basileus. Les puissances temporelles n'ont pas à interférer avec une quête spirituelle.

Si j'ai accepté de recevoir Bohémond dans ma tente, au sommet d'une éminence naturelle qui descend en pente douce jusqu'à la mer, c'est simplement en raison de nos liens familiaux. S'il croit me faire changer d'avis, il se trompe lourdement.

Le soleil, comme mon ressentiment, chemine vers son zénith, dardant ses rayons sur les parties métalliques de l'armure du nouveau vassal d'Alexis Comnène.

Bohémond ôte son heaume, essuie la sueur qui lui tombe du front d'un revers de sa main droite, tenant fermement son gantelet d'apparat rehaussé de zibeline.

Malgré le lustre de son armure, il pue le bouc.

« Allons, Tancrède, aurais-tu de mauvaises nouvelles à m'annoncer ? »

Piqué au vif, je le dévisage.

« Et vous, mon oncle ? N'auriez-vous pas vendu votre âme à ce perfide Empereur des Grecs que vous vilipendiez tantôt ? »

Bohémond semble surpris.

« Mais... de quoi parles-tu ?

— Constantinople représentait un défi, mon oncle : la première étape d'une quête spirituelle qui doit nous mener jusqu'au Tombeau du Christ. La première tentation, d'une certaine manière... Un défi que vous n'avez pas su relever, et une tentation qui a eu raison de la foi vacillante qui est la vôtre.

— Comment oses-tu me parler de la sorte, Tancrède ? rugit Bohémond, le visage rubicond. Je suis ton suzerain ! »

Je me lève et marche sur lui.

« Non. Vous avez prêté l'hommage au Comnène. Vous n'êtes plus qu'un vassal. »

Bohémond ne bouge pas d'un pouce. Il prend une profonde inspiration.

« C'est donc ça… »

Il fait quelques pas dans le silence oppressant de la tente.

« Tu fais une dramatique erreur, mon cher neveu. Et je m'aperçois qu'au lieu de m'assurer que tu joutais chaque matin dans la cour de mon château, j'aurais été plus avisé de te faire donner des cours de politique. Que crois-tu donc ? Que j'ai renoncé à la Croisade ?

— Vous avez perdu ce qui vous permettait de la mener, mon oncle. Votre statut de soldat du Christ, d'homme libre de toute attache temporelle.

— Stupide neveu ! Il y a deux jours, au contraire, j'ai gagné ce qui me permettra de consolider la Croisade. Car crois-tu qu'il nous suffira de délivrer le Tombeau du Christ ? Bien sûr que non, Tancrède. Il nous faudra le garder. Et nous aurons besoin de l'appui de l'Empereur pour cela. »

Je sens ma colère vaciller.

Ses paroles pointent la faille de mon raisonnement.

« Maudite soit ta bêtise, mon neveu ! Je n'aurais pas dû t'emmener avec moi. »

— Je…

— Tais-toi. J'ai obtenu l'appui de l'Empereur

pour nos armées, poursuit Bohémond d'une voix forte. Et bien plus encore ! Si nous prenons Antioche, sur le chemin qui mène à la Ville Sainte, elle deviendra notre fief. Le mien devrai-je dire, vu ton ingratitude et le manque total de respect envers ton suzerain. Nous posséderons Antioche, Tancrède !

— Certes, mais au titre de vassaux du Basileus...

— Et alors ? Il sera loin, Tancrède. Il m'a promis une terre qui correspond à quinze journées de marche en longueur et huit en largeur autour de la cité. Et si jamais les Infidèles tentent de nous la reprendre, une fois que nous les aurons défaits, nous bénéficierons du soutien inconditionnel des armées impériales. Voilà ce que j'ai négocié avec l'Empereur ! Je ne l'ai pas fait pour moi. Je l'ai fait pour la Croisade, quoi que tu en penses.

— Mais... ne voyez-vous pas qu'Alexis ne cherche qu'à étendre l'Empire ?

— Si fait, Tancrède. Mais, tout en lui donnant satisfaction, je me sers de lui. »

Je secoue la tête.

« Le prix à payer est trop élevé. C'est une quête spirituelle que nous menons, mon oncle, pas une guerre de conquête.

— Toujours tes grandes déclarations... Tu es aussi candide que ta foi ! Tu aurais dû être oblat au lieu de chevalier. Tu as trop lu les Écritures, mon neveu. Et pas assez combattu. J'en assume ma part de responsabilité. »

Malgré moi, je me sens complètement déstabilisé. Bohémond a réussi à renverser la situation à son avantage et, à présent, la légitimité de mon courroux et de mes actes est contestable.

Évidemment, il cherche à pousser son avantage.

« Écoute-moi bien, maintenant, Tancrède. Car je ne te le demanderai qu'une fois. Tu vas prêter l'hommage à Alexis Comnène demain matin, en même temps que mes autres vassaux, afin de consolider notre alliance. Si tu ne le fais pas, bien que tu sois mon neveu, je devrai considérer que tu ne fais plus partie de mon expédition. Si tu te dresses contre moi, je procéderai à la commise de tes terres à Syracuse et tu erreras, avec pour seules compagnes la honte et l'humiliation ! »

Bohémond sort, me laisse en tête-à-tête avec la pénombre.

Je reste un long moment sans bouger.

Puis, tandis que le soleil commence à décliner, je me lève et fais signe à Diogène, resté caché durant toute l'entrevue avec Bohémond. Il ne dit rien, ce n'est pas dans ses habitudes de donner son avis lorsqu'on ne lui demande pas. Il m'aide à m'équiper et je sors à mon tour de la tente.

J'embrasse mes hommes du regard. Il y a là quelque cinquante chevaliers, chacun avec roncin et destrier, et une centaine de dépendants allant à pied et rompus au combat au corps à corps depuis la campagne d'Italie. Tous savent quel est l'enjeu, quelles seront les conséquences de ma décision.

Ma voix résonne fort dans l'air vespéral.

« Honte, humiliation. Ce sont des choses qu'un chevalier du Christ ne redoute pas. Préparez-vous et priez avec ferveur. Car cette nuit, nous franchissons le Bras de Saint-Georges et entrons en Terre Sainte. Nous ne faisons plus partie de l'ost de mon oncle. Nous n'avons qu'un seul but : Jérusalem ! »

3

Nicée, juin 1097

[MdTH fo 2 ro]

Pendant que mon oncle continue à faire des révérences au perfide empereur des Grecs, pour obtenir de lui une terre de quelques journées de marche alors même que nous venons reprendre aux Infidèles les champs éternels de Dieu, je chemine en tête de la Croisade, Diogène à mes côtés, ainsi que Richard de la Principauté, que j'ai pu convaincre de la justesse de ma sécession. Sa jeunesse, tout comme la mienne, le préserve de la corruption. Il n'a que faire de la terre et des richesses matérielles. Il est chevalier au sens le plus simple et le plus noble du terme. Il est né pour servir le peuple de Dieu et pour porter l'oriflamme divine jusqu'aux confins du monde, traquer l'injustice et massacrer les mécréants.

Aux portes de l'Anatolie, nous avons retrouvé le farouche Godefroy de Bouillon, duc de Basse-Lorraine, Raymond de Saint-Gilles, comte de Toulouse, Hugues le Grand, frère du roi de France,

Robert, le comte de Flandre et d'autres barons venus du Nord pour la plupart. Tous ont pris le relais de la première vague de pèlerins, lancée par Pierre l'Ermite, presque exclusivement composée de gueux, de vieillards et d'enfants. Ceux-là, animés d'une foi vibrante mais mal préparés aux réalités du terrain et de cette terre étrangère qui cache en son sein le tombeau du Christ, ceux-là sont venus mourir au pied des murailles de Nicée, massacrés par les hommes du sultan Kilij Arslan.

Nous ne sommes pas là pour les venger, mais pour les honorer. Pour montrer au Très-Haut qu'à la suite des plus humbles et des plus purs de ses enfants, les Chrétiens chasés et possédant fief sont venus revendiquer la Terre Sainte en Son Nom.

Certains de ces seigneurs ont certes prêté l'hommage à Alexis, à l'instar de mon oncle Bohémond, mais peu importe. D'abord parce que l'affront n'est pas le même, ils ne sont pas de mon sang. Ensuite parce que je serai en première ligne, à leurs côtés, et je veillerai, moi, à ce que les volontés du Très-Haut soient respectées. Enfin, parce que, parmi eux, il en est qui, tout comme moi, ont tout abandonné derrière eux pour gagner le bien le plus précieux et le moins périssable qu'il est donné aux hommes mortels de posséder : la reconnaissance de Dieu.

[MdTH fo 2 vo]

Notre cible est Nicée, cette ville fortifiée que l'Empire moribond a perdue à la suite de la défaite de Mantzikert, en 1078. Il ne fait aucun doute que l'hypocrite Alexis n'a qu'un seul but : la reconquérir en s'appuyant sur la force et la fougue des Croisés. L'Empereur n'est guidé par d'autre intérêt que le sien propre. La lente décadence de Constantinople l'a rendue perméable aux vices et à l'infamie. Le simple fait de combattre aux côtés des Grecs me répugne. Mais, là encore, cela n'a pas d'importance en regard du but. Alexis veut Nicée ? Qu'il la prenne ! Ce qui m'intéresse, ce sont les âmes de ceux qui y habitent. Elles peuvent être sauvées. Lorsqu'ils auront été illuminés par la Vraie Foi, l'autorité temporelle sous laquelle ils vivront, qu'elle soit grecque ou turque, ou bien latine, n'aura aucune importance. Car ils chemineront dans les pas de Dieu et la plupart rejoindront les rangs de la Croisade pour porter Sa Parole jusqu'à Jérusalem et magnifier l'Orient, le faire resplendir de l'unité retrouvée dans le Christ.

Pour atteindre la ville qui fut fondée par l'un des généraux d'Alexandre le Grand, resté, comme la plupart d'entre eux, fasciné par l'Orient comme un phalène par la lumière changeante d'un brasero, il nous a fallu emprunter la voie étroite tracée par les premiers pèlerins. Celle-ci n'avait en aucun cas été conçue pour la progression d'un ost tel que le nôtre. Sur les ordres du Duc de Basse-Lorraine, dont l'autorité naturelle, servie par un charisme exceptionnel, trouvait à s'exprimer, quelque trois mille Croisés taillèrent la route à grands coups de hache, sacrifiant la broussaille et la végétation desséchée au passage de l'armée de Dieu.

Il nous a fallu traverser la montagne comme Moïse les eaux. En l'ouvrant en deux, au prix du labeur harassant de milliers de terrassiers qui, tant pour rendre gloire au Très-Haut que pour baliser la route pour ceux qui suivront, avaient érigé, à même la pierre, des croix de fer et de bois de très grande taille, visibles de très loin, afin que les pèlerins marchent dans les pas de Dieu. Ainsi, le passage vers la païenne Anatolie est ponctué de crucifix qui marquent autant d'étapes dans la Passion des Croisés, dont certains, tels que moi, semblent se consumer à l'approche du Levant. Je suis prêt à endurer n'importe quelle épreuve pour Sa Gloire, je le sens au plus profond de moi. Je suis Son buisson ardent qui enflammera la pierre et le sable jusqu'à toucher au but. Nous nous sommes engagés dans l'arbalète de Dieu. Nous sommes le trait et la première cible est Nicée.

La ville sera frappée au cœur et conquise sans effort.

Hautes sont les murailles de la ville et nombreuses ses tours.

Ce ne sera pas si facile, Godefroy l'a compris. Les autres seigneurs ne sont que des atouts entre ses mains. Tout repose sur lui, je l'ai senti dès les premières heures passées à chevaucher à ses côtés. Il est né pour commander et sa foi le sublime. Rien ne pourra l'arrêter et la mort n'aura raison que de son corps physique. D'ores et déjà, je le sais, son nom résonnera dans l'éternité. Peu importe quelle sera l'issue, à long terme, de cette entreprise, Godefroy restera. Et ceux qui l'auront accompagné entreront à ses côtés dans l'Histoire. Je ne souhaite pas la gloire, à l'exception de celle du Très-Haut, mais je me réjouis, en ajustant ma cotte de mailles, d'être au bon endroit au bon moment pour le servir au mieux. Je suis content que mon oncle ne puisse nous rejoindre avant l'assaut, il ne ternira pas notre élan avec sa coupable avidité. Un simple regard jeté à Richard et à Diogène, à ma gauche et à ma droite, me prouvent qu'ils partagent mon sentiment d'exaltation et leur statut d'écuyer ou de chevalier n'obère en rien la pureté de leur engagement. Ils se battront jusqu'à la mort et, sans doute, au-delà. Leur foi est si vibrante que je les crois capables de frapper par-delà le monde matériel. Chaque coup d'épée, de hache, de masse d'arme, de gantelet qu'ils assèneront aux Infidèles ira toucher leur incrédulité et rectifier leur erreur. Ils peuvent même atteindre le Faux Prophète, je le sais. Détruire son image impie et dissiper son mensonge. L'extraire de l'Histoire et la rendre toute entière à l'Église Catholique, qui dès lors embrassera les deux joues du Monde dans une unité retrouvée. Le Peuple de Dieu redeviendra Saint et Indivisible. Sur les murailles de Nicée, on se presse. Sans doute, la cavalerie adverse tentera une sortie pour nous affronter, à moins que Godefroy ne lui en laisse pas le temps.

Au moment où je tourne le regard vers lui, une estafette approche. Le chevalier s'incline et s'adresse à lui en ces termes simples et clairs :

« Le Sultan n'est pas dans les murs. »

Godefroy de Bouillon sourit, mais l'expression de son regard reste lointaine, comme s'il regardait ailleurs, au-delà de Nicée, au-delà de l'Anatolie. Je sais que, lui aussi, contemple Jérusalem. Il ne demandera pas où Kilij Arslan se trouve, car il ne s'en soucie pas. Sans doute, le sultan guerroie plus à l'est, contre son frère, pour des motifs contingents.

« Nous n'allons pas l'attendre, dit Godefroy. Et s'il revient pendant le siège, il mourra hors les murs de sa citadelle. »

Il se tourne vers les seigneurs qui, sans l'avoir jamais décidé, se sont naturellement placés entre ses mains, tels des vassaux, alors que certains sont plus puissants et plus fieffés que lui.

« Préparez les tours d'assaut, les catapultes, les mangonneaux, utilisez tout le bois et le fer nécessaires. Soyez diligents, galvanisez vos charpentiers, vos forgerons, vos vassaux. Je veux qu'après-demain les murailles de Nicée soient les pierres de la première cathédrale reconstruite en Anatolie. »

Il n'a besoin d'ajouter nulle injonction. Déjà, les seigneurs se dispersent, focalisés sur leur mission. Godefroy, enfin, se tourne vers l'estafette. Le jeune homme est manifestement épuisé. Il pose sa main sur son épaule et le félicite de sa célérité. Immédiatement, le regard du jeune adoubé s'éclaire. Sa fatigue paraît se dissiper comme par enchantement.

« Ordonnez-moi, Seigneur. »

Godefroy, une nouvelle fois, sourit.

« Je n'ordonne rien. Simple homme comme toi, je sers. Quel est ton nom ?

— Gontran.

— Écoute-moi bien, Gontran. Tu vas prendre mes armoiries et les porter jusqu'à Constantinople. Rien ne doit t'arrêter. Tu te présenteras devant Alexis et tu lui diras que Nicée est en train de tomber. Il voudra alors envoyer ses généraux, Tatikios, sans aucun doute.

— Dois-je le lui interdire, Seigneur ?

— Non, il te ferait exécuter. Demande-lui simplement un ravitaillement pour les Croisés. Un ravitaillement conséquent, de nature à nous permettre, après la prise de Nicée, de reprendre la route vers Jérusalem le plus tôt possible. Tu verras qu'il y consentira avec empressement. »

L'estafette acquiesce et se retire, la poitrine gonflée de fierté malgré la route qui l'attend. J'admire la finesse psychologique et la clairvoyance politique de Godefroy. Il a déjà compris qu'Alexis, malgré le pacte établi entre lui et les seigneurs croisés, revendiquerait la première cité reconquise pour lui-même, par l'intermédiaire de Tatin. Non seulement, Godefroy l'a compris, mais il voit comment tirer profit de l'avidité de l'Empereur et faciliter notre progression à travers l'Anatolie. Le duc de Basse-Lorraine manipule l'homme le plus puissant de la Terre et je sers à ses côtés.

Que ne suis-je né français plutôt que normand ?

Que ne suis-je son neveu, plutôt que celui de Bohémond ?

Je n'aurais pas perdu autant de temps à guerroyer contre mes frères de foi, pour quelques arpents de terre arable, après que mes ancêtres les eurent repris aux Infidèles qui s'étaient aventurés trop loin de chez eux. Je n'aurais pas été obligé d'apprendre, dans les livres, à la lueur vacillante des bougies, la complexité du monde, quand tous les autres adolescents ne pensaient qu'à tripoter les grasses filles de ferme de toute l'Italie du Sud, martyriser, sans la moindre technique, la quintaine du matin au soir, et à collectionner les cicatrices ou les décorations de terre cuite, dispensées sans aucun discernement par un minable seigneur normand, ivre d'alcool et se vautrant dans la roture en vertu de son droit de cuissage ?

La seule chose que, véritablement, je puisse regretter, ce sont mes plus jeunes années, celles avant la mort de mon père, Odon Bonmarchis ; avant que je ne sois confié, par ma mère, Emma de Hauteville, fille mieux-aimée de Robert Guiscard, à mon oncle Bohémond, à cinq ans révolus. À l'époque, la Sicile n'était normande que depuis peu et les roitelets aux fastes ridicules n'avaient point encore fait oublier la gloire simple, lumineuse, inspirée, des premiers rejetons blonds de Hialtt descendus si bas vers le sud.

Ma mère, si cultivée, m'avait ouvert les yeux sur ces légendes du passé, ainsi que sur les vertus d'une foi marquée du sceau de la dignité, bien plus que sur les vicissitudes du présent. Un choix que j'aurais pu, une fois adoubé, lui reprocher, car il ne m'avait guère préparé à la médiocrité qui règne sans partage sur les terres et les lignées. Je ne l'ai jamais fait, car ce que m'a donné ma mère, c'est un sanctuaire, une Sicile idéelle, en laquelle je peux me réfugier et parcourir mes souvenirs.

Je me souviens de longues promenades en sa compagnie, lorsqu'il me fallait encore faire trois pas quand elle n'en faisait qu'un, lorsque mes pleurs de fatigue ne la pliaient pas, en dépit de toute la douceur dont elle était capable à mon endroit lorsque je souffrais de maladie. Je me souviens du ciel de Sicile, immobile et étincelant, dont la vastitude n'était interrompue par aucun nuage. Je me souviens de la chaleur qui caressait les collines sans jamais assécher les ruisseaux.

Je me souviens des mots de ma mère, me contant, avec une solennité calculée, les exploits de mon arrière-grand-père, dont elle m'avait donné le prénom et les yeux clairs. Ce Tancrède l'Ancien, dont les enfants, Guillaume, Drogon, Onfroi, Robert, s'étaient faits les conquérants et les libérateurs de la partie la plus méridionale de l'Italie.

Quel étrange sentiment que celui de constater, à présent, que nous n'allions, en définitive, que reproduire leur exploit, dans le meilleur des cas.

Après le départ de l'estafette, Godefroy pose son regard sur moi, à l'exclusion de tout autre. Il ne sourit pas, il me désigne les murailles de Nicée de son gantelet où la rouille le dispute à la boue.

« Que vois-tu, Tancrède ?

— Une porte.

— Fort bien, frère. L'autel nous attend, la procession ne fait que commencer. Il y aura de nombreuses stations, mais à la fin, nous nous noierons dans la Lumière. Tiendras-tu ta place à mes côtés ?

— Oui.

— Viens, allons partager un repas avec la troupe et ensuite, nous passerons en revue les seigneurs. Ils ont besoin d'être lavés. »

Je le regarde, interloqué. Bohémond serait parti d'un éclat de rire gras, mais Godefroy est un ascète et il n'y pas d'humour dans sa phrase. Il sait que les plus fragiles des brebis du Christ sont celles qui ne quittent l'étable que pour se montrer aux autres, telles des gonfanons chamarrés, vains et éphémères. Ce n'est pas ainsi qu'on gagne l'Éternité. Nous devons les aider à se dépouiller de leur orgueil. À redevenir de simples feuilles virevoltant dans le souffle de Dieu, jusqu'à ce qu'Il les laisse enfin toucher terre et se fondre en elle.

La plus belle récompense que puisse espérer le Croisé, c'est la mort.

[MdTH fo 3 ro]

Nicée est tombée.

C'était ma première bataille en Terre Sainte.

Ma tunique n'est plus blanche et ne le sera jamais plus.

J'ai compris pourquoi la croix tissée sur mon plastron est rouge. Mais le sang, les os brisés, les cris de souffrance, les coups que j'ai portés et ceux que j'ai reçus, ne me sont rien. Ou plutôt ils sont les éléments d'un chapelet que je récite, jusqu'à me fondre en lui. Il y a eu un moment, au plus fort de l'engagement où j'ai perdu toute notion de temps. Je crois qu'alors j'aurais pu combattre indéfiniment. Peut-être l'ai-je fait. Dans l'éternité de Dieu, il n'y a pas de véritable commencement. J'ai l'impression d'avoir toujours ressenti ces tiraillements dans mes muscles, ce goût de fer sur ma langue, cette meurtrissure qui travaille mon âme pour l'endurcir et l'épurer tout à la fois, sur l'enclume de la Foi. Tout cela fait partie du chemin du Croisé et, une fois qu'il l'a embrassé, il ne peut plus le quitter, car le monde temporel lui est devenu insupportable dans sa compromission.

Je ne me pose pas de question sur le bien-fondé des coups infligés à l'ennemi, car elle n'a pas plus de sens que celle sur le bien-fondé du recueillement. Frapper et prier sont les deux facettes de la piété, en définitive. Notre Père qui êtes aux Cieux, recevez cette vie d'Infidèle que je vous envoie et dont les erreurs et la souffrance rendront la rédemption encore plus éclatante.

En définitive, il s'agit d'amour. Il y a eu ce moment où des Turcopoules sont arrivés en renfort, venant de l'est, sans doute envoyés par Kilij Arslan, qui regrettera longtemps d'avoir laissé sa cité pour des querelles intestines. Ils sont apparus au sommet d'une colline. Ils avaient des cordes avec eux, leur intention était sans doute de nous garrotter et de nous traîner devant le sultan pour qu'il nous châtie. Nous sommes montés à leur encontre, la plupart d'entre nous à pied. J'étais en première ligne, tenant mon épée à deux mains et murmurant le nom du Seigneur. Ils se sont précipités sur nous, sûrs de leur victoire, aveuglés par l'aisance avec laquelle ils avaient massacré les compagnons de Pierre. Mais leurs lames n'ont pas rencontré des crucifix de bois tendre, cette fois-ci. Leur élan, nous l'avons coupé net. Leurs têtes sont tombées là où ils se trouvaient et elles y resteront jusqu'à se fossiliser dans le sable. Nous n'avons pas laissé un seul survivant. Nous les avons tous décapités, y compris ceux qui, n'ayant pas compris la portée de notre engagement et ce qu'il impliquait, osaient nous supplier. J'en ai tué quinze. Et, à l'instant précis où ma lame tranchait chair et tendons, je le jure devant Dieu, je n'éprouvai qu'amour pour eux.

[MdTH fo 3 vo]

Après cette communion sanglante, les réalités matérielles ont toutefois repris le dessus et il m'a bien fallu admettre les aberrations qui germent sur l'ici-bas, telles des orties sur les champs laissés en friche. Les Infidèles de Nicée ont préféré se rendre aux sbires du Comnène, plutôt qu'aux soldats de Dieu. Étonnamment, ce ne fut pas le nez coupé de Tatikios qui vint cueillir la victoire, mais le général Butumitès, arrivé le 18 juin à la tête d'une flotte de Grecs qui n'auront pas eu besoin de ferrailler. Les Infidèles survivants de Nicée ont ouvert les portes de la ville assiégée aux impériaux venus par le fleuve. La première décision de Butuminès, éminemment vexatoire à l'encontre des Croisés, fut d'interdire aux armées du Christ d'entrer dans la ville pour laquelle ils avaient versé leur sang. Sept semaines et trois jours. Tout ça pour que l'infâme Alexis récupère l'une de ses cités. Même si nous nous sommes considérablement rapprochés de Jérusalem, l'issue est amère et plusieurs princes dont l'engagement dans la Croisade n'était pas exempt d'arrières-pensées, se demandent si l'entreprise est judicieuse. Mais, je le crois sincèrement et je sais que Godefroy de Bouillon partage mon opinion, c'est aussi une épreuve destinée à éprouver la sincérité de notre combat.

Alexis, fondamentalement, n'est qu'un instrument entre les mains de Dieu. Alors que nous, les Croisés, sommes Ses soldats, y compris ceux qui, chevaliers, écuyers, ferronniers ou simples suivants, sont morts de faim ou de soif en attendant le ravitaillement promis par l'Empereur des Grecs. Mais tous les martyrs de Nicée et ceux à venir savent que leur souvenir ne s'éteindra jamais. Le Seigneur vengera le sang répandu pour lui et ses louanges n'auront pas de fin.

4

Dorylée, juillet 1097

[MdTH fo 4 ro]

Nous avons laissé Nicée entre les mains des impériaux et nous nous sommes enfoncés dans l'Anatolie, aveuglés par un soleil qui semble vouloir dévorer le ciel. Inexorablement, le paysage change. Notre acuité, notre capacité à percevoir ces modifications de l'environnement augmentent de concert avec la chaleur.

Dorylée nous attend, tremblante, sûre de tomber. Car nous sommes la Lame de Dieu, celle qu'il agite dans sa forge anatolienne jusqu'à la faire rougeoyer, avant d'en frapper, de toutes ses forces, l'enclume que lui tendent les Infidèles. Un jour, Dieu rendra son arme aux eaux de la Méditerranée. Mais ce jour est encore loin. La Chrétienté tout entière s'éprouve et se renforce dans la Croisade. En voilà le véritable but. Je l'ai compris la nuit dernière, en contemplant les étoiles. Nous ne sommes pas là pour délivrer Jérusalem, à dire vrai. Nous devons nous délivrer nous-mêmes. Atteindre, par la pureté de notre détermination, la Cité céleste dans laquelle nos âmes seront portées à blanc. Jérusalem n'est pas la fin, mais juste le commencement. La promesse de l'éternité. Même si certains de mes compagnons ne semblent pas encore l'avoir compris. Ce que nous sommes venus chercher, c'est le royaume de la Conscience.

Quant à Dorylée, elle n'est qu'un passage supplémentaire sur l'enclume turque. Pourtant, au contraire de Nicée, je pressens qu'il ne sera pas facile de la reprendre aux Turcs. En toute logique, ils seront mieux préparés. L'effet de surprise ne joue plus en notre faveur. Le sultan Kilij Arslan a eu tout le temps d'organiser sa riposte. Il a dû rassembler ses alliés, établir un accord de paix avec ses ennemis. La mésestimation des Croisés qui lui a coûté sa ville ne peut que céder le pas au sentiment d'urgence et à la soif de revanche. Le combat sera rude, j'en suis convaincu.

Oui, la Croisade pourrait bien s'empaler sur les murailles de Dorylée et ce n'est pas le faible contingent de l'armée impériale, conduit par l'hypocrite Tatin, qui changera la donne. D'autant plus que si l'ennemi nous submerge sous le nombre, Tatin ne sera pas en première ligne. Je le considère, ce général au nez coupé, plus comme un observateur opportuniste que comme un véritable soutien. L'Empereur a d'ailleurs décidé de s'en tenir au ravitaillement en vivres et en eau déjà accordé. Nous n'aurons rien de plus. Alexis a avancé la nécessaire consolidation de la zone frontalière, dont Nicée constitue désormais le poste avancé.

[MdTH fo 4 vo]

J'en ai discuté avec les Français, car mon oncle n'est pas un fin stratège et Richard, tout comme moi, manque cruellement d'expérience. Le duc de Basse-Lorraine et Hugues le Grand sont d'accord avec moi : le perfide Comnène n'a que faire de la Croisade. Il veut parachever la reconquête du littoral turc et préfère laisser les Croisés s'aventurer seuls à l'intérieur des terres contrôlées par les Infidèles. L'Empereur sait que la bataille d'Antioche, porte véritable de la Terre Sainte, sera décisive. Plutôt que de s'éreinter à en semer les graines, il préfère en récolter les fruits. Et tous les Croisés qui tomberont devant Antioche, il n'aura plus à les affronter par la suite. Plus nous serons faibles et fatigués, plus il aura le contrôle de la situation.

Du moins, c'est ce qu'il croit. Car tant que nous aurons des chefs de la trempe de Godefroy, ou de Raymond de Saint-Gilles, aux côtés de combattants normands forcenés de la trempe de Bohémond, il ne lui sera pas facile de reprendre à son compte ce que nous avons conquis par le sang.

Le Très Haut, dans sa grande sagesse, y veillera.

[MdTH fo 5 ro]

À présent que je me repose à l'ombre des fortifications de la cité conquise, tandis que les prêtres et les femmes vont et viennent pour soigner les blessés ou conférer l'extrême-onction à ceux dont le corps n'est plus que plaies, je peux le dicter à Diogène : malgré la présence de Dieu à nos côtés, nous avons vu s'entrouvrir l'enfer au pied des murs de Dorylée. Ce n'est que grâce aux renforts et à la convergence de trois armées franques que nous avons eu raison des quelque trois cent mille Infidèles que Kilij Arslan et les anciens maîtres de Dorylée avaient rassemblés contre nous. Il y avait là des Turcs, par milliers, mais également des Arabes, des Angulans et d'autres Barbares, dont la plupart disposaient de montures, aussi petites que rapides.

J'ai pris conscience, durant cette bataille menée sous un soleil de plomb, dans une plaine aride qui a bu, avec avidité, le sang de nombreux chevaliers normands et francs, que nous n'avions pas affaire à un ennemi homogène et inexpérimenté, loin s'en faut. Barbare est un mot qu'il me faudra bannir de mon vocabulaire tant que celui-ci s'appliquera à l'Orient mystérieux et indompté. Car si les Infidèles nous ont dominés, dès les premiers engagements du petit matin, ce n'a pas été par le nombre, pourtant impressionnant, de leurs cavaliers, mais par la technique militaire. Je réalise à quel point, galvanisés par la victoire facile de Nicée, aveuglés par la justesse de notre cause, nous avons sous-estimé nos ennemis. C'est une erreur que je ne commettrai jamais plus. En tant que guerriers, en tant que cavaliers, en tant que stratèges et défenseurs, les Infidèles méritent tout notre respect. Nous avons le devoir de les écraser, par amour de Dieu, mais nous devrons les honorer dans nos chroniques. Ils sont, sans doute, l'ennemi le plus digne que les soldats de Dieu, où qu'ils se trouvent en ce monde, aient jamais eu à affronter. La plaine de Dorylée a vu tomber la naïveté et l'orgueil des Croisés.

Lorsqu'elle charge, la masse des cavaliers francs est capable d'abattre n'importe quelle muraille, de faire trembler les plus arrogantes des forteresses, de lapider, en quelques souffles, un ost de milliers de fantassins. Les poids conjugués des guerriers et de leurs destriers, auxquels s'ajoutent ceux des cottes de mailles, des fléaux, des plaques d'armure, des épées et des lances pointées sur l'ennemi, des écus hérissés de clous, des hauberts et des jambières ouvragées, créent une force d'inertie pratiquement impossible à arrêter en cas de choc frontal. Le bruit assourdissant du galop glace le sang des ennemis avant que les sabots d'airain de nos montures et les moulinets de nos épées vengeresses ne les réduisent en charpie. Après, l'enfer n'a qu'à se servir. Les piétons, qui suivent la cavalerie, s'occupent d'achever les mourants et de soigner les blessés. Cette méthode d'écrasement, séculaire, est la quintessence de l'art militaire des Croisés. Sa dimension terrifiante en fait, de surcroît, une arme psychologique, qui permet souvent d'obtenir la reddition des populations civiles à la seule apparition des chevaliers à la croix sur l'horizon.

Il y a là comme un écho de la puissance implacable de Dieu.

[MdTH fo 5 vo]

Mais voici une autre vérité : si l'ennemi refuse le choc frontal, s'il apprend à contourner cette charge tonitruante, à se tenir à l'écart des chanfreins en acier écroui, hors de portée des coups de masse des chevaliers, la charge s'épuise dans son élan. Dès lors, s'il sait frapper à distance, l'ennemi prend aisément le dessus.

Nos piétons, nos écuyers, nos dépendants, notre infanterie, tous ceux sur lesquels s'appuie la force écrasante de la cavalerie franque, ont été décimés dans cette bataille de Dorylée. Et la plupart des chevaliers, dont le haubert est capable d'arrêter les plus violents des coups d'épée ou de dévier les lances, ont été sévèrement blessés avant même d'avoir pu poser le gantelet sur le moindre Infidèle.

L'arc. Voilà la cause de notre quasi-défaite, ce jour-là, à Dorylée.

L'arc et une parfaite maîtrise des arts équestres.

Les Turcs ont opposé à notre puissance brute l'aisance virevoltante de leurs cavaliers, capables de tirer avec précision, tout en menant leurs montures dans un galop effréné, ponctué de voltes d'évitement ou de pas chassés d'ajustement. Ils allaient si vite, autour de nous, qu'il nous était difficile de distinguer leurs visages.

Des spectres enturbannés, voilà à quoi ils me faisaient penser.

Et nous étions les damnés.

Subitement, nous ressemblions à des bœufs de

labour, lourds et maladroits, tentant d'écraser des libellules multicolores. Alors qu'un chevalier est capable de résister à de nombreux coups d'épée, de se battre jusqu'à sa dernière goutte de sang, de survivre à de multiples blessures aux jambes et autant d'entailles à la poitrine, je vis les premiers Croisés tomber après avoir reçu un simple trait, décoché avec une précision démoniaque. Touchés à l'oreille, à la joue, au cou ou même à l'entrejambe, ils déchaussaient en hurlant et restaient au sol, immobiles, comme médusés par une mort aussi rapide. Manifestement, les cottes de mailles ne parvenaient pas à dévier les aiguillons trop fins des Infidèles. Le bois s'immisçait là où le fer ne pouvait entrer : à la jonction du heaume et du haubert, sous les aisselles, à l'aine jouxtant la selle, sous la genouillère, au talon ressortant de l'étrier, à la courroie reliant le gantelet à la maille protectrice. Les mâchoires, les yeux, les chevilles, les testicules, les tendons, étaient les cibles privilégiées des centaures ennemis. En quelques minutes, la fierté de l'ost croisé avait été remplacée par une débandade en bonne et due forme, chacun s'efforçant de s'éloigner des cavaliers turcs qui, pourtant, se trouvaient partout. Il y avait quelque chose de magique dans leur manège. Ils étaient toujours trop loin pour être frappés et assez proches pour atteindre leur cible à chaque coup. Le sang chrétien coulait, seul. D'autant plus que les Infidèles semblaient s'appliquer à épargner roncins et destriers. Ceux-ci, débarrassés de leur cavalier, s'éloignaient du champ de bataille avec une nonchalance provocatrice. Ces animaux avaient compris qu'il ne leur serait fait aucun mal, que le peuple contre lequel on les avait menés connaissait mieux leur tempérament que quiconque.

[MdTH fo 6 ro]

Certains Croisés avaient mis délibérément pied à terre et tenté, à l'inverse, de faucher les montures ennemies en pleine course. Ils y étaient parvenus, quelques fois, mais le plus souvent, avaient expiré à genoux, une flèche plantée dans la gorge jusqu'à l'empennage.

Je ne sais, véritablement, par quel miracle j'ai survécu à cette pluie de traits meurtriers. Dieu doit m'avoir réservé une mission particulière en ce bas monde, sans quoi il m'aurait fait mordre la poussière. Car, je suis de ceux qui, stupéfiés par les événements, en ce premier jour du mois de juillet de la 1097e année du Seigneur, n'ont même pas tenté d'abattre un seul ennemi. Je suis resté, sur mon roncin, à admirer la supériorité écrasante des Infidèles. Je n'ai versé aucun sang, ce jour-là. Je n'ai pas cherché à venger l'affront fait à mon Dieu. Je n'ai pas avancé d'un pas vers la Terre Sainte et me suis éloigné de la ferveur que je me fais fort, habituellement, de pratiquer. L'étonnement et l'admiration ont happé ma conscience et ont fait de moi un spectateur, quand il fallait un Croisé prêt à mourir. Dieu me guidera sur la voie de la rédemption, sinon il m'aurait déjà rappelé à Lui.

La honte que je ressens, au moment où Diogène écrit ces lignes, n'est toutefois pas de nature à compromettre le sentiment de respect que j'éprouve envers les Turcs. La victoire n'a été de notre côté que grâce au renfort de l'armée de Bohémond, dont je ne fais plus partie depuis longtemps, ainsi qu'au soutien des troupes de Robert d'Anse et de l'évêque du Puy, qui nous ont permis de prendre en tenaille les archers montés et, réduisant peu à peu leur zone d'opérations, de les contraindre au corps à corps.

Ce fut, dès lors, un massacre en bonne et due forme.

Je vis certains Infidèles littéralement coupés en deux par les coups d'estoc et de taille assenés par les chevaliers animés d'une fureur vengeresse. Les hurlements des mourants durent s'entendre jusqu'à Jérusalem. Sans doute, les Infidèles ont-ils gagné mon respect à cette occasion, mais les Croisés, eux, ont plutôt véhiculé l'image d'exterminateurs froids auprès des populations turques.

[MdTH fo 6 vo]

J'appris, peu de temps après être entré dans Dorylée aux côtés de Godefroy de Bouillon, dont la tunique était tellement tachée de sang qu'on n'en distinguait presque plus la croix, que le sultan Kilij Arslan avait bel et bien dirigé cet assaut et qu'il s'était, pour la seconde fois, échappé. Sans doute, cette débâcle ne le laisserait pas intact. Il devait y avoir une véritable honte, pour un homme politique dans sa position, à avoir laissé tomber deux villes d'Anatolie entre nos mains.

Nicée, Dorylée.

Deux pas vers Jérusalem.

Bien sûr, il y aurait beaucoup d'autres villes, mais l'Histoire retiendrait que c'est Kilij Arslan qui avait ouvert l'Anatolie aux Croisés. Je ne connais pas encore, de façon claire, la culture et les motivations des Infidèles, mais une chose était certaine : ce sultan chercherait à se venger et nous le retrouverions sur la route qui mène à Jérusalem. La prochaine fois, Kilij Arslan jettera toutes ses forces dans la bataille contre les Croisés et il ne nous fera pas de quartier.

La nuit tombée, après que mon fidèle Diogène a noté tout ce que je lui raconte, compilant mes souvenirs dans ses cahiers, je sors de la demeure aux murs clairs qui m'a été donnée. J'emprunte une petite échelle de bois, aux barreaux ridicules, je monte sur le toit plat pour contempler le ciel. C'est quelque chose que j'ai pris l'habitude de faire dès mon plus jeune âge. J'ai toujours trouvé dans les constellations une certaine forme de méditation. Et puis, la perfection des cieux est, sans nul doute, la preuve de la perfection de la Création.

Je tourne mon regard vers l'ouest, vers l'Europe.

C'est alors que je la vois.

Elle n'est pas très lumineuse, la clarté lunaire l'occulte presque. Mais elle est bel et bien là. Une double chevelure, l'une étroite d'un blanc bleuté, l'autre en forme de panache argenté. Je suis certain qu'elle n'était pas là avant la bataille de Dorylée.

S'agit-il d'une reconnaissance divine ou d'un mauvais présage ?

Certains de mes compagnons y auraient vu l'annonce d'une catastrophe, mais je ne suis pas de ceux qui se vautrent dans la superstition. Le ciel est la maison de Dieu. Tout ce que l'on peut y trouver appartient au Très-Haut. S'il a accroché cet astre supplémentaire, pointant vers l'ouest, c'est sans doute pour indiquer à ses enfants qu'il veille toujours, malgré leur éloignement, sur leurs terres natales.

Je reste longtemps à contempler la comète, me demandant comment les Infidèles interpréteront sa présence. J'espère qu'elle les terrifiera et leur fera croire à des défaites innombrables. Mais, d'un autre côté, j'ai appris que l'on se trompe souvent sur son ennemi. Peut-être le sultan Kilij Arslan est-il, comme moi, en train de la contempler, de l'étudier, de réfléchir. Peut-être se dit-il, en ce moment précis, que le ciel étoilé était là bien avant les Croisés et qu'il sera là bien après. Qu'il lui suffit simplement d'attendre qu'on se calme et qu'on rentre chez nous. Qui sait si, en d'autres circonstances, nous n'aurions pas discouru, lui et moi, de la beauté du monde et de sa fin ?

J'attends l'aube, en priant pour les morts.

5

Tarse, septembre 1097

[MdTH fo 7 ro]

La traversée du désert anatolien a été particulièrement difficile pour mes compagnons. Pas seulement à cause de la chaleur implacable qui porte au rouge le métal de nos gantelets et de nos cottes de mailles. Les soldats de Kilij Arslan et de ses alliés, dans leur retraite, vers l'intérieur des terres, se sont éparpillés, insaisissables. Nous nous sommes épuisés à en rattraper parfois une escouade, guère plus d'une cinquantaine à chaque fois, dont le massacre ne justifie guère les efforts engagés dans la poursuite. Mais surtout, les Infidèles, dans leur fuite faussement éperdue, détruisent toutes les réserves d'eau potable et de vivres qu'ils peuvent trouver. Ils incendient leurs propres villages afin de nous couper de toute source de ravitaillement. Leur but, nous l'avons compris trop tard, est de nous faire périr d'inanition et de soif.

Ils ont bien failli réussir.

Nombre de vaillants chevaliers n'ont pas survécu à la traversée du désert et sont morts d'épuisement après avoir bu le sang de leur monture. Moi-même j'ai bien cru y rester et j'ai failli me retrouver piéton. J'ai été contraint, comme beaucoup d'autres, de me nourrir d'écorces de résineux et de boire, à plusieurs reprises, ma propre urine refroidie. Richard de la Principauté a perdu son destrier et son roncin, le premier dans une étroite passe rocheuse et le second dans une rixe avec des vassaux restés sans seigneur et maraudant dans l'arrière-garde de la Croisade. Il m'a fallu intervenir, avec l'aide de Bohémond, avec lequel je conserve des rapports tendus en dépit de nos liens familiaux, pour empêcher qu'ils ne lui dérobent également son équipement. Les indélicats ont été étranglés sur place. Richard a dû se contenter, pendant le reste de la traversée du désert, d'un bœuf décharné en guise de monture. Quant à moi, je dois ma survie, et l'absence de spoliation provoquée par les délires de la faim, à mon fidèle serviteur, Diogène, qui ne m'a jamais quitté, prenant soin de ma monture et de mon équipement tout en retranscrivant, presque chaque soir, mes pensées sur les événements de la journée, à la lueur d'une bougie.

[MdTH fo 7 vo]

Dans le désert, j'ai mangé à peu près tout ce qui avait un cœur. Chien, cheval, mouton, chèvre, etc. Il n'y a guère qu'un seul animal auquel je n'ai pas goûté... Même ces créatures à bosses, dont le nom nous était aussi mystérieux que l'apparence, qui servaient de monture à certaines tribus d'Infidèles, nous les avons immolées sur l'autel de notre mission. Quant au sang, nous en avons bu plus souvent que de tout autre liquide.

Quand nous avons enfin franchi l'Anti-Taurus et pénétré les riches terres de Cilicie, ç'a été la ruée vers l'eau. Mais le désert nous avait tellement distendus, que nous y sommes arrivés de façon désordonnée. Ainsi, ai-je perdu de vue, pendant plusieurs jours, l'étendard de Godefroy de Bouillon et les Normands de Bohémond. Je crois que le maigre ost que composent mes vassaux et ceux de Richard, ainsi que tous nos dépendants, a pris, sans que nous l'ayons souhaité, la tête de la Croisade. En tournant notre regard vers l'ouest, on voit à peine la poussière soulevée par les autres équipages. Il me semble que les plus proches sont menés par le frère de Godefroy, le comte de Boulogne, que j'ai rencontré lors d'une réunion précédant le départ de Dorylée. Baudouin ne m'avait pas fait, alors, la même impression que son aîné.

La première ville que nous voyons apparaître sur l'horizon, sur la route qui mène droit à Antioche, n'est pas une cité fortifiée ou une riche métropole commerciale. Juste une ville, pleine de gens, de nourriture, d'eau, et de dix mille autres choses. J'apprendrai plus tard que son nom est Tarse. Elle doit bien abriter une garnison de Turcs, mais rien de comparable à Nicée ou à Dorylée. Il me semble immédiatement qu'il sera facile d'en prendre le contrôle en comptant seulement sur nos propres forces. Je dispose de nombreux chevaliers en état de combattre et la plupart de mes piétons sont encore assez vaillants pour appuyer leur assaut, sans compter que, parmi eux, se trouvent plusieurs Croisés ayant perdu leur monture dans le désert, mais disposant encore de leur équipement militaire. De plus, comme me le fait adroitement remarquer Diogène, si le désert a aiguisé notre foi et décuplé notre résistance, la perspective de passer la nuit à l'abri de fraîches murailles, en faisant un repas digne de ce nom et en ayant, de surcroît, la possibilité de panser nos blessures et celles de nos destriers, est largement de nature à galvaniser mes troupes. Si les habitants de Tarse résistent, ce sera un véritable massacre.

Mais notre réputation de guerriers sanguinaires nous a précédés. Je dois reconnaître que si je la réprouve, tant elle est orthogonale à l'esprit de la Croisade, elle est bien utile pour épargner un grand nombre de vies.

Lorsque nous approchons de la ville, une escouade de Turcs se précipite à notre rencontre, sabre au clair. Mais, au moment d'engager le combat, ils s'éparpillent et s'enfuient dans tous les sens. Je crains un moment que ne se répète le scénario de Dorylée et qu'ils ne reviennent nous harceler avec leurs flèches.

Rien de tel ne se produit.

La plupart disparaissent à l'horizon, et les portes de la ville demeurent ouvertes.

Avec prudence, mais détermination, je fais pénétrer mes troupes dans l'enceinte de la cité. La population s'est massée sur la place principale qui doit servir tout à la fois de marché régulier et de lieu de réunion politique.

Richard se précipite, la masse d'armes levée, dans l'intention louable de prévenir toute résistance en répandant l'effroi. Mais je retiens son bras. À l'expression de ceux qui se tiennent devant moi, je réalise à quel point toute violence est inutile.

Aucun des habitants de Tarse n'a l'intention de se défendre. Ils se rendent, tout simplement. L'un d'eux, un homme entre deux âges, à la barbe finement taillée et drapé dans des étoffes raffinées qui suggèrent son rang, s'avance d'un pas et s'adresse à moi en ces termes :

« Tu nous as libérés du joug des Seldjoukides sous lequel nous ployons depuis de longues années. Pour cela, nous te remercions. Mais, qu'ils soient Turcs ou qu'ils viennent de l'Ouest lointain, les oppresseurs sont toujours les mêmes. Ils parlent de liberté et enchaînent leurs administrés. As-tu l'intention de gouverner cette cité ou de la spolier tout en réduisant ses habitants en esclavage ? Dans le premier cas, nous t'offrirons notre fidélité et notre concours. Dans le second cas, nous préférons la mort ou l'exil. À toi de décider, chevalier. »

Je suis stupéfié. Non seulement, il a compris que je suis le chef de cette expédition, alors que rien ne me distingue des vassaux nobles qui m'accompagnent, mais de surcroît, il s'est exprimé dans un latin irréprochable. Je suis sûr que certains, parmi mes dépendants, ne sont pas capables de s'exprimer aussi clairement. De plus, il maîtrise parfaitement l'art de l'argumentation et sa manière de poser la situation, sous forme d'alternative, réduit mon libre arbitre de conquérant et conditionne ipso facto mon autorité au nécessaire respect de la dignité humaine. J'ai affaire à un diplomate, un conseiller politique ou, à tout le moins, un lettré. Pourtant, malgré mon admiration justifiée, je ne peux lui permettre de me soumettre.

« Je m'appelle Tancrède. Je suis venu ici en réponse à l'appel de Dieu, et lui seul me dicte ma conduite. Qui es-tu pour t'exprimer au nom de Tarse ? »

Esquissant un fin sourire, il s'incline légèrement et fait un pas dans ma direction.

« Je suis médecin, jurisconsulte, philosophe. Mon nom n'a pas d'importance. Il te suffira de savoir que j'ai été formé à la philosophie grecque et que j'ai appris le latin auprès d'Al Farabi et de sages chrétiens qui se trouvaient avec lui à la cour de Baghdad, avant la domination des sultans. Je me suis établi à Tarse il y a de longues années, afin d'y étudier en paix. Mais peut-être aurais-je dû aller plus loin... Hélas, le monde finit toujours par rattraper le philosophe qui s'en détourne, alors que, parfois, le guerrier aux mains ensanglantées peut entrevoir la vérité. »

Il m'adresse un regard plein de malice.

« Les habitants de Tarse ont fait de moi leur médiateur auprès de l'occupant seldjoukide, poursuit-il, et c'est tout naturellement que je continue à faire honneur à mes fonctions. Voilà pourquoi je me présente devant toi. »

Je lève la main droite, paume tournée vers le ciel.

« Alors, écoute, médiateur. Les gens de Tarse n'ont rien à craindre de moi. Mes chevaliers ne les rançonneront pas. Nous ne maltraiterons pas les femmes ni les enfants. Mais ils devront se plier à ma puissance temporelle, sans condition.

— Qu'en sera-t-il du culte ? »

Je lui réponds sans consulter Richard et les autres Croisés.

« Ils pourront continuer à pratiquer le leur hors de cette cité. À l'intérieur des murs et tant que nous en resterons maîtres, ils devront se conformer aux valeurs et aux rituels de la Foi Véritable que nous a enseignée le Seigneur.

— Qui es-tu, chevalier, pour déterminer dans quel camp se trouve la Vérité ?

— Je suis le serviteur de Dieu, un instrument dans la main du Très-Haut.

— Beaucoup, dans l'univers, se définissent comme tels. Tous se trompent. »

Je ne réponds pas. Cette discussion prend trop de temps et nous devons nous organiser. Si Diogène n'a pas mésestimé les distances, les Croisés emmenés par Baudouin seront bientôt en vue de Tarse. Et ils voudront la posséder. Dans mon souvenir, au départ de Dorylée, le frère de Godefroy disposait d'un nombre de guerriers considérable. Sans l'appui des citadins, il me sera difficile de tenir ma position.

Bien entendu, une confrontation directe est peu probable, mais un siège opiniâtre n'est pas à exclure, de la part d'un chef de guerre qui ressemble à s'y méprendre à Bohémond et, auprès duquel mes rapports privilégiés avec Godefroy ne me seront d'aucune utilité, au contraire. Matérialiste, ambitieux, jaloux sans doute, et... peu enclin à retenir ses hommes.

Je fais avancer mon destrier d'un pas et embrasse du regard la foule massée derrière le philosophe agnostique.

« Écoutez-moi, vous tous. Certains ne peuvent sans doute me comprendre, mais mes paroles leur seront traduites par les autres. D'autres Croisés arrivent. Ils seront là avant le coucher du soleil. »

Je montre l'ouest du doigt et le médiateur cille.

« Ils n'ont pas les mêmes priorités que moi. Mais ils sont tout autant assoiffés et affamés que mes hommes ici présents. Ils sont prêts à faire n'importe quoi pour mettre fin à leur calvaire. Je connais leur chef. Il ne vous fera pas de quartier. Il ne tiendra aucun compte de votre accueil. Si vous vous barricadez, il fera enfoncer les portes de la ville. Il laissera ses soldats piller vos maisons et prendre par la force tout ce que vous étiez prêts à offrir, par sagesse. Enfin, contrairement à moi et à mes vassaux, il n'est pas du tout certain qu'ils s'en aillent. Ils pourraient bien s'installer et faire de Tarse leur nouveau fief. »

Le disciple d'Al Farabi se tourne vers les notables et ils tiennent conciliabule. Je reste coi. La foule s'agite. Au bout d'un moment, le médiateur se retourne vers moi. Sa voix n'a plus rien de malicieux. Toutefois, elle conserve une sorte de dignité indomptable. Cet homme mérite son statut.

« La ville de Tarse s'en remet à son nouveau protecteur, le chevalier Tancrède. Qu'il ordonne et nous obéirons ! »

Nous n'avons pas vraiment eu le temps de nous présenter que déjà les Francs de Baudouin frappent à la porte. Malgré les récriminations de Diogène et de Richard, je décide d'aller au-devant d'eux sans escorte, protégé par la seule croix du Seigneur peinte sur ma tunique. Je repère immédiatement Baudouin, encadré par ses chevaliers à l'air farouche. Ils ressemblent plus à des mercenaires qu'à des pénitents. Lui-même, petit et gros, le visage mangé par une barbe sale et le baudrier de travers, ressemble à l'un de ces barons félons qui écument les frontières des principautés occidentales à la recherche de richesses à dérober. Il n'a rien de la dignité de son aîné. C'est bien simple, à ses côtés, le truculent Bohémond aurait pu passer pour un ascète accompli. Je croise son regard, n'y vois que convoitise. Il n'attend même pas que j'arrive à sa portée pour me saluer. Son geste, d'une négligence calculée, délibérément vexatoire, est destiné à me provoquer, mais je fais comme si je n'avais rien remarqué.

Avant que je puisse lui expliquer que j'ai pris possession de Tarse, il part dans une diatribe ponctuée de raclements de gorge.

« Ah, prince normand, je suis fort aise de vous y voir ! Je savais que vous m'attendriez pour faire ripaille sur le dos des Infidèles ! »

Il se penche en arrière et embrasse du regard l'enceinte extérieure de Tarse.

« La bonne heure que voici ! Ce désert m'a vidé et cette ville est un cadeau de Dieu. Elle m'a l'air riche et ses murailles sont hautes. Il doit faire bon y vivre, n'est-ce pas ? »

Je ne réponds rien et il part d'un éclat de rire.

« Ah, quand je pense qu'en tant que dernier-né, j'étais promis au monastère. Si j'étais resté en Europe, au mieux aurais-je eu le droit de gérer les richesses de mon frère aîné et, peut-être, organiser des fêtes pour louer ses victoires militaires. Je serais mort d'ennui. Et, à présent, me voici conquérant, marchant sur les pas d'Alexandre. Cette Croisade est une idée merveilleuse. Je ne veux plus entendre parler de l'Europe, qu'elle pourrisse !

— Nous sommes là pour libérer la Terre Sainte, Baudouin, pas la conquérir.

— Un Normand qui se mêle d'exégèse ! Extraordinaire ! Crois-tu sincèrement que la Papauté ne se soucie que de faire triompher la foi ?

— Je ne sais pas. Pourquoi ne poses-tu pas la question à ton frère ? »

Son visage se crispe.

« Trêve de paroles, Normand. Que faisons-nous pour Tarse ? Mes guerriers doivent-ils verser le sang des tiens ? » dit-il en pointant du doigt les murailles de la cité cilicienne.

Je lève les yeux à mon tour. Les citadins se tiennent derrière les mâchicoulis, l'arme au poing. À leurs côtés, les croix écarlates attestent d'une volonté commune de défendre l'intégrité de la cité.

Reportant mon attention sur l'ost franc de Baudouin, je dois me rendre à l'évidence. Si confrontation il y a, nous serons littéralement écrasés par le nombre. Le nombre et la sauvagerie, sans doute. De quel droit puis-je demander à ceux qui ont laissé derrière eux tout ce qu'ils possèdent pour me suivre jusqu'à Jérusalem de mourir pour des futilités de seigneur féodal ? Leur vie ne m'appartient pas, car ils l'ont remise entre les mains de Dieu. S'ils meurent, ce devra être en chassant les Infidèles de la Ville Sainte, pas ici, juste après la frontière. Et puis, l'idée que les Chrétiens massacrent d'autres Chrétiens, quels qu'ils soient, m'est insupportable.

Face à moi, Baudouin, sur le fondement d'un raisonnement inverse, a d'ores et déjà compris qu'il gagne. Je ne lui fais pas l'honneur d'un salut. Tournant bride, je pars rassembler ma troupe. Ils m'obéiront, je le sais. Ils ont confiance en moi. Ils savent que ma priorité est hors d'atteinte des tentations terrestres. C'est pour cela qu'ils m'ont choisi comme leur chef. Alors que je repasse sous l'arche de la muraille nord-ouest, je croise le regard du médiateur. Il a l'air sombre. Je ne sais que lui dire. Pourtant, lorsque je passe à sa hauteur, il murmure :

« Avant longtemps, chevalier, Dieu y pourvoira. »

Le temps que je me retourne, il a disparu.

[MdTH fo 8 ro]

Je commence à mieux comprendre les Infidèles. Ils ne sont pas du tout tels que je les avais imaginés. Ni barbares, ni pervers. Ni stupides, ni fanatiques. Je crois que la vision du monde que l'on m'a inculquée est erronée. On m'a fait croire que la Terre Sainte était entre les mains de hordes sauvages, dépourvues d'histoire et sans morale. Des tribus éparses de guerriers hirsutes qui se vautrent dans la richesse de cités qu'ils n'ont pas bâties et dilapident l'héritage monumental d'une culture qu'ils ne comprennent pas, au nom d'une foi simpliste et belliqueuse. Je m'aperçois, chemin faisant, qu'il n'en est rien. Nous aurions pu parlementer avec eux, sans doute. Négocier le tombeau du Christ comme des marchands transigent sur le prix des épices. Au lieu de cela, nous nous sommes jetés sur l'Asie Mineure, la croix brandie et la lance baissée. Je réalise, sans toutefois que ma propre piété en soit affectée, qu'il y a plus d'aveuglement et de violence incontrôlée dans les rangs des Croisés que parmi les Infidèles.

6

Mamistra, octobre 1097

[MdTH fo 9 ro]

Dieu donne toujours lorsqu'on ne lui demande rien et éprouve durement ceux qui le supplient. Il a pansé mes blessures morales et m'a offert une compensation à la perte de Tarse que je n'aurais jamais osé imaginer. Il a mis entre mes mains une terre et une population avec lesquelles je peux mettre en œuvre ma vision de la Croisade. Je peux éprouver la validité d'un combat qui doit rester essentiellement spirituel, ce que, la plupart des Croisés, me semble-t-il, a oublié en dépassant Constantinople.

Après avoir perdu Tarse face au frère de Godefroy, j'ai entraîné mes chevaliers et mes dépendants plus avant dans les terres ciliciennes, en direction du sud-est. Le ravitaillement que, dans sa très grande mansuétude, Baudouin nous a laissé faire, nous a permis d'avancer rapidement. Mon idée, dans un premier temps, était de rejoindre au plus vite les troupes du duc de Basse-Lorraine en continuant, autant que possible, d'éviter celles de mon oncle.

La majestueuse Antioche, verrou de la Terre Sainte, tel était notre unique but.

Deux villes se trouvaient sur notre chemin. Adana et Mamistra. Toutes deux étaient entourées par de nombreuses forteresses et n'avaient pas l'air de paisibles cités commerciales calquées sur le modèle de Tarse. La seconde, en particulier, promettait de résister de longues semaines. Un soir, juste avant d'arriver en vue des jumelles fortifiées, je tins conseil, dans ma tente étroite, avec les principaux de mes vassaux, Richard de la Principauté et, c'était devenu un rituel, en présence de Diogène qui, s'il était mon scribe attitré, n'en restait pas moins un combattant valeureux, quoiqu'il ne fût point noble, participant à tous les combats et m'offrant sa clairvoyance stratégique chaque fois qu'elle pouvait m'être utile. Plusieurs solutions s'offraient à nous, mais à dire vrai, aucune ne paraissait satisfaisante. Nous pouvions engager le siège d'Adana, puis de Mamistra et consolider ainsi la puissance normande en Orient. Mais cela nous éloignait considérablement de notre but véritable. Se contenter de petits royaumes terrestres était bon pour Bohémond ou Baudouin. Pas pour Tancrède. Nous pouvions, proposition faite par Richard, nous séparer en deux groupes, dont l'un ferait le siège des cités ciliciennes et l'autre continuerait droit vers Antioche, afin d'être au rendez-vous du premier grand défi de la Croisade. Mais cela affaiblissait considérablement nos forces et, dans les deux cas, réduisait nos chances de réussite. Nous n'avions pas peur de mourir, mais nous voulions tous voir Jérusalem délivrée. Enfin, nous pouvions chevaucher au large des deux cités et tracer la route jusqu'à Antioche sans plus s'en soucier. Il était peu probable que les Infidèles tentent une sortie pour nous pourchasser, trop heureux, sans doute, de n'avoir pas à combattre. Cette solution paraissait la meilleure, mais Diogène, dans son grand discernement, en perçut la faille : était-il tolérable de laisser intactes derrière nous de puissantes forteresses ennemies qui, à la première occasion, s'ouvriraient en deux pour lâcher des troupes d'Infidèles ? Pouvions-nous réellement ne pas nous soucier de la sécurité de nos pairs ? Que se passerait-il si ceux qui nous suivaient, Normands ou Francs, se retrouvaient face à des légions d'archers à la précision démoniaque et tombaient face contre le sable avant même d'avoir pu remettre leur âme à Dieu ? Le Très-Haut pardonnerait-il notre égoïsme ? L'excuserait-il par notre piété, notre précipitation à le servir ?

[MdTH fo 9 vo]

Tous les chevaliers présents, moi le premier, en convinrent : Diogène avait raison (et je ne doute pas qu'il ait eu plaisir à l'écrire). Nous ne pouvions ignorer nos frères. Il était de notre devoir le plus sacré de faire en sorte que le plus grand nombre de Croisés possible arrive à Antioche, sinon à Jérusalem, non spoliés et en état de combattre. Par conséquent, la seule solution acceptable était d'investir par la force ces deux places fortes ciliciennes. Une fois que cela serait fait, avait précisé Diogène, il nous serait possible de reprendre la route d'Antioche, ne laissant derrière nous qu'une petite garnison de Croisés qui jouerait le rôle d'un fil d'Ariane pour ceux qui arriveraient du nord. De cette manière, la plus grande partie de ceux qui ne tomberaient pas au combat, serait assurée d'atteindre Antioche.

C'est ainsi que nous décidâmes de faire d'Adana et de Mamistra des avant-postes de la Chrétienté. Et, les voies du Seigneur sont résolument impénétrables, c'est presque le contraire qui advint.

[MdTH fo 10 ro]

Il n'y eut pas de combat. Les habitants, à notre approche, ouvrirent les portes et nous accueillirent, non point en libérateurs, mais comme des frères. Sans méfiance. Les seules armes que je vis brandies furent les nôtres, tant que nous ne fûmes pas sûrs des intentions des Infidèles. Celles des soldats qui gardaient les murailles ne quittèrent pas leur fourreau. Notre réputation nous avait-elle précédés ? Savait-on déjà par ici que les hommes de Tancrède de Hauteville n'ont pas pour habitude de rançonner ou de martyriser les populations des cités qu'ils investissent ? En deux jours, Adana et Mamistra étaient passées, sans coup férir, sous domination normande. Depuis ce jour, je leur applique ma loi, une loi ferme mais mesurée, même si, en réalité je le sens bien, c'est moi qui commence à me familiariser avec leurs usages, et à les intégrer comme s'ils étaient miens.

[MdTH fo 11 ro]

J'ai découvert une vérité fondamentale durant les quinze jours que nous venons de passer à Mamistra, aux côtés des Infidèles, sans qu'il n'y ait aucune rixe, aucun affrontement entre mes chevaliers et les citadins, sans même une revendication relative au culte. Nous pouvions parfaitement vivre en harmonie avec ceux qui professent une foi différente de la nôtre. J'ai toujours cru qu'il était de mon devoir de ramener dans le droit chemin ceux qui faisaient fausse route. Pour moi, libérer la Terre Sainte ne consistait pas à massacrer les Infidèles afin de leur reprendre le Tombeau du Christ, mais à leur enseigner, après que le fracas des armes est retombé, la Vraie Foi. À leur faire découvrir, à travers l'excellence des motivations des Croisés, la mesure de nos actes, la sagesse de nos paroles, la ferveur de nos prières, qu'il n'y avait pas d'autres voies que celle du Christ. J'ai cru que, par l'exemple plutôt que par la coercition, je pouvais changer leur vision du monde et les rapprocher de Dieu. Mais cette leçon de sagesse, il faut bien l'admettre, ce sont eux qui nous l'ont donnée. Et, en raison même de la pureté de mon engagement dans la Croisade, j'ai été leur meilleur élève.

Dès le premier jour, j'ai dû, en tant que nouveau maître de la région de Mamistra, établir de nouvelles règles en terme de pratique religieuse.

Contrairement à ce que j'avais imaginé, dans un premier temps, interdire aux Infidèles de pratiquer leur culte dans l'enceinte de la cité n'était pas un *modus vivendi* acceptable. Dès le deuxième jour, j'ai réalisé que voir la ville se vider à heure fixe, cinq fois par jour, nous laissant seuls, guerriers désœuvrés face au silence des échoppes abandonnées, avait quelque chose de malsain. De plus, voir des enfants, des femmes et des vieillards s'agenouiller sous un soleil carnassier et, après la prière, certains être incapables de se relever, devant être évacués par leurs proches, ne correspondait pas à l'image que je m'étais faite d'une administration éclairée de la cité. Au final, les résultats, en termes de contrainte et d'inhumanité, étaient tout aussi catastrophiques qu'une interdiction pure et simple ou une conversion forcée. J'ai donc renoncé, très vite, à cette discrimination pour adopter une attitude plus sereine. Et, je l'ai réalisé, bien plus pertinente quant à la diffusion de la doctrine chrétienne.

[MdTH fo 11 vo]

J'ai laissé les Infidèles pratiquer leur foi comme ils l'entendaient, tout en leur donnant à voir la nôtre. Et, avec l'aide de Diogène, j'ai organisé les offices quotidiens, en plein air, près de leurs propres édifices de culte ou sur la place où se tient, à d'autres heures, le marché de la ville, de façon à ce qu'ils ne puissent ignorer la diversité de nos rituels et la beauté de nos prières. Le système a donné des résultats intéressants. Plusieurs citadins ont commencé à assister aux offices et ceux qui leur tiennent lieu d'ecclésiastiques ont accepté, en retour, que les nôtres suivent les prières qui s'élèvent sous les minarets. Moi-même, je m'y suis rendu à plusieurs reprises, pour montrer l'exemple. Imperceptiblement d'abord, mais de façon de plus en plus nette par la suite, j'ai commencé à apprécier leur liturgie. Ce que je trouvais au départ simpliste et guttural, ridicule et obscur, j'ai commencé à en comprendre le sens. La génuflexion des Infidèles n'était pas si différente de la position chrétienne du pénitent. Le caractère rythmé et narré des chants de prières se rapprochait des « Kyrie » et des « Ave Maria » de la messe telle qu'elle se déroulait en Europe. Et, dans l'attitude des pratiquants, profondément concentrés dans leur prière, je n'ai vu qu'humilité et ferveur dignes des meilleurs serviteurs de Dieu. S'ils étaient bel et bien dans l'erreur, aucun d'entre eux n'en avait conscience. La pitié que j'ai tout d'abord ressentie pour ces gens qui ne savaient pas que la route qu'ils avaient empruntée, loin de leur ouvrir les portes du Paradis, les éloignait du Chemin de Dieu, s'est transformée, au fil des jours, en un regard critique sur mon propre peuple, en une lucidité nouvelle qui m'a permis de mettre au jour nos propres limites, habituellement masquées par la justesse de notre position.

Combien de Chrétiens, me suis-je demandé, accepteraient qu'un étranger vienne leur dire qu'ils sont dans l'erreur et qu'ils doivent se convertir ? Combien de fervents catholiques, qu'ils soient roturiers, nobles ou même hommes d'église, prendraient en considération, ne serait-ce que le temps d'un souffle, l'hypothèse selon laquelle tout ce qui constitue leur credo, tous ces rituels auxquels ils se plient avec dévotion, tous les textes sacrés qui dictent leur conduite, seraient le résultat d'une dramatique erreur ? Moi-même, je le réalisai avec effroi, si j'étais prêt à aider les Infidèles plutôt qu'à les massacrer, si j'arrivais à comprendre que seules leur sincérité et leur ignorance les rendaient dangereux pour le peuple des Chrétiens, je ne pouvais imaginer que cette erreur qu'ils commettaient puisse être partagée. Personne, dans tout mon parcours jusqu'ici, de ma naissance en Sicile à l'apparition des murailles de Mamistra, ne m'avait jamais appris à douter, à remettre en cause les vérités qui ordonnaient mon univers. Je n'en étais tout simplement pas capable. Je ne pouvais me départir de la conviction profonde que je pouvais les sauver.

[MdTH fo 12 ro]

J'ai pris conscience d'autre chose, à Mamistra. Diogène et moi avons résolu d'insister sur ce point au fil de la relation de la Croisade qu'il entreprend sur la base de mon expérience personnelle et qui servira peut-être à l'édification des futures générations de Chrétiens d'Orient : les Infidèles ne constituent pas un groupe ethnique homogène. Ils forment, au moins autant que les Croisés, une mosaïque de races et de nations qui, si elles font apparemment profession de foi commune, se distinguent par des traits physiques tout aussi bien que par des coutumes divergentes. Ainsi la population de Mamistra et d'Adana est le résultat de la coexistence d'au moins trois ethnies : les Arabes, les Turcs et les Arméniens, fort nombreux en Cilicie, d'après ce que j'ai compris. Ils communiquent entre eux grâce à une langue partagée, mais ils disposent chacun de dialectes précis, aux structures grammaticales ésotériques pour qui ne les a pas apprises dès l'enfance.

[MdTH fo 13 ro]

Je suis débarrassé des soucis quotidiens de la gouvernance en raison de la miraculeuse paix civile qui règne sur mes deux cités. Elle n'a guère été troublée que par un incident à Adana, dont j'ai laissé l'intendance à Richard avec la consigne sévère de châtier tous ceux qui troubleraient la paix publique sans se soucier de leur appartenance au même sang ou au même culte que lui ; ce qu'il a fait, je dois le dire, avec une rigueur et un sens de la responsabilité exemplaires pour un si jeune chevalier. À force de fréquenter mes nouveaux administrés, j'ai pu apprendre les rudiments d'au moins deux langues parlées dans la région et me familiariser avec certains rituels.

J'ai encouragé mes cavaliers à se confronter, dans une émulation dénuée d'agressivité, à ceux des garnisons turques encore présentes dans la région, afin d'éprouver les failles et les avantages de nos arts équestres respectifs. Dès les premières rencontres, il est apparu évident que les Arabes maîtrisaient parfaitement la nature et les capacités du cheval. Mais ils ont été intéressés quand nous leur avons appris à utiliser la masse de l'animal et montré comment elle pouvait avoir raison d'à peu près n'importe quelle ligne de front composée de piétons, aussi lourdement armés et caparaçonnés soient-ils. Un soir, alors que nous dînions à même le sol en compagnie des commerçants arméniens et des notables de la cité, j'ai demandé autour de moi si quelqu'un avait entendu parler d'un philosophe itinérant qui aurait suivi l'enseignement d'Al Farabi et qui, il y a peu de temps, avait séjourné à Tarse. Mais, personne, y compris parmi les lettrés, ne semble le connaître. C'est assez troublant, je dois dire, d'autant plus qu'à l'exception de Diogène, avec qui j'en ai parlé à plusieurs reprises, la plupart de mes vassaux ne semblent même pas se souvenir de son visage, ou même de son rôle. Le fait qu'il n'ait pas donné son nom rend plus difficile encore son identification et sa fixation dans nos mémoires. Richard, quant à lui, se souvient d'un notable richement vêtu et bedonnant avec lequel j'aurais effectivement parlementé à Tarse, mais n'a aucune mémoire du philosophe tel que je le lui ai décrit. Un mystère très secondaire qui trouvera sa réponse lorsque Dieu l'aura décidé, je cesse donc de m'y intéresser.

Alors même que nous sommes sur le point de quitter la région, je réalise à quel point ce que nous avons vécu ici relève de l'exception. Pour autant que je sache, aucun Croisé, qu'il soit normand, franc ou même romain, n'a eu cette expérience. Les Infidèles demeurent pour eux un ennemi obscur et déterminé, dangereux et sans subtilité, qui occupe une Terre sacrée pour les Chrétiens et qu'il faut à tout prix éradiquer, car Dieu l'exige. Je crois que j'aurais plus de mal encore qu'auparavant à chevaucher aux côtés de chefs de guerre comme Bohémond, ou d'arrivistes tels que Baudouin lequel, j'en suis bien certain, finira par obtenir le titre de Prince d'Antioche, ou pire, de Roi de Jérusalem. En revanche, je crois que Godefroy de Bouillon sera capable d'appréhender la vérité que les événements m'ont permis de découvrir. Du coup, je m'aperçois que j'ai grand hâte de le retrouver et de combattre à ses côtés. Combattre non seulement les Infidèles qui nous barreront le chemin de la Terre Sainte, parce que tel est mon devoir de Chrétien, mais aussi les préjugés qui risquent d'entacher la reconquête du Tombeau du Christ, après notre victoire. Car nous devrons nous garder de commettre les pêchés d'orgueil et d'intolérance. Après avoir versé le sang au nom de Dieu, il nous faudra utiliser les Évangiles de préférence à l'épée. Et seuls des justes comme Godefroy seront à même de le garantir.

En regardant la forteresse qui coiffe Mamistra s'éloigner sur l'horizon du nord, tandis que Richard de la Principauté, trop heureux de reprendre la route de la Croisade, caracole en tête, en compagnie des plus excités de mes vassaux, j'éprouve une sorte d'appréhension. La veille du départ, l'un des Arméniens du quartier commerçant est venu me trouver et m'a dit ceci :

« Ta gouvernance a été éclairée, prince normand. Meilleure que celle des Turcs. Puisse la route t'être favorable, car nous attendrons fidèlement ton retour. Désormais s'étend, entre Adana et Mamistra, la terre de Tancrède. »

J'ai souri, ému.

La terre de Tancrède.

Et c'est un autochtone qui l'a baptisée ainsi. Jamais je n'aurais osé le faire. Si mon oncle, si avide de nouvelles terres à posséder, apprenait cela, il en pâlirait de jalousie. Mais, au fond, peut-être le saura-t-il si sa route l'amène dans la terre de Tancrède. Le Seigneur, dans sa grande sagesse, fait parfois preuve d'une ironie saisissante. Mes ancêtres normands, ces fiers conquérants de la Sicile, auraient apprécié.

Sans jamais vouloir me l'approprier, j'ai donc fait de cette région de Cilicie, petite mais riche en ressources, ma nouvelle terre. Je pourrai y revenir en conquérant ou en simple voyageur, j'y serai toujours accueilli avec les honneurs d'un législateur. Pourtant, ce n'est nullement un fief, mais une terre librement administrée. Et elle le restera, j'en suis convaincu, grâce à la diversité des cultures qui contribuent à son développement. Si seulement une telle réalisation pouvait préfigurer ce que sera Jérusalem lorsque les Croisés en auront repris le contrôle… Ce n'est que bien plus tard, après des souffrances et des ruptures innombrables, que j'ai réalisé ce que cette expression signifiait. Cet Arménien avait compris, bien avant moi, qui j'étais vraiment et pourquoi j'étais venu.

7

Antioche, octobre 1097

La Croisade continue.

Ce matin, au lever du soleil, nous avons traversé le gigantesque pont qui enjambe le fleuve Oronte, à quelques kilomètres à peine d'Antioche, la ville forteresse qui verrouille l'accès à la Terre Sainte, la plus pesante des portes que nous devons franchir avant d'entrer dans Jérusalem et de jeter à bas l'infamie et le paganisme qui l'ont confisquée à la Chrétienté. Il y a deux jours, mon ost, rasséréné par le séjour paisible en Cilicie, à l'ombre d'Adana et de Mamistra, a rejoint ceux de Godefroy de Bouillon, de Raymond de Saint-Gilles, d'Adhémar, l'évêque du Puy et, bien évidemment, de Bohémond de Tarente, mon oncle honni. J'ai appris que Baudouin, quant à lui, avait quitté Tarse et pris possession d'Edesse, poursuivant son programme personnel de conquête.

J'ai été heureux, dans l'ensemble, de retrouver les autres Croisés et d'emprunter avec eux cette passerelle martelée qui semble être un ultime vestige de l'arrogance des dieux antiques avant qu'ils ne soient balayés par l'avènement du Dieu unique et noyés dans la plénitude de son Amour. En réalité, ce pont, je l'ai appris en discutant avec le docte Adhémar, a été bâti par les Grecs de Constantinople, que les populations locales désignent plutôt comme les « Roum », au moment de l'apogée de l'Empire d'Orient. D'ailleurs le général Tatikios, dont le nez n'a pas repoussé depuis Nicée, n'entend pas laisser les Croisés entrer seuls dans Antioche : il a absolument tenu à ce que son contingent de soldats impériaux emprunte le pont en premier. Personne, parmi les Francs et les Normands, n'a songé à lui disputer la vedette car, comme me l'a dit avec malice l'évêque du Puy, mieux vaut un Grec précipité dans les eaux tumultueuses de l'Oronte en raison d'un ouvrage mal bâti par ses aïeuls, plutôt qu'un Croisé dont la lame sert Dieu et pas l'Empire. Bien sûr, aucun de nos chevaliers n'a vu la structure séculaire céder sous les sabots de sa monture, aussi lourdement harnachée fut-elle, et nous avons dressé sur l'autre rive un campement provisoire, afin d'établir un plan avant d'arriver en vue des murailles d'Antioche, dont il paraît qu'il n'y en a pas de plus impressionnantes dans la région.

Une fois n'est pas coutume, la présence des Impériaux nous est précieuse, car ils ont une connaissance approfondie de la région et surtout de la configuration des cités fortifiées qui leur appartenaient avant la domination des Seldjoukides. Antioche était encore, en l'année 1084, l'un des fleurons de l'Empire d'Orient, l'une des dernières possessions grecques à tomber sous les coups des Turcs. Ainsi, nous avons appris, par l'intermédiaire de Tatin, qui s'est gargarisé des demandes empressées des chefs de la Croisade en vue d'obtenir des renseignements stratégiques de sa part, qu'Antioche est une place forte conçue pour résister à des sièges de plusieurs mois. Elle est adossée à une montagne, au sommet de laquelle veille une forteresse inexpugnable, ce qui rend impossible toute solution d'encerclement. Son enceinte, de six mille toises de longueur, est ponctuée de trois cent soixante tours de garde, réparties sur trois niveaux différents, ce qui garantit une surveillance permanente des murailles. Ces dernières, bâties en pierre de taille, sur un socle de maçonnerie d'une épaisseur considérable, sont à l'abri de toute opération de sape, à moins de vouloir y passer des semaines. Le fleuve, qui longe la ville par l'ouest, lui garantit une voie de ravitaillement d'autant plus facile à maintenir que son cours a creusé une série de gorges aux à-pics vertigineux ; un bouclier naturel extrêmement difficile à franchir qui interdit tout blocus. L'ouest et le sud sont donc impraticables pour les assiégeants qui ne peuvent, en aucun cas, cerner la ville. Ce n'est pas pour rien qu'on l'a surnommée, le « verrou » de l'Asie Mineure.

« Est-ce à dire, général Tatikios, que l'on ne peut pas entrer dans cette cité d'Infidèles ? » intervient Raymond de Saint-Gilles, sur un ton quelque peu provocateur.

« Si fait, comte de Toulouse, répond le général

d'Alexis, on peut y entrer. Je dis simplement qu'elle est impossible à conquérir par la force. Si vous lancez vos chevaliers à l'assaut des murailles d'Antioche sans réfléchir, ils ne verront jamais Jérusalem.

— Réfléchir ? Vos paroles résonnent comme un blasphème à mes oreilles. Ne croyez-vous point à la puissance divine qui guide nos âmes et nos armes ? C'est de foi dont nous avons besoin, avant tout.

— La foi est primordiale, consent Tatin, avec un sourire en coin. Pourtant elle ne suffira pas ici. Les Croisés ont besoin de mon aide ; même vous, Isangélès. »

Raymond blêmit et Godefroy, qui se tient à ses côtés, lui pose la main sur le bras, retenant le geste qu'il esquissait vers son arme. N'ayant pas mis les pieds à Constantinople, avant le franchissement du Bosphore, certaines subtilités de la cour impériale m'ont échappé, et j'ai failli ne pas comprendre la portée de l'affront que Tatikios vient de faire au puissant comte de Toulouse. Mais les discussions que j'ai eues avec Godefroy alors qu'il inspectait l'ost des Croisés n'ont pas été inutiles : Anne Comnène, la fille de l'Empereur, a une affection et une admiration particulières pour Raymond. Parmi tous les Croisés, il est celui qu'elle respecte le plus. C'est elle qui l'a prénommé ainsi, lors d'une de leurs rencontres dans les jardins du Palais impérial et, sans nul doute, aurait-elle préféré qu'il renonce à la Croisade pour demeurer auprès d'elle, à contempler les fastes incandescents de Byzance, voire à les raviver.

« J'ai participé à la Reconquista de l'Espagne à l'appel du Pape Alexandre, dit froidement Raymond de Saint-Gilles. Nous avons remporté de nombreuses victoires sur les Infidèles et nous n'avions pas le moindre contingent impérial à nos côtés.

— Si fait. Mais ce n'est pas de force militaire dont je vous parle, poursuit Tatin, savourant manifestement la situation. Le seul moyen efficace de rendre Antioche au peuple des Chrétiens, c'est la traîtrise. »

Le mot claque dans l'air comme une nouvelle insulte à l'encontre des Croisés.

Cette fois-ci, Godefroy de Bouillon s'avance d'un pas vers Tatikios.

Avant même de l'avoir décidé, je me retrouve à sa droite, prêt à frapper.

« Général Tatikios, au nom du Très-Haut, je vous conjure de rendre vos propos plus clairs avant longtemps. »

Tatin réprime un hoquet de surprise et, comprenant sans doute qu'il a trop poussé son avantage, s'incline devant le duc de Basse-Lorraine, en évitant son regard terrible.

« Pardonnez-moi, seigneur. Je n'avais pas l'intention de vous insulter. Simplement, nous avons besoin d'un complice à l'intérieur des murs. Un citadin qui nous ouvrira la porte. Il faut quelqu'un de haut placé dans la hiérarchie militaire. Il doit disposer des clefs. Un noble, peut-être. Mais il ne doit pas être Turc.

— Quel Infidèle pourrait jouer ce rôle ? demande

Raymond, qui semble avoir déjà oublié sa colère, effacée par la perspective de la victoire prochaine.

— Justement, ce traître ne doit pas être païen, comte de Toulouse. Probablement, il faudra le dénicher parmi ces Chrétiens dégénérés qui vivent depuis de trop longues années sous le joug du sultan en place. Un Arménien, peut-être... »

Le silence retombe sur notre assemblée. Tout le monde semble réfléchir. Personnellement, bien qu'il me soit difficile de l'admettre, je trouve la proposition de Tatin Nez-Coupé intéressante. Elle permettrait une victoire rapide tout en évitant une hécatombe, inévitable en cas d'assaut frontal. D'un autre côté, je perçois, et je sais que je ne suis pas le seul en observant à la dérobée le froncement de sourcils de Godefroy, les arrière-pensées qui dictent l'attitude du sbire d'Alexis. Si nous prenons Antioche grâce à lui, sans la dévaster, il la revendiquera au nom de l'Empire. Il est même possible qu'un important détachement de forces impériales soit déjà en route pour nous contraindre, comme à Nicée, à reprendre illico la route de Jérusalem, en abandonnant Antioche à ceux qui l'avaient perdue il y a près de quinze ans. D'un autre côté, n'est-ce pas notre but ? Atteindre Jérusalem ? Pourtant, une chose m'inquiète : lorsque le temps sera venu de rentrer en Europe, quelle sera l'attitude de l'Empire à notre égard ? Les garnisons qui tiendront, en mains propres, toutes les citadelles que nous leur aurons rendues en versant notre sang nous laisseront-elles passer sans nous spolier ?

Avant qu'une décision n'ait pu être prise, la

réunion est interrompue par une estafette qui vient nous prévenir qu'une importante troupe de Turcs passe à proximité. Probablement une caravane de ravitaillement, qu'il nous faut intercepter. Bohémond est le premier à se lever. En bondissant hors de la tente, sans attendre la décision de Godefroy de Bouillon, il rugit :

« Enfin ! La première prise de la journée ! Sus aux Infidèles ! »

[MdTH fo 14 ro]

Les commerçants turcs étaient flanqués de troupes armées dont la base d'opération, nous l'avons appris par la suite, était la forteresse d'Harenc, voisine d'Antioche.

Les chevaliers de mon oncle eurent aisément raison de l'escouade turcomane, l'effet de surprise et la pugnacité jouant en leur faveur, et il voulut, sans attendre, les poursuivre jusqu'à la citadelle d'où ils étaient venus, pour en faire le siège et se l'approprier, incontinent. Nul doute que Baudouin était prêt à l'accompagner et à lui disputer cette position stratégique. Mais, cette fois, l'impétueux Normand dut se plier à l'autorité de Godefroy qui, l'ayant rejoint, lui interdit fermement de disperser les forces croisées. Avoir récupéré les marchandises, l'équipement et les denrées que les Infidèles convoyaient était une bonne chose, mais il fallait en priorité, expliqua le duc de Basse-Lorraine, se positionner autour des remparts d'Antioche, construire un camp retranché capable de soutenir des assauts de l'ennemi, car le siège, s'il fallait en croire la description du site faite par Tatin, risquait de durer un temps considérable. Ainsi, la prise d'Harenc fut remise à plus tard, mais je connaissais mon oncle : jamais il ne laisserait à un autre seigneur le privilège de posséder cette place forte. J'étais certain qu'il tenterait de s'en emparer à la première occasion, quel que soit le prix qu'il lui faudrait payer et quitte à compromettre momentanément le siège d'Antioche. Mais, il fallait encore que Bohémond passe sa colère, qu'il évacue l'irritation vive que lui causait ce contretemps.

Alors que nous arrivions près des remparts d'Antioche, sur lesquels se pressaient déjà les défenseurs, Bohémond fit amener les prisonniers, principalement des marchands désarmés, dans l'idée d'en faire des esclaves, lorsque d'autres auraient tenté de les convertir. Sans rien demander à personne, et, en me jetant, alors qu'il passait devant moi avec ses captifs aux visages livides, un coup d'œil goguenard, il s'avança jusqu'à portée de flèche de l'enceinte nord d'Antioche, au mépris du danger. Il prit le premier prisonnier par les cheveux et le contraignit à s'agenouiller. C'était un homme sec d'une cinquantaine d'année qui tremblait comme une feuille et suppliait dans une langue inconnue. D'un mouvement ample de sa lame défouraillée, Bohémond le décapita. La trentaine de guerriers normands qui lui avaient emboîté le pas firent de même avec leur prisonnier.

[MdTH fo 14 vo]

Les corps sans tête glissèrent sur le sol dans le bruit écœurant du sang qui gicle par saccades. J'étais tellement surpris que je ne fus pas capable d'esquisser le moindre mouvement. Mais la représentation de mon oncle n'était pas terminée. Il partit d'un éclat de rire dément, ou en tout cas qui imitait parfaitement la démence. Puis, levant haut la tête, dégoûtante de sang, qu'il tenait dans sa main gauche et, après avoir vérifié que ses exécuteurs suivaient le mouvement, il effectua deux amples moulinets de bras et la lança de toutes ses forces vers les remparts, hantés de faces blêmes. La plupart des têtes ne parvinrent pas à franchir les murailles, bien trop élevées. Celle lancée par Bohémond, si. Les autres heurtèrent la pierre, certaines se fendant comme des fruits mûrs, et allèrent se fracasser contre la rocaille, au pied des murailles que les vents avaient partiellement ensablées, avec un bruit mou. Là-haut, entre les mâchicoulis et sur les chemins de garde, les Infidèles semblaient médusés par le macabre spectacle.

Bohémond plaça ses mains en porte-voix et leur hurla :

« Cette ville ne vous appartient pas, païens ! Tous ceux qui seront encore là demain, seront traités de la même manière. Foi de Bohémond de Tarente ! »

Puis, mon oncle tourna le dos aux remparts d'Antioche et, avec une nonchalance délibérée, revint vers nous. Fait miraculeux : nulle flèche vengeresse ne l'atteignit dans le dos. À dire vrai, je crois même me souvenir qu'aucune n'avait été décochée. La honte et la colère, pour cet acte de barbarie indigne d'un Croisé, me submergèrent un peu plus tard, mais sur l'instant, en le regardant marcher vers moi, la main droite négligemment appuyée sur la garde de son épée et l'autre époussetant la croix écarlate qui ornait sa poitrine, je ne ressentais qu'une forme d'admiration malsaine pour le guerrier. Et le silence assourdissant qui continuait à noyer l'immense ville derrière lui en disait long sur l'impact psychologique que sa saynète avait sur les Infidèles qui nous barraient la route de Jérusalem.

Je compris, en un éclair, que le siège d'Antioche serait une boucherie.

Pourtant, je trouvai en moi la force et la résolution de tout tenter pour l'éviter.

[MdTH fo 15 ro]

La semaine suivante, à la suite d'une nouvelle assemblée des chefs de la Croisade, tandis que le siège d'Antioche peinait encore à s'organiser, nous avons décidé de bâtir un fortin, de pierre et de bois, au sommet d'une éminence naturelle qui fait face aux remparts d'Antioche. L'évêque du Puy a procédé à la bénédiction du lieu, en présence de Godefroy et assisté par Petit-Pierre, l'infortuné patron de la croisade des gueux, qui a vu tant des siens massacrés à Civitot, près de Nicée, l'année précédant notre arrivée. Adhémar a donné au fortin le nom de Malregard et a annoncé qu'il était destiné à assurer nos positions. Il devait servir de solution de repli militaire et de réserve alimentaire pour l'ost de Dieu, si le siège d'Antioche se prolongeait.

Ce soir, en regardant le ciel, lourd de nuages sombres, il m'est apparu que nous avons été bien inspirés. D'après les Arméniens et les Syriens qui, majoritairement, ont été chassés de la ville par le sultan Yaghi Siyan, au motif qu'ils étaient soupçonnés de sympathie avec les Chrétiens et qui, naturellement, sont venus grossir nos rangs et nous apportent de précieux renseignements, la mauvaise saison est sur le point de commencer. Dans quelques jours, l'étendue semi-désertique qui nous sépare de la cité fortifiée se transformera en véritable bourbier en raison des pluies incessantes. L'armateur syrien que j'ai interrogé hier m'a affirmé que les précipitations perdureront jusqu'à Noël.

L'humidité amènera inévitablement la maladie dans nos rangs. Sans doute, le sultan d'Antioche compte-t-il se débarrasser de nous de cette manière, en attendant que les fièvres nous rongent et nous contraignent à rebrousser chemin. Il est vrai que, sans toit pour s'abriter, sans eau courante pour se laver, à l'exception de celle de l'Oronte, aux berges impraticables, les semaines qui viennent seront dures pour les chevaliers du Christ. Surtout si notre nourriture se corrompt et que nous n'avons plus de ravitaillement régulier.

J'ai levé les yeux vers le ciel et retrouvé une partie des constellations de mon enfance, grâce à l'aide de Diogène, qui se pique d'astronomie. Si nous mourons demain, au moins ce ne sera pas sous un ciel totalement étranger. Mais, Yaghi Siyan se trompe. Car qu'il soit venu jusqu'ici pour servir Dieu ou pour se servir au nom de Dieu, le Croisé est terriblement tenace.

8

Antioche, juin 1098

[MdTH fo 16 ro]

Les choses ont commencé à dégénérer au moment des cérémonies de la Nativité. Celles-ci s'étaient déroulées à Malregard, dont la structure était encore intacte. Le siège d'Antioche dure depuis sept mois et n'avance pas. La cité offre une résistance exceptionnelle à nos assauts et le « traître » tant recherché par Tatin ne s'est pas présenté. La démoralisation a gagné les rangs des Croisés, en commençant par les piétons, dont la protection laisse de plus en plus à désirer. Nombreux sont ceux qui meurent sous les coups des Infidèles en allant chercher du fourrage pour les roncins et les destriers de leurs maîtres. Tous nos dépendants, bien sûr, ne peuvent, en permanence, rester à l'abri des murs de Malregard, par ailleurs trop exigu. Le doublement du nombre des cavaliers accompagnant les expéditions de ravitaillement n'a servi qu'à perdre, en plus des hommes, de précieuses montures. Les sommiers ont dû être abattus pour nourrir la troupe. Ne restent que quelques roncins, dans un état misérable, et les destriers qui, eux, sont l'objet de toutes les attentions, quitte à laisser mourir certains piétons dont les blessures sont jugées fatales. Il faut comprendre que les destriers sont notre meilleure garantie d'atteindre, un jour, Jérusalem. Nous avons autant besoin d'eux que de nos armes et de nos cottes de mailles.

Malgré le caractère dramatique de notre situation, aucun des chevaliers du Christ n'a renoncé. Je me suis efforcé de remonter le moral de mes frères et les ai engagés à prier avec ferveur, en compagnie d'Adhémar et de Petit-Pierre. Même Richard qui, depuis l'arrivée à Antioche, s'était fait discret au point de disparaître des jours entiers dans sa tente, reste mon fidèle compagnon et répond à chacun de mes appels. Quant à mon oncle, lui qui était si prompt à mutiler les Infidèles qui avaient le malheur de ne pas mourir tout de suite sous son épée, il a fait preuve d'initiative désintéressée : il s'est porté volontaire, avec le comte de Flandre, pour aller chercher un ravitaillement conséquent jusqu'à la cité d'Alep, légèrement plus au sud. Ils risquent d'attirer sur nous des Infidèles supplémentaires, mais la famine guette et impose des solutions hasardeuses.

[MdTH fo 16 vo]

Bohémond et Robert sont partis le 23 décembre avec un contingent réduit, mais lourdement armé.

Ils ont pris les meilleurs de nos destriers et largement puisé dans nos réserves d'eau. La détermination du Franc et du Normand avait été sans faille, mais alors qu'ils revenaient victorieux, sinon avec les clefs d'Alep, du moins avec un butin conséquent, riches de victuailles et d'outres fraîches, ils ont été attaqués par deux armées turques en maraude et ont perdu l'essentiel de leurs hommes et de leur cargaison, ne sauvant leurs vies que par malice, en se faisant passer pour morts. Ils sont rentrés à pied, désarmés et souillés par leur propre sang, le regard à terre. Ce spectacle a eu un effet désastreux sur tous les piétons et sur les plus jeunes des chevaliers.

Puis Godefroy de Bouillon est tombé malade, suivi de près par Raymond de Saint-Gilles et, même moi, j'ai commencé à douter. Sans le commandement éclairé du duc de Basse-Lorraine et la puissance du comte de Toulouse, la Croisade ne peut continuer. S'ils meurent, c'en est fini de notre expédition.

Adhémar a dû les exhorter à se réfugier dans les forteresses que les Croisés ont conquises avant de franchir l'Oronte, Raymond s'est rendu à Adana, avec ma recommandation, et Godefroy a été accueilli à Edesse, tombée sous le gouvernement de son frère, Baudouin.

J'ai l'impression de me retrouver seul.

Je ne sais point galvaniser les hommes, comme Godefroy. Lui pouvait les envoyer mourir au pied des remparts d'Antioche pour le seul amour de Dieu. Les promesses de richesses et de terres, je me refuse à les faire, tant la perspective d'une issue victorieuse est devenue illusoire.

[MdTH fo 17 ro]

Durant cette période désespérée, à partir du mois de janvier, les désertions ont été nombreuses et, avec l'aide de Richard et d'un Bohémond qui se remet difficilement de son échec, je tente d'y faire face. Ainsi, nous avons rattrapé Petit-Pierre, le plus pur d'entre nous, et Guillaume le Charpentier, alors qu'ils fuyaient vers l'Oronte.

Bohémond a trouvé divertissant de les humilier publiquement. Il les a contraints à rester, tels des maudits, allongés devant l'entrée de sa tente. Il les a piétinés jour et nuit autant qu'il a pu, jusqu'à ce que l'évêque du Puy fasse cesser cette sanction perverse et peu charitable. Je dois dire que j'ai éprouvé du soulagement à son intervention, mais, d'un autre côté, l'épisode avait flatté le goût naturel de mon oncle pour les abus d'autorité et, depuis ce jour, il semble se reprendre. Je ne suis pas sûr que ce soit une bonne nouvelle, mais je suis heureux qu'il contribue à rétablir l'ordre dans le camp. Il a retrouvé sa voix et sa superbe et, menaçant, écume les rangs des Croisés pour traquer les lâches.

Toutefois, les désertions continuent. Et beaucoup de mécréants trouvent la mort sur le chemin qui les ramène vers Constantinople, certains lapidés par de simples paysans turcs, dans une juste vengeance des exactions subies. Et, le sultan d'Antioche, lui, continue de nous défier du haut de sa forteresse effilée.

Début du mois de février de la 1098e année du Seigneur. Le général Tatikios vient d'annoncer qu'il rentre à Constantinople. Bien que je n'aie aucune confiance en Tatin, c'est une fort mauvaise nouvelle. Si les Infidèles assistent, depuis les mâchicoulis, au départ des soldats impériaux, ils en déduiront que la décrépitude ronge leur ennemi et ils ne feront que consolider encore leur position. Peut-être même qu'ils tenteront une sortie en force pour nous achever, tels de vulgaires nuisibles.

« Pourquoi ? » demandé-je à Nez-Coupé, en pénétrant sans prévenir dans sa tente, au mépris des règles élémentaires de la chevalerie.

Il me regarde, son insupportable sourire moqueur planté en plein visage.

« Pourquoi, chevalier de Hauteville ? Tout simplement parce que l'intérêt du Basileus l'ordonne.

— Mais l'Empire ne désire-t-il pas récupérer Antioche ?

— Si fait, prince calabrais. Alexis rêve de voir sa bannière flotter au sommet de la citadelle. Mais, m'est avis que nous n'en prenons pas le chemin. Et l'Empire ne veut pas être associé à une bande de chevaliers en haillons qui souille le désert. »

Je le jure devant Dieu, à cet instant, je suis déterminé à l'égorger. Mais, il s'avance d'un pas et me saisit par les épaules, plongeant son regard dans le mien.

« De guerrier à guerrier, Tancrède, nous avons perdu cette bataille, ne le vois-tu pas ? »

Je soutiens son regard, mais dois l'admettre : ses paroles me font douter des desseins du Très-Haut. Je me suis demandé, jusqu'ici, si Dieu ne veut pas nous marquer profondément dans notre chair, afin de nous rappeler qu'on ne peut s'élever vers Lui sans subir des scarifications de toutes sortes. La souffrance est un accélérateur de la foi, j'en ai la profonde conviction. D'une certaine manière, alors que nous venions de célébrer Sa naissance, Il veut que nous subissions Sa Passion. Que les murailles d'Antioche soient nos quatorze stations, au terme desquelles, nous nous serons dépouillés de tout ce qui n'était pas pur en nous. Et alors, seulement, il nous ouvrira la route vers Jérusalem.

Mais, à cet instant précis, en observant la nuit qui danse au fond des pupilles dilatées du général des Roums, je crois que Dieu nous a effectivement abandonnés. Ma foi vacille. Tatin a dû percevoir ce tremblement spirituel, car il ajoute :

« Il n'y a aucune intervention divine, là-dedans, Tancrède. C'est simplement la réalité de la guerre. Antioche ne tombera pas. Je n'ai pas le droit d'engager l'armée impériale dans un combat perdu d'avance. Même toi, le plus pur d'entre les chevaliers du Christ, tu peux le comprendre... »

Sans attendre de réponse, il se détourne pour poursuivre les préparatifs de son départ. Si Bohémond avait été présent, il l'aurait sans doute coupé en deux à cet instant précis. Mais c'eut été parfaitement inutile. Ne trouvant rien à ajouter, je me retire.

[MdTH fo 17 vo]

Les Impériaux ont quitté le camp, à l'aube, emmenés par Tatin, et sans passer devant Malregard, sans saluer notre croix écarlate. Tatikios n'a pas jeté un seul regard en arrière. Des remparts d'Antioche, des imprécations moqueuses sont tombées. Pourtant, je le jure devant Dieu, je vérifie que Diogène l'écrit bien clairement, la situation changera.

« Je m'appelle Firouz. »

Je lève la tête vers l'entrée de ma tente et fais signe à Diogène de ne pas bouger. L'homme qui se tient dans la lumière de la lune gibbeuse, drapé d'étoffes couleur sable, est un Infidèle. Il n'a pas l'air armé, pourtant, ni véritablement hostile. Il se tient là, tout simplement. Il me faut un certain temps, aussi, pour réaliser qu'il ne m'a pas demandé mon nom et qu'il s'était exprimé en latin.

« Que veux-tu, étranger ? » l'interrogé-je d'un ton le plus neutre possible, en tentant d'évaluer, du coin de l'œil, la distance qui me sépare de mes armes.

Sa réponse fuse, déchirant l'ombre de mon esprit d'un trait fulgurant.

« Vous livrer Antioche. »

Diogène fait mine de se lever, mais le regard que lui jette Firouz l'en dissuade. Quant à moi, ma méfiance s'évanouit aussi vite qu'elle est apparue.

Il y a, derrière cette visite impromptue, la main de Dieu, j'en suis certain.

Je l'invite à entrer, d'un geste simple.

Il fait quelques pas sous la tente et s'assied à même le sol, en tailleur. Ne trouvant pas de meilleure attitude à adopter, je l'imite, ce qui m'éloigne un peu plus de Diogène.

Firouz me regarde, semblant attendre que je l'invite à s'exprimer.

« Tu viens de la cité ? questionné-je. Comment as-tu fait pour… ?

— Il est facile de tromper la vigilance des Croisés. Nous l'avons fait plusieurs fois.

— Nous ?

— Cela n'a pas d'importance. Voulez-vous toujours Antioche ?

— Oui, bien sûr. Nous devons poursuivre notre route…, commençé-je, avant que la prudence ne me ferme la bouche.

— Jusqu'à Al Qods, n'est-ce pas ?

— Al Qods ? répété-je.

— Oui, la ville sainte que vous appelez Jérusalem. Là où se trouve le Tombeau du Christ et aussi un certain nombre de richesses. »

Firouz semble en savoir beaucoup sur les motivations des Croisés et sur leur nature plus ou moins spirituelle. Il pose sur moi un regard d'une franchise déroutante pour un « traître » tel que l'aurait qualifié Tatikios. Il doit comprendre qu'il me manque une information capitale et il me la livre.

« Je ne suis pas un infidèle, chevalier de Hauteville, dit-il.

— Tu crois au Dieu des Chrétiens ? m'exclamé-je étonné, en prenant conscience que, derrière nous, Diogène retranscrit, avec frénésie, notre discussion, sans que cela semble troubler le moins du monde mon visiteur du soir.

— Je suis un Nassari. Un Arménien converti de force à l'Islam, mais qui est revenu, en secret, à la Parole du Nazaréen. Je crois en Jésus-Christ et nous sommes un certain nombre, à l'ombre de la citadelle de Yaghi Siyan, à professer la même foi. C'est pourquoi je viens vous trouver. J'ai le moyen de faire pénétrer les Croisés à l'intérieur des remparts d'Antioche. »

Je suis abasourdi. Ce Firouz est un cadeau de Dieu.

« Les remparts sont gardés nuit et jour, dis-je avec circonspection.

— Et qui mieux qu'un chef de la garde peut décider de laisser entrer quelqu'un ?

— Tu es chef de la garde turque ? Toi, un Arménien ? »

Firouz sourit de mon effarement.

« Crois-tu que la menace des Croisés, aussi démoralisés soient-ils, est prise à la légère par le sultan d'Antioche ? Nicée, Dorylée, et d'autres villes puissantes sont tombées sous votre férule. Tous les citoyens d'Antioche ont été réquisitionnés pour assurer la surveillance des remparts. Dans de telles conditions, même un vulgaire fabricant de cuirasses arménien peut devenir responsable d'une des si nombreuses tours de guet qui jalonnent la muraille. Ma conversion à l'Islam est déjà ancienne et je ne manque jamais la prière. Et puis, Yaghi Siyan apprécie la qualité de mes cuirasses, aussi légères que solides. Je me suis souvent rendu à la forteresse ces derniers temps. J'en connais même les différents pièges, Tancrède. Je puis te les indiquer, afin que tu arrives en état de combattre jusqu'aux appartements du sultan.

— Ton aide est une bénédiction du Très-Haut, Firouz.

— Peut-être, mais elle est conditionnée.

— Parle.

— Tu dois me promettre qu'une fois dans les murs, les Croisés ne se laisseront pas aller à une hécatombe.

— Nous n'avons pas l'intention de…

— Il en est parmi vous qui ne se sentent bien que couverts de sang. L'un de ces bouchers est ton oncle, Bohémond de Calabre. Nombreux sont les Turcs qu'il a décapités alors même qu'ils ne constituaient plus une menace. »

Je baisse la tête, ne trouvant que répondre.

« Les soldats du sultan sont vos seuls ennemis, continue Firouz d'une voix égale. Le petit peuple d'Antioche ne doit subir aucune spoliation, aucune mutilation. Ni les Arméniens, ni les Arabes, ni même les Turcs musulmans qui ne sont pas enrôlés dans l'armée, ne sont vos ennemis. Vous pourrez les convertir par la suite, si vous le désirez, mais il ne faut pas les tuer. C'est la condition *sine qua non* de mon aide. Une ville. Pas de massacre. Peux-tu me le promettre, chevalier du Christ ? »

Je relève la tête et plonge mon regard dans le sien.

J'agis sous le regard de Dieu, depuis le début. Ce n'est pas le cas de tous les Croisés. Je sais, tout au fond de moi, qu'il me sera difficile de veiller à ce que chacun respecte le serment que je m'apprête à faire. Mais, si Godefroy et Raymond, dont j'ai ouï qu'ils allaient mieux, trouvent le moyen de revenir à temps pour participer à cet assaut décisif, ils se rangeront à ma parole et feront en sorte que nul, parmi les Croisés, n'y déroge. Tant il est vrai que nous combattons pour la Vérité Divine que nul mensonge ne doit souiller.

Je tends la main droite à Firouz, paume ouverte.

« Sur la Parole du Christ, je le jure solennellement. »

Le Nassari saisit ma paume et son regard s'éclaire.

« Toi et moi venons de sauver un grand nombre d'âmes. Et même s'il en meurt certains, parmi les justes, Dieu reconnaîtra les siens, à la fin des temps. »

Il se relève.

« Je dois partir. Venez en grand nombre, en armes et à pied, avec la plus grande discrétion, sous la trente-troisième tour d'Antioche, à partir de celle de l'angle est, en suivant la muraille en direction de la montagne, au sud. Je vous y attendrai demain matin, à quatre heures, avec plusieurs cordes solidement fixées aux créneaux. L'ascension ne sera pas facile, mais elle ne sera rien en comparaison des combats qui suivront. Les Chrétiens d'Antioche prieront pour votre victoire. »

Il me tourne le dos et, sans attendre de réponse, sort.

Obéissant à une impulsion, je me précipite et le rejoins dehors. Il se fond déjà dans le paysage que la lune réduit à une mosaïque d'ombres claires et obscures.

« Firouz, dis-je, pourquoi moi ? »

Il s'arrête et, sans se retourner, souffle.

« Parce que tu es digne de l'amour de Dieu. Et parce qu'on m'a conseillé de te choisir comme interlocuteur. On m'a dit que toi seul méritait ma confiance.

— Qui ? Qui t'a donné mon nom ?

— Un philosophe. »

Le temps que je réalise ce que cette réponse signifie, il a disparu.

« Reviens à toi, Tancrède. Tout est terminé, nous atteindrons Jérusalem. »

La voix de Diogène me parvient depuis des abîmes insondables. J'ouvre les yeux. Je me trouve dans une maison ouverte aux vents qui ébouriffent mes cheveux et, d'une certaine manière, déjà, lavent ma mémoire, à laquelle je me refuse d'accéder pour l'instant. Je me redresse en gémissant. Dehors le soleil resplendit.

« Nous sommes maîtres d'Antioche, mon prince, poursuit Diogène. Tous les Turcs ont été massacrés et le fils du sultan a enfin rendu la forteresse aux hommes de Raymond. Il s'est jeté du haut de la plus haute tour, après avoir prié une dernière fois. Je suis sûr que Dieu l'accueillera à ses côtés, car il s'est hardiment battu.

Un visage s'impose dans mon esprit.

« Mon oncle… »

Diogène hésite, puis murmure en s'excusant presque.

« Il n'a pas survécu, Tancrède. Il s'est enfoncé seul dans les ruelles de la cité basse pour massacrer des Arméniens, au lieu de suivre les ordres de Godefroy. Les Turcs l'ont coincé à l'écart de ses guerriers et l'ont décapité net. Un coup d'une force formidable, nous n'avons pas retrouvé l'Infidèle qui l'a porté. »

Je ne réponds rien, mais la vérité me revient, petit à petit.

Elle me frappe au sternum, me donne la nausée.

« La gouvernance d'Antioche échoit à Robert de Flandre, sur la décision expresse de Godefroy de Bouillon. Dans quelques jours nous reprendrons la route de Jérusalem. Il est fort possible que la Croisade soit un succès en définitive. D'autant plus que… »

Diogène suspend sa narration pour esquisser un signe de croix. Je suis surpris de ce soudain accès de piété.

« Quoi ? »

Plutôt que de me répondre, Diogène m'aide à me relever, me saisit par les épaules, et me pousse doucement vers l'extérieur d'où montent des prières.

Une fois passé l'éblouissement qui me saisit, je réussis à accommoder et comprends ce que je contemple : l'évêque du Puy se tient au centre d'une place noire de Chrétiens, où se mêlent piétons et chevaliers, chefs et dépendants, dans une liesse commune. À la droite d'Adhémar, se tient un homme, simple écuyer peut-être, piéton sans aucun doute.

« Il s'agit de Pierre Barthélemy », m'indique Diogène.

« Durant les combats, il a eu une vision, poursuit mon confident. Saint André lui est apparu et lui a ordonné de s'enfoncer dans le quartier arménien de la ville à la recherche d'une relique sacrée. Vois ce qu'Adhémar tient dans sa main droite, prince Tancrède. »

Je suis le doigt que pointe Diogène, tandis que les prières de la foule assemblée se font de plus en plus fortes. L'évêque du Puy brandit soudain l'objet qu'il tient. Celui-ci reflète l'éclat du soleil sur toute sa longueur, se transformant en rai de lumière aveuglant. On dirait un éclair figé dans sa puissance la plus étendue. Et Adhémar répète sans cesse : « Voici la preuve, voici la preuve que nous attendions, la preuve que Dieu ne nous a pas abandonnés. Voici la preuve qu'Il nous accompagnera jusqu'à ce que la Terre Sainte ait été entièrement lavée de l'infamie. Nous sommes son bras armé. Jérusalem, nous voici ! ».

« Amen », répondent en chœur les Croisés, au premier rang desquels je vois, avec un certain désappointement, Godefroy de Bouillon en personne, dont l'expression reflète une sorte d'extase hypnotique. Le duc de Basse Lorraine semble avoir perdu toute capacité à analyser sereinement la situation.

« Quel est donc cet objet ? »

Diogène sait que je ne tournerai pas la tête vers lui.

« C'est la Sainte Lance, Tancrède, dit Diogène, la voix vibrante. L'arme qui a percé le flanc du Christ sur le Mont Golgotha. Cet objet a touché le Fils. Que tremblent nos ennemis, Tancrède ! »

Je ne réussis pas à répondre à Diogène, réalisant à quel point il me sera difficile, à présent, d'obéir aussi naïvement à la volonté divine. Pourtant, il me faut bien continuer, car tout retour est désormais impossible.

Toujours sans regarder Diogène dans les yeux, je lui demande de prendre son carnet de notes. Car il me faut confesser tout ce que je sais. Tout ce que j'ai fait.

[MdTH fo 18 ro]

Depuis la nuit dernière, Antioche est redevenue chrétienne.

Tout s'est passé comme Firouz l'avait prévu. Pour parfaire le plan du « traître », j'ai même fait procéder, la veille de l'attaque surprise, à des préparatifs de départ, afin de faire croire à la garnison turque que, vaincus par la faim et la maladie, nous abandonnions le champ de bataille. Nul doute que cela a contribué au relâchement des Musulmans, sans compter que les Turcs étaient au moins aussi épuisés que nous après plus de deux cents journées de siège ininterrompu. Yaghi Siyan a même été tué, alors qu'il tentait de fuir la ville. C'est un bûcheron arménien, qui n'a pas donné son nom, qui a apporté sa tête à Godefroy de Bouillon en personne. Il l'a déposée à ses pieds, en faisant le signe de croix.

Nous avons gagné et pourtant, je viens de subir la perte la plus effroyable qu'un Chrétien puisse endurer. Depuis l'aube de ce jour que, malgré notre victoire, je maudirai à jamais, mon honneur ne vaut plus rien et mon innocence s'est enfuie dans une gerbe de sang. Car je n'ai pas été capable d'empêcher les massacres. À peine lâché dans les rues de la cité basse, où il était censé traquer et désarmer la soldatesque turque, Bohémond est devenu incontrôlable. Brandissant d'une main l'oriflamme des Normands et de l'autre une masse d'armes démesurée, qu'il avait dû réserver pour cette occasion, il a pris avec lui les plus sanguinaires de ses chiens de guerre dont Godefroy avait, publiquement, questionné la foi sans obtenir de réponse convaincante, et a massacré tout ce qui se trouvait sur son passage, en hurlant à la mort.

[MdTH fo 18 vo]

Je me trouvais dans une autre partie de la ville lorsque j'appris ce qu'il avait entrepris. Je courus à perdre haleine, l'épée au clair, talonné par Richard qui, sans doute, craignait que je n'agisse de manière inconsidérée. Bohémond était facile à repérer sur la nouvelle carte de la cité qu'il traçait d'un rouge aussi vif que celui de sa croix. Les cadavres éviscérés en marquaient les croisements, les têtes écrasées, où la blancheur de l'os surlignait la mousse rosée de la matière cérébrale, en rythmaient le tracé, les membres coupés, bras et jambes m'indiquaient la bonne direction. J'accélérai encore le pas et perdit Richard qui fut contraint de s'arrêter pour rendre ses tripes dans les boyaux répandus d'un enfant de cinq ans, gisant en travers du corps de sa mère. Au croisement suivant, je vis que Bohémond avait pris le temps de me laisser un message clair : deux jeunes Arméniennes, dont il devait ignorer qu'elles professaient la même foi que lui, avaient été clouées en croix sur la porte d'une taverne. Leurs langues arrachées avaient été utilisées pour écrire en lettres de sang sur les fenêtres du lieu : VAE VICTIS. C'est lorsque je réalisai qu'elles étaient encore vivantes que je me mis à pleurer et à supplier le Christ. Mais je ne m'arrêtai pas. La tête de vieillard, un Syrien au regard vide, posée sur une jarre de vin, au milieu de la rue, m'en dissuada.

Enfin, j'entendis sa voix. Bohémond chantait. Les coups pleuvaient, rythmant sa mélopée macabre, dans laquelle je ne parvenais même pas à reconnaître sa langue natale. Je débouchais, ivre d'épuisement, sur une petite place du quartier arménien qui avait dû servir de marché. Mon oncle était seul, ses monstres s'étant égayés dans les ruelles à la recherche de nouvelles victimes. Je réalisai que je ne parviendrais pas à les arrêter. Seule la fatigue aurait raison de leur folie meurtrière. Saisissant mon épée à deux mains, je m'approchai de Bohémond. Il s'était assis à califourchon sur un homme allongé par terre et tenait sa tête ensanglantée entre ses mains gantées d'acier. Il avait posé sa masse d'armes à sa droite et frappait avec une régularité de métronome sur la bouche de l'Arménien avec le nasal de son heaume.

Je fis encore un pas et Bohémond tourna la tête vers moi, sans lâcher sa victime, déjà inerte. Je croisai son regard et, loin d'y trouver la folie que j'avais imaginée, je n'y lus que plaisir intense. Satisfaction carnassière.

« Ah, Tancrède, mon neveu ! Viens, il en reste encore plein ! »

Alors qu'il parlait, mon regard dériva de lui-même vers le visage de l'Arménien. Dans la bouillie d'os et de muscles qu'il donnait à voir, je reconnus Firouz. Mon cœur fit un tel bond dans ma poitrine que je faillis lâcher mon arme. Je ne réussis pas à quitter ce spectacle du regard et, en expirant, Firouz me transperça l'âme.

« ...te pardonne ». Voilà ce que je crus entendre.

Mais c'est le rire de Bohémond qui dicta mon geste. Sa tête roula au sol avant même que l'écho de son rire ne retombe. La puissance de mon coup avait tranché le métal martelé de son heaume et cueilli la chair telle une marguerite au petit matin. Sans effort.

Je tombai à genoux, entre Firouz et le corps, agité de soubresauts, de celui qui avait été mon oncle.

[MdTH fo 19 ro]

Je suis un meurtrier, un parricide, un parjure et un lâche. Je ne sais ce qui me retient, à cet instant où Diogène écrit sous ma dictée, de me donner la mort, ou de lui demander de m'aider à le faire. Sans doute parce que les limbes de l'éternelle souffrance seraient trop douces pour un damné de ma trempe. Je ne mérite que la réalité.

9

Maara, décembre 1098

Je suis retourné à Mamistra, finalement. Je crois me souvenir que j'y suis parti, avec Diogène, le surlendemain de la sanglante victoire d'Antioche. Richard de la Principauté ne m'a pas accompagné cette fois et, bien que mes plus fidèles vassaux me suivent toujours, je me rends compte que je m'aliène mes anciens compagnons et m'enfonce dans la solitude qui est souvent le prix à payer pour l'apprentissage de la lucidité.

J'ai dit la vérité à Diogène au sujet de la mort de Bohémond. Il l'a écrite mais il ne m'a pas cru. Il pense que je m'accuse de la triste fin de mon oncle et que c'est une manière pour moi de me flageller de n'avoir pu le sauver. Le bruit écœurant des muscles de son cou qui se déchirent restera à jamais gravé dans ma mémoire. C'était la première fois que je tuais de sang-froid. Que j'ôtais une vie délibérément alors qu'elle ne menaçait pas la mienne. Je suis un monstre froid. Pire que tous les bourreaux aux yeux injectés de sang qui fouleront le sol de cette terre. Car, je le sais, Bohémond, lui, malgré toute sa délectation pour la violence, ne m'aurait jamais exécuté de la sorte. Suis-je pour autant perdu au regard de Dieu ?

Mamistra ne m'a pas apporté la réponse.

Du moins pas celle-là…

[MdTH fo 20 ro]

Le séjour en « terre de Tancrède » m'a été bénéfique. D'abord parce que, pendant presque six mois, les autres chefs croisés ont respecté ma retraite, la mettant sur le compte de la douleur consécutive à la perte de Bohémond. De leur côté, ils ont eu fort à faire à Antioche, depuis le nettoyage de la cité des cadavres innombrables qui s'amoncelaient dans les rues jusqu'à la restauration de l'arsenal militaire et du cheptel équin indispensables à la poursuite de la Croisade. Godefroy de Bouillon a été sage, sans doute, de retarder le départ pour Jérusalem afin de mieux en assurer la conquête. Ensuite, parce que le retour à Mamistra m'a permis d'approfondir ma connaissance des Infidèles et de leur culture plurielle. En dépit des rumeurs que mon attitude fait circuler, j'ai passé l'essentiel de mon temps auprès des artisans syriens et arméniens qui ont trouvé, en ma terre, un havre de paix. Le turc et l'arabe, malgré leurs grammaires complexes, n'ont pratiquement plus de secrets pour moi.

[MdTH fo 20 vo]

Enfin, à l'abri du chaos qu'est devenu le monde, j'ai pu réfléchir à Mamistra sur la suite à donner à mon engagement. Dans le silence d'une forteresse désertée, j'ai interrogé ma foi. Je l'ai trouvée vivace. Je suis toujours, quelles que soient les apparences, un soldat de Dieu. Je suis prêt à mourir pour Sa gloire, prêt à lui rendre Jérusalem et à dispenser Sa parole à qui pourra l'entendre. Mais, je ne crois plus à la Croisade telle qu'elle a été entreprise, telle que l'appel de Clermont l'a impulsée. Elle me paraît être hantée d'arrière-pensées inavouables, d'une part, et entachée d'un fanatisme qui confine à l'idolâtrie, d'autre part. La foi la plus pure, je le sais, n'a pas besoin de fief, ni d'objet sacré. Encore moins de verser le sang lorsque ce n'est pas absolument nécessaire. La plus puissante des armes du Seigneur est l'Amour. Il m'est apparu que c'est la seule que les Croisés n'utilisent pas. Nous sommes donc sur une mauvaise route, même si nos regards pointent dans la bonne direction. Jusqu'à la prise d'Antioche, je pensais que Godefroy de Bouillon, et peut-être le comte de Toulouse, partageaient avec moi ces réserves. Mais, depuis l'intervention de l'évêque du Puy, je crois que ces seigneurs ont perdu tout libre arbitre. En exhibant la Sainte Lance de l'oubli où elle aurait dû rester à jamais, Adhémar a su cristalliser la souffrance et la culpabilité des chevaliers du Christ et relancer la Croisade sur une tonalité plus rude. Aveuglés par le bien-fondé de leur combat, les Croisés sont en train de perdre tout sens critique quant aux modalités de celui-ci. Je vois ce qui va arriver, comme si cela était déjà écrit. Les conquêtes se succéderont et les massacres iront croissant, car la meilleure façon d'occulter les horreurs de la veille sera d'en commettre de nouvelles. Plus les actes seront insoutenables, plus Adhémar les sublimera. À chaque étape, les Croisés s'enfonceront un peu plus loin dans l'aveuglement. Et les Turcs, malgré toutes leurs techniques, ne parviendront pas à les arrêter, car les richesses accumulées les ont amollis. C'est comme si Jérusalem était déjà conquise. Dieu retrouvera Sa Terre Sainte, mais irriguée par un fleuve de sang. La vraie question reste donc : comment Ses enfants l'administreront-ils ?

Quel rôle le chevalier Tancrède de Hauteville doit-il jouer dans cette histoire ?

Je savais qu'il me faudrait quitter ma retraite pour trouver la réponse à cette question, mais je n'aurais jamais pensé qu'elle m'attendait dans un plat de viande.

Lorsque Godefroy de Bouillon me convia à Antioche, en novembre, pour participer à un « conseil des Princes » sur la poursuite de la Croisade, je faillis tout d'abord refuser. L'idée de revoir cette ville dans laquelle tant d'horreurs avaient été commises me rendait malade. Mais j'y allai, poussé par la perspective d'être entendu par tous ces « princes » qui ne songeaient plus qu'à étendre leurs possessions territoriales et réduire les populations locales en esclavage, ou à prier à l'ombre de la Sainte Lance en égorgeant des Infidèles à chaque bénédicité. J'espérais, à cette occasion, être capable de contrebalancer à la fois l'avidité et le fanatisme. Comme j'étais présomptueux ! La jeunesse ne suffit pas à l'excuser, je crois. Il y avait bien trop de courage en moi. Il me poussait à commettre des erreurs que la sagesse, tard venue, ne serait pas capable de réparer.

Je retrouvai donc, à l'ombre de la montagne, dans la grande salle de réception de la forteresse qui coiffait Antioche, les chefs de la Croisade : Robert de Flandre, Raymond de Saint-Gilles, Godefroy de Bouillon et son frère Baudouin. Il y avait deux grands absents, l'un mort de ma main et l'autre dont la disparition me surprit, me réjouit et m'attrista simultanément en tant que frère, que guerrier et que Chrétien. Car l'évêque du Puy, Adhémar, avait trouvé la mort durant les grandes chaleurs du mois d'août, frappé par une maladie éruptive, accompagnée de fièvres délirantes, que plusieurs appositions de la Sainte Lance n'avaient pas été à même de guérir. Il était donc parti, dans les bras de Dieu, laissant Antioche sans prédicateur.

À ceci près que Petit-Pierre, dont le parcours chaotique n'avait pas entamé la piété, ou l'ambition, l'Ermite qui avait mené les gueux à la mort, le Croisé qui avait fui le champ de bataille, l'opportuniste qui avait épousé la propagande d'Adhémar, avait repris le flambeau de la Parole. Sa présence au conseil des Princes avait quelque chose d'incongru. Mais également de dangereux. C'est Pierre qui, en septembre, avait pris la décision d'informer Urbain II de la prise d'Antioche et de l'avancée significative de la Croisade, m'apprit Raymond de Saint-Gilles, en réclamant au Pape de venir en personne prendre les clefs de Jérusalem. Ou, à tout le moins, envoyer quelques Croisés supplémentaires, avec l'équipement idoine.

Car, avait écrit Pierre dans sa lettre, les hérétiques sont nombreux et rétifs. Il faut les soumettre par le fer avant même de songer à les convertir par la prière. Il avait appelé le Pape à envoyer des hommes de confiance pour prendre en charge l'élimination de l'infamie, ethnie par ethnie : Grecs, Arméniens, Syriens, Jacobites, personne ne devait échapper à l'épuration. En somme, l'Ermite était pire que l'Évêque et les corps des Infidèles serviraient à paver la voie qui mènerait les futurs pèlerins jusqu'au Saint-Sépulcre. Mais, le Souverain Pontife n'avait pas répondu à l'appel d'Antioche et, d'une certaine manière, cela me conforta dans la position que j'avais adoptée à l'égard des princes. Urbain attendait, je fis de même. Le conseil se termina sur une date de départ, arbitrairement fixée, au début du mois de janvier. Puisqu'il restait trop peu de temps pour rentrer à Mamistra, je commis l'erreur de rester. J'espérais ramener Godefroy à une analyse plus nette de la situation. Mais, il ne m'écouta pas et, trouvant sans doute que je gambergeais, me demanda avec insistance de prêter main-forte à Raymond de Saint-Gilles, qui préparait une expédition militaire mineure, dans la ville voisine de Maara où, selon Robert de Flandre, nous trouverions assez de ravitaillement pour tenir jusqu'à la fin de l'année.

L'idée du comte de Toulouse était aussi de mettre fin à l'inaction pesante des derniers mois qui affectait particulièrement les « petits », les piétons et les pauvres, souffrant chaque jour des privations et avides d'atteindre Jérusalem. Les convier à une escarmouche qui devait accélérer le départ d'Antioche était une manière habile, je le reconnais, de donner à leur foi, souvent plus pure que celle des chevaliers, la possibilité de le rester. Œuvrer est une forme de prière pour le Chrétien.

[MdTH fo 21 ro]

Je n'oublierai jamais les jours passés à Maara, à la mi-décembre de l'an 1098.

Je ne parle pas de la boucherie que nous y fîmes, malgré le nombre assez peu élevé des citadins et celui, dérisoire, de ceux qui avaient eu le courage de se dresser contre notre ost fanatisé. Et la muraille circulaire qui clôturait la cité, bien qu'elle parût solide, ne résista pas longtemps au travail de sape de notre tour d'assaut ni la porte principale aux coups de boutoir de notre bélier à bec d'acier.

Une fois dans les murs, la lutte fut courte et sanglante.

J'eus l'impression, troublante, que les Infidèles s'étaient battus plus par dignité que par volonté de vaincre. C'était comme s'ils se savaient incapables de surmonter une force aussi brute que la nôtre. Cela me fit penser à la façon dont l'armée turque, qui était apparue à l'est d'Antioche, le jour où nous avions hissé l'oriflamme des Croisés en haut du beffroi, avait rebroussé chemin sans engager le combat. Nous ne saurions jamais qui les avait envoyés, mais je suis sûr d'une chose : dans notre état d'épuisement et dans l'écœurement né des massacres, nous n'aurions pas été capables de les repousser. J'en tire donc une conclusion terrible : nous effrayons les Infidèles à un point tel que la simple vue d'un Croisé en armes, avec ses emblèmes chrétiens, les rend lâches. Nombreux sont ceux de Maara qui fuirent ou tombèrent à genoux à la vue de Raymond de Saint-Gilles. À bien y réfléchir, même si cela semble de bon augure pour la réussite de la Croisade, il est troublant de se dire qu'ils nous regardent comme des monstres assoiffés de sang alors que nous leur apportons, protégé par nos boucliers, le Verbe de Dieu. A-t-on peur d'un législateur ?

Ce sont les barbares qui effraient. Et les habitants de Maara étaient littéralement terrorisés. Les jours qui suivirent la prise de la ville, à l'heure des vêpres, le samedi 11 décembre, prouvèrent, non seulement que cette terreur était légitime, mais qu'elle pouvait encore être dépassée.

Robert de Flandre, avec l'accord du comte de Toulouse, entreprit immédiatement de faire rassembler population et victuailles sur la place centrale de la ville. À la première, il promit d'épargner femmes, vieillards et enfants, si les hommes valides acceptaient de procéder au chargement des secondes dans les roulottes des Croisés. Nous n'aurions pas dû rester plus d'une journée ou deux à Maara. J'avais même prévu d'intervenir auprès de Raymond afin qu'on laissât aux habitants, dociles, un minimum de nourriture pour qu'ils survivent à notre passage. Mais les choses tournèrent différemment et, je le crois sincèrement, heurtèrent le regard de Dieu.

[MdTH fo 21 vo]

D'abord, ni Raymond ni Robert, l'un l'ayant réellement tenté, l'autre s'étant contenté de faire semblant de s'indigner, ne réussirent à empêcher leurs guerriers de martyriser la population. Je ne sais combien d'Infidèles furent passés par le fil de l'épée ou décapités à la hache, simplement parce qu'ils se trouvaient là.

Ensuite, il s'avéra que les réserves de vivres dont disposait Maara étaient ridiculement insuffisantes pour régler, ne fusse qu'une semaine, les problèmes de ravitaillement que connaissait Antioche. Soit les informations qu'avaient glanées Robert de Flandre étaient erronées, soit elles n'avaient jamais existé et il s'était engagé à la légère.

Il y eut une dispute, extrêmement violente entre Raymond et Robert, dont, heureusement, je fus témoin, en tant que seigneur associé à l'entreprise. Il ressortit de leur débat houleux que le comte de Flandre avait organisé cette expédition à Maara, en réponse à la demande expresse de Hugues de Vermandois, le frère du roi de France. Ce dernier, craignant qu'une alliance trop étroite entre le comte de Toulouse et le duc de Basse-Lorraine ne vienne occulter la part prise, en sa personne, par Philippe à la Croisade, lui avait demandé de trouver un prétexte pour les séparer avant le départ pour Jérusalem. Il en allait du retentissement de la France en Occident, selon Hugues le Grand. L'argument était si détaché des priorités locales, si spécieux, si insultant à l'égard d'un ascète tel que Godefroy de Bouillon, que je ne parvins que de justesse à éviter que Raymond, ulcéré, n'empale le comte de Flandre avec son propre sabre, sans même l'avoir défouraillé.

Bien sûr, la tension qui montait entre les chefs de l'expédition malheureuse ne pouvait que rejaillir sur les « petits » qui, une fois de plus, eurent l'impression d'avoir versé leur sang pour rien, ou tout au moins, pour satisfaire de nobles rivalités qui n'avaient rien à voir avec la propagation de la Foi. Comme ils ne pouvaient pas, en raison même de leur engagement spirituel, se retourner vers ceux qui les avait trompés, car Dieu est la source de toute puissance, ils passèrent leur colère sur les Infidèles, sans comprendre que, ce faisant, ils se condamnaient à l'égal de leurs seigneurs corrompus. Les massacres reprirent de plus belle et, bien que j'envisageai de m'enfuir, seul à cheval à travers le désert, je trouvai la force de rester, priant pour avoir la possibilité de sauver ne serait-ce qu'une seule âme. Je ne pensais pas à la mienne que je jugeais perdue depuis Antioche.

Enfin, l'arrivée d'une armée turque, qui était peut-être celle, facétie divine ou colère cruelle du Très-Haut, qui avait tourné la bride au pied d'Antioche, nous prit au piège dans la cité pleine de cadavres. De Croisés, nous devînmes des rats.

[MdTH fo 22 ro]

Les Turcs ne cherchèrent pas à entrer dans Maara. Il semble qu'ils aient compris très vite la situation et aient trouvé le moyen parfait de se débarrasser de nous tout en nous faisant payer chèrement notre barbarie.

Ils tinrent Maara sous leur coupe pendant un mois entier, ne tuant que ceux qui tentaient de sortir. Certains d'entre nous furent pris vivants, sans arme ni armure, dont ils s'étaient dépouillés pour faciliter leur fuite à travers le camp ennemi. Ceux-là furent torturés, car il y a des limites, je crois, au contrôle que peuvent exercer les généraux, de quelque nation que ce soit, sur ceux qui ont vu leur famille massacrée par l'envahisseur. Les implorations et les hurlements des suppliciés nous accompagnèrent, de vêpres à mâtines, pendant de longues nuits sans sommeil. Et, la violence appelant la violence, elles provoquèrent, à l'intérieur de la ville, de nouvelles exécutions, personne ne pouvant plus échapper à la haine qui, partout, remplaçait l'amour, la foi et l'humanité. Lorsqu'il n'y eut plus de femmes à violer, certains d'entre nous s'en prirent aux enfants, les vieillards étant tous morts depuis longtemps.

Je crois que le but des Turcs, dont nous n'avons jamais su qui était le chef, était de nous faire mourir d'inanition, bien avant que de maladie, qui viendrait inévitablement du pourrissement des corps qui jonchaient les rues de Maara. Au bout d'une quinzaine de jours, les réserves de nourriture furent épuisées. Nous mangeâmes nos roncins, puis, aussi étonnant que cela puisse paraître, nos destriers, ce qui en disait long sur la désespérance qui gagnait nos rangs. À l'extérieur, les Turcs inventèrent une manière plus subtile de nous torturer. Ils firent de grands feux, dans lesquels rôtissaient, nuit et jour, des moutons et des chèvres. Le mélange qui s'opéra, dès lors, entre les miasmes de la pourriture et le fumet de la viande à cuire, rendit fous la plupart d'entre nous. Lors d'un de mes derniers actes conscients, je m'enfermais à double tour, avec Diogène, dans l'une des salles de garde de la ville, espérant, par l'enfermement, échapper à la folie.

[MdTH fo 22 vo]

La dernière semaine dépassa, dans l'horreur, tout ce que j'aurais pu concevoir. Même Diogène, qui s'en prit à moi dans un accès de folie, n'aurait pas été capable, lui-même, de décrire ce qui suit. Moi seul pouvait le faire, car je suis maudit. Alors que l'odeur de pourriture était devenue si forte que les chevaliers survivants ne respiraient plus qu'à travers leur gambison, Robert de Flandre, à l'insu de Raymond qui avait sombré, à force de prière, dans un délire permanent, fit rassembler les derniers enfants qui, jusque là, avaient servi de valets, portant l'eau et nettoyant nos tuniques, ou pire. Il les exécuta, sans faillir, sans que personne ne lève la main pour l'empêcher de commettre le plus odieux des crimes, et ordonna de les faire bouillir. Là, les chevaliers du Christ basculèrent dans l'Impardonnable. Et aux enfants, ils ajoutèrent les morceaux les plus charnus des cadavres les moins corrompus. Une nuit, les bruits de mastication furent si forts que j'en versai des larmes de sang.

Je le jure devant Dieu, je n'ai pas touché au plat de viande que Robert m'a fait l'affront de m'apporter. Mais Diogène s'est jeté dessus, sans aucune retenue. Ainsi que la plupart des piétons encore en état d'ingurgiter, et tous les chevaliers, dont les lames tranchaient les morceaux trop gros. Les plus avides de tous furent les Tafurs, ces fanatiques prônant le dépouillement le plus complet qui avaient suivi Petit-Pierre dès avant que les seigneurs chrétiens ne débarquent en Terre Sainte. Je n'avais pas tiqué lorsqu'ils s'étaient joints à nous, en l'absence de l'Ermite, trop occupé à préparer le départ pour la Croisade, ou mieux informé qu'eux du but véritable de l'expédition. Mais ceux-là, tout en récitant la liturgie d'une voix tonitruante et altérée par la folie, poussèrent l'ignominie jusqu'à faire bouillir les os, avant de les briser pour en sucer la moelle. Ils poussèrent le festin jusqu'à ce qu'il fût roboratif. La plus grande insulte envers Dieu vint de ceux qui prononcent Son Nom à chaque souffle.

Lorsqu'ils ouïrent nos bruits de bêtes, lorsqu'ils comprirent ce que nous avions accepté de perdre pour survivre, les Turcs en furent tellement troublés qu'ils prièrent toute une nuit, éteignirent tous leur feux et disparurent, ombres glapissantes sous la Lune blême. Nous venions de leur prouver que nous étions bien les démons qu'ils redoutaient.

C'est ainsi que je quittai Maara, avec une centaine d'autres Croisés efflanqués et autant de piétons. Sauf. Mais à jamais malsain.

[MdTH fo 23 ro]

Diogène m'a laissé ses notes et le carnet. Il est parti, sans se retourner, chien fidèle de Robert de Flandre, le maître qui l'avait nourri alors qu'il mourait de faim au point de renoncer à son humanité. Je continuerai donc moi-même ce journal, qui sera peut-être plus discontinu qu'auparavant.

10

Alep, janvier 1099

[MdTH fo 23 ro]

J'ai pris une décision. J'ai fait un pas dans une direction inattendue et le pont s'est effondré après mon passage. Il ne reste que l'abîme dans mon dos, et, sous mon regard, l'infini des possibles. Je peux mourir ce soir, mais sincèrement, je n'y crois pas. Je n'ai pas survécu à Maara sans raison. J'ai un rôle à jouer, en ces lieux et en ce temps, même si je ne sais pas encore exactement en quoi il consiste. Toutefois, une chose me guide : si un Arménien, dénommé Firouz, a pu trahir les siens au nom de la sauvegarde de leurs vies, s'il a pu s'accepter, jusqu'à la fin, traître à son peuple, à son gouvernement et à sa patrie, au nom d'un idéal plus grand, un Chrétien, venu de l'Ouest lointain, doit pouvoir être capable de faire la même chose, empruntant le chemin en sens inverse.

Aussi ai-je décidé de ne pas rentrer à Antioche. Si ma route me mène à Jérusalem, ce ne sera plus, désormais, aux côtés des Francs, des Normands, ou des autres prétendus Chevaliers du Christ. Lorsque j'apercevrai les murailles de la Ville Sainte, j'aurai mis en œuvre un plan qui me permettra d'en préserver les habitants. De leur éviter les souffrances du corps et les déchirures de l'âme, quelles que soient leurs identité, nation et foi. Je le jure solennellement devant Dieu.

Au sortir de Maara, j'ai retardé mes chevaliers et leur ai, sans fard ni tromperie, expliqué ma résolution. La plupart se sont gaussés, point encore délivrés des délires de la faim et de l'enfermement, et m'ont tourné le dos, s'éloignant à bride abattue. Richard de la Principauté en faisait partie et, je suis étonné de le dire aussi aisément, ce fut un soulagement. Ils ont perdu leur statut de vassaux mais transformé en propriété pleine et entière les terres qu'ils tenaient de moi en fief. Ils sont plus puissants qu'avant, à condition qu'ils reviennent vivants à Syracuse.

Mais quelques-uns sont restés. Guère plus d'une trentaine. En devenant des parias, ils ont déjà renoncé à tous les biens qu'ils avaient pu posséder de l'autre côté de la Mer. Ceux-là ont compris ma démarche et, bien qu'ayant mesuré son caractère quasiment irréalisable, l'ont épousée. Ils ont mis leur épée à mon service, me laissant maître de leur bras et de leur cœur.

[MdTH fo 23 vo]

Désormais, le lien qui me rattache à eux n'est plus de nature féodale, ni même patriarcale. Ils sont bien plus que des vassaux, à présent. Pas des enfants, ni des disciples, car certains ont deux fois mon âge et je ne professe aucune doctrine. Ils sont devenus des compagnons, tout simplement. Des compagnons si fidèles que nous constituons une communauté. Aussi, après que les sceptiques, les timides et les arrivistes nous ont laissés, j'ai fait mettre pied à terre à mon ost réduit et nous avons prié le Seigneur, à genoux dans le sable du désert. Nous avons prié pour qu'Il nous soutienne dans notre entreprise de paix et qu'Il nous donne la force de surmonter toutes les épreuves. Car, désormais, tous chercheront à nous éliminer. Les Infidèles parce que nous sommes des Croisés. Les Croisés parce que nous sommes, par notre sécession, désormais assimilés à des Infidèles.

La route nouvelle qui s'ouvre à notre communauté, cernée de précipices, exige un nom, à défaut d'un symbole puisque nous ne voulons en rien renoncer au crucifix. Notre baptême s'est fait sous le signe du sang, dans les rues d'Antioche puis de Maara. J'ai donc décidé que nous serions désormais les « Pierres Sanglantes », roulant dans le sable brûlant du désert pour paver le chemin qui mène à une source d'eau et de lumière. Là où il y avait la guerre, la souffrance et l'iniquité, nous tenterions d'apporter la paix. Et, si nos corps pourrissent dans le désert, nous aurons au moins eu l'heur de servir en tant que simples ouvriers du Seigneur.

Notre première halte sera la cité d'Alep, au nord-est de Maara. C'est là-bas, je l'ai appris par un vieillard agonisant qui regardait ses tripes se liquéfier au soleil, que gouverne le sultan Redwan. L'homme qui disposait, jusqu'à l'arrivée des Croisés, de la suzeraineté sur Maara. L'Infidèle le mieux à même de m'écouter. Ou de m'abattre s'il n'en a pas la patience. Dieu décidera.

Afin de ne pas donner l'impression d'avoir constitué une nouvelle troupe de mercenaires occidentaux, mes Pierres Sanglantes m'accompagneront jusqu'à Alep, mais j'y entrerai seul, sans armes et sans symboles religieux, en passant par la porte principale. En homme humble et simple voyageur. Comme tout Chrétien devrait ne jamais cesser d'être.

Alep, dans laquelle j'entre sans difficulté, au milieu d'une foule dense et bigarrée, est la ville la plus originale qu'il m'ait été donné de contempler depuis que j'ai posé le pied en Terre Sainte. Dès mes premiers pas, en découvrant les quartiers populaires, je réalise qu'au contraire des cités que j'ai déjà pu découvrir, y compris Antioche, qui n'étaient qu'un enchevêtrement de maisons étroites, mal aérées par un labyrinthe de ruelles tortueuses, Alep, elle, obéit à un plan rigoureux. Un quadrillage, sans doute hérité de l'Antiquité. Rien, dans sa structure, depuis les échoppes de la ville basse jusqu'au Palais du sultan, ne semble dû au hasard. Tout y a été pensé, réfléchi. Elle démontre la supériorité manifeste de la cité musulmane. Car, en Gaule comme dans le Latium, les féodaux ont dilapidé l'héritage romain. Les villes se sont vidées et l'Occident s'est hérissé de châteaux, symboles de la puissance des seigneurs, seuls à même de protéger les populations contre les bandits et les barbares. Des bourgs approximatifs se sont formés, blottis contre les forteresses, bâtis à la hâte.

Ici, à Alep, point d'impasses obscures, point de venelles envahies par la boue ou les immondices. Des places carrées ponctuent l'espace urbain à intervalles réguliers, jouant le rôle de puits de lumière et d'attracteurs d'activité commerciale. Les étals des maraîchers s'y disputent l'espace avec les marchands de textiles, formant une enivrante mosaïque de couleurs, de textures et de senteurs. Mais, et j'en admire toute la pertinence, les artisanats les plus bruyants et les plus polluants ont été relégués à la périphérie de la cité : tanneurs, teinturiers et forgerons sont là-bas, à l'ombre des murailles. Les vents emportent leurs fumées loin du centre. Le quartier des bains, à ciel ouvert, jouxte celui des affaires, et l'hôtel des monnaies n'est pas loin de la grande halle où se négocient, à haute voix, les plus précieuses des marchandises apportées par les caravanes. Le minaret de la Grande Mosquée, point focal de la ville, est visible dans quelque endroit où l'on se trouve. Sa blancheur effilée, d'où monte l'appel à la prière plusieurs fois par jour, est l'équivalent de l'étoile polaire qui, dans l'ordonnancement céleste, indique la direction du nord.

La ville tout entière semble tourner autour de la Mosquée et même la citadelle, d'architecture pesante et manifestement plus récente, dans laquelle est serti le Palais, tel un rubis, lui cède la prééminence. À l'instar de l'Europe, où le temporel s'incline devant le spirituel, le trône n'est pas aussi élevé que l'Autel. Oui, tout, dans Alep, n'est qu'Ordre et Histoire. Pourtant, à ma grande surprise, le sultan qui gouverne cette ville plusieurs fois millénaire est presque un enfant. Il n'est guère plus âgé que moi. Et tandis que j'en suis réduit à l'état de vagabond, lui gère déjà l'héritage des siècles. Mais il ne sait pas encore que je suis venu le prévenir d'un immense danger. L'enfer frappe à sa porte et il ne doit pas lui ouvrir, aussi douces soient ses manières. Il ne doit pas non plus lui envoyer ses troupes. J'ai bon espoir de convaincre le maître d'une cité aussi éclairée d'agir autrement.

Atteindre le sultan d'Alep a été facile. Je n'ai même pas été fouillé par les soldats turcs qui gardent l'entrée du Palais. J'aurais cru que mes traits provoqueraient immédiatement la méfiance, mais la grande diversité ethnique qui caractérise, autant que j'en puisse juger, la population de la ville, a sans doute joué en ma faveur. Les Croisés ne sont pas passés par ici et il est possible, aussi étonnant que cela paraisse, que le récit de leurs « exploits » n'ait pas encore atteint Alep. Dès lors, un voyageur aux yeux bleus et aux cheveux blonds ayant traversé la mer pour admirer les splendeurs de l'Orient, n'a rien de menaçant, surtout s'il se présente sans armes ni oriflamme. Je ne dois pas être le premier à venir chercher fortune à Alep. Ni le premier à demander audience au sultan, sans doute pour obtenir ses faveurs ou lui proposer une affaire particulièrement avantageuse.

Redwan me reçoit dans une vaste salle aux murs dépouillés de tout ornement et rigoureusement vide de tout mobilier à l'exception d'un immense brasero. Nulle colonnade ne vient agrémenter ce lieu plus austère qu'une église. Le sultan d'Alep est assis en tailleur, au centre d'un tapis épais, de forme rectangulaire, aux motifs alambiqués, seule préciosité qu'il semble s'accorder, alors que je m'attendais à une débauche d'étoffes, de coussins, de danseuses voilées et d'innombrables bougies reflétant leurs silhouettes virevoltantes sur les murs. Il n'y a que deux gardes, munis de sarisses, et, assis à la droite du sultan, ce que je crois être un scribe, un administrateur, penché sur ses tablettes et dont le turban noir me dissimule le visage.

Redwan lui-même me fait signe d'approcher, sans prononcer un seul mot. Le silence est maître des lieux, là où la musique aurait dû faire résonner la pierre de masse.

Je m'exécute, rendu nerveux par le regard pénétrant des yeux bleus du sultan. La sévérité de son regard offre un contraste saisissant avec sa petite taille et son allure de jeune homme un peu malingre que les plis de ses vêtements sombres ne parviennent pas à dissimuler. Je réalise que c'est la première fois que je rencontre un Infidèle qui n'a pas le regard aussi sombre que le charbon. Une fois encore, je me rends compte à quel point nous nous sommes fourvoyés en leur attribuant une origine et une histoire communes. Les Musulmans sont aussi différents que le sont, en Occident, les Nordiques des Ibériques.

Lorsque j'arrive aux franges du tapis, obéissant à une intuition qui me semble bonne, je m'agenouille face à Redwan, comme je l'aurais fait devant un seigneur prêt à me recevoir comme vassal. Le jeune sultan hausse un sourcil, mais, d'un nouveau geste, m'invite à parler. Le scribe, lui, n'a toujours pas relevé la tête.

Jouant mon va-tout, je m'exprime dans un arabe maladroit, appris à Mamistra.

« Je suis venu jusqu'à toi, maître d'Alep, pour te prévenir qu'un grand danger menace ta cité. »

L'assistant du sultan note mes paroles sur ses papyrus.

« Tu veux sans doute parler des Franj », me répond le sultan en grec.

Je ne parviens pas à cacher ma surprise et un sourire malicieux éclaire son visage, encore imberbe, ce qui est inaccoutumé, je l'ai constaté, chez les Infidèles. Surtout les Turcs. Mais peut-être ne l'est-il pas.

« Je suis parfaitement au courant de l'arrivée des Barbares », poursuit Redwan, en latin cette fois-ci, me montrant qu'il maîtrise les langues étrangères et accentuant le dernier mot, afin, sans doute, de mieux marquer son mépris.

« Les Croisés ne sont pas loin d'ici, dis-je. Antioche a été…

— Je sais, me coupe-t-il. Mon beau-père, Yaghi Siyan, aurait dû venir se réfugier ici au lieu de se retrancher dans sa citadelle. Mon épouse a beaucoup pleuré lorsqu'elle a appris sa mort. Il aurait dû me faire plus confiance. Vois-tu, étranger, nous sommes à l'abri des menaces de tes pairs, ici, à Alep. Il faut méconnaître profondément cette région pour l'ignorer. Aucun Franj ne s'attaquera à ma ville », termine-t-il avec une désarmante assurance.

Je me rends compte, trop tard, de ma bêtise et de ma présomption.

Comment ai-je pu croire que l'information n'avait pas circulé, alors que nous ne sommes qu'à quelques kilomètres d'Antioche et que, de surcroît, Redwan est le suzerain de Maara ? Comment ai-je pu croire que le maître d'Alep m'accorderait le moindre crédit ?

J'espérais pouvoir jouer le rôle de conseiller et prévenir une nouvelle hécatombe. Me voilà dans celui de bouffon ! Redwan pourrait se rire de moi et me faire exécuter sur le champ. Pourtant son regard est toujours rivé au mien, comme s'il n'avait pas fini de m'évaluer. D'ailleurs, les gardes, ainsi que le scribe, restent impassibles, les uns guettent sa décision, l'autre attend d'inscrire celle-ci dans l'éternité.

L'humiliation, autant que la colère envers moi-même, dicte mes paroles.

« Je m'appelle Tancrède de Hauteville. Je suis venu en Terre Sainte pour libérer le Tombeau du Christ », dis-je, comprenant qu'il est inutile de mentir.

Le scribe note, consciencieusement.

« Je suis venu pour délivrer Jérusalem des Infidèles et la rendre aux Chrétiens, en surmontant tous les obstacles qui pourraient se dresser en travers de ma route, ce qui fait de moi ton ennemi. Je sers Dieu et lui seul. »

Redwan ne bronche toujours pas, me laissant poursuivre.

« J'ai toutefois abandonné les Croisés dont la plupart ont des motivations indignes de Chrétiens. Ils ont entamé une conquête qui dessert les enjeux spirituels fixés par l'Église. Les événements d'Antioche et de Maara ont dissipé les voiles qui masquaient mon regard et, avec les forces qui me restent, je veux essayer de préserver la Terre Sainte d'une escalade de violence qui n'apportera que le chaos. S'il faut pour cela être un traître à la Croisade, alors devant Dieu, je le serai. »

Le stylet de scribe s'arrête et Redwan jette un coup d'œil à son fonctionnaire. Ils semblent tenir une sorte de conseil silencieux, échangeant des signes et des regards dont le sens m'échappe complètement. Puis, apparemment satisfait, le sultan reporte son attention sur moi.

Son expression a changé ; elle est étrangement plus respectueuse, débarrassée de sa morgue. Comme si, subitement, il se troublait d'être en ma présence. Le scribe marmonne quelque chose et le sultan paraît se reprendre. Sa voix se fait plus dure, occultant de force le vibrato de la jeunesse.

« Chevalier de Hauteville, sache que ton nom et ta réputation t'ont précédé. J'ai reçu les assurances que tu es bien celui que tu prétends être. Je méprise les traîtres qui vendent leurs amis et les lâches qui évitent le combat ; mais je ne crois pas que tu fasses partie de cette engeance-là. »

Il marque une pause.

« Tu n'as pas fait le chemin qui mène à Alep pour rien. J'ai besoin de toi et de tes maraudeurs qui t'attendent à quelques lieues de la cité, cachés dans les montagnes. »

Une nouvelle fois, la surprise est désagréable.

Ce sultan paraît tout savoir de moi, de mes origines et de mes ambitions. Nul doute que mes « Pierres Sanglantes » sont déjà cernés par des archers dont l'adresse et la fidélité ne leur laisseraient aucune chance s'ils reçoivent un ordre d'exécution.

« Que puis-je faire pour toi, maître d'Alep ?

— Tuer mon ennemi. »

Je regarde Redwan, sentant s'affirmer ma propre détermination.

« Je ne combattrai pas mes frères à ta place, sultan d'Alep.

— Il ne s'agit pas de cela, chevalier. Je te l'ai dit, Alep n'a rien à craindre des Croisés. Pour eux, la cité est comme invisible. Ils ne feront que passer, crois-moi. En revanche, je suis en butte, depuis fort longtemps, aux prétentions territoriales de mon frère, Doukak, le roi de Damas. Sa jalousie me pèse et ses menaces incessantes me fatiguent. Il doit venir me rendre visite, sous peu. Il sera escorté, car il s'attend à un piège, bien sûr. Et il a raison. Je veux que toi et tes mercenaires me débarrassiez de lui. De façon définitive. »

Voilà qu'un Infidèle me convie à un fratricide alors que j'essaie d'empêcher le massacre des siens. Ou plutôt de ses coreligionnaires. L'ironie est amère et me pousse à me lever.

« Je refuse, sultan Redwan. Je ne vois pas au nom de quoi je...

— Parce que je te donnerai le moyen de sauver Al Qods. Jérusalem, comme les Franj l'appellent. D'empêcher les massacres. D'éviter que le précieux linceul de votre messie ne soit souillé du sang des Infidèles, ou de celui de ses fidèles. »

Son irrévérence à l'égard de Jésus-Christ me donne envie de le passer par le fil de l'épée, sans attendre. Mais si je me laisse aller à cette impulsion, je desservirai le Seigneur et détruirai toutes les possibilités ouvertes jusqu'ici.

« Comment puis-je sauver les âmes de la Ville Sainte ?

— Il est des forces qui ne sont pas immédiatement perceptibles dans cette région. Pourtant, à bien des égards, elles arbitrent les changements. Dans l'ombre, elles appuient sur les événements et en modifient l'issue. J'ai pactisé avec ces forces et je ne crains plus aucune puissance étrangère. Ceux qui savent les mettre en œuvre peuvent t'offrir leur soutien, comme ils l'ont fait pour moi. »

Dans le regard du jeune sultan, je ne peux déceler aucune duperie.

Pourtant, on dirait qu'il récite des phrases apprises par cœur.

« Pourquoi faire appel à moi ?

— Parce que toi et tes chevaliers êtes désormais

une pièce libre sur l'échiquier du Destin. Parce que je crois qu'une trentaine de guerriers déterminés, emmenés par un chef aux idées claires, peut changer le futur mieux que cent armées. Si tu m'aides, je te livrerai les clefs de la sauvegarde de Jérusalem. »

Sans attendre ma réponse, Redwan tourne la tête vers le scribe.

Il acquiesce à une phrase que je n'entends pas, se retire, me laisse seul avec le fonctionnaire drapé de noir. Ce dernier se lève et s'approche de moi, regard à terre. Je suis surpris de constater à quel point il semble grand et fort en comparaison du sultan. S'il n'avait tenu humblement le stylet et fait preuve d'autant de docilité, j'aurais volontiers cru qu'il s'agissait du véritable maître des lieux.

Parvenu à ma hauteur, l'homme en noir redresse enfin la tête et je découvre son visage. Je ne peux retenir un hoquet de surprise. Il ressemble à s'y méprendre, l'âge en moins, au médiateur de Tarse, ce philosophe médecin qui était prêt à trouver un arrangement avec moi pour éviter d'inutiles persécutions.

S'agit-il de son fils ? Ou d'un membre de sa famille ?

Mon trouble est évident pour celui qui est, manifestement, bien plus qu'un scribe.

« Je m'appelle Siméon », me dit-il, en me tendant la main.

Dans un état second, j'apprécie la fermeté de sa poigne.

« Vous... ressemblez à un homme que j'ai rencontré à...

— Tarse. Oui, c'est l'un des miens. Mais je ne suis pas à proprement parler son fils.

— Est-ce lui qui vous a parlé de moi ? ne puis-je m'empêcher de demander.

— Bien entendu. Nous vous observons depuis Mamistra. »

Dans un éclair de lucidité, je me souviens d'un détail troublant, qui avait précédé la prise d'Antioche. En face, mon interlocuteur semble lire mes pensées.

« Vous pensez à Firouz, n'est-ce pas ? Nous l'avons entrepris, avant votre arrivée. C'est nous qui lui avons suggéré de vous contacter. Malheureusement, cette fois-là, notre plan a échoué. Sans doute, était-il prématuré. Nous en avons tiré les leçons depuis. »

Pris d'un léger vertige, je remarque, troublé, que les gardes ont disparu. Il ne reste plus que Siméon et moi dans la salle. Et rien dans son attitude ne laisse supposer qu'il n'est pas une menace, tout au contraire. Je me demande s'il agit sur l'ordre du sultan ou si...

Une fois de plus, mon interlocuteur devance mon raisonnement.

« Redwan n'a pas à avoir connaissance de cette discussion, dit Siméon. Vous comprenez, je pense.

— Vous n'êtes donc pas son serviteur ?

— Voyons, Tancrède. Demandez-vous plutôt pourquoi nous accordons de l'importance à cette mesquine querelle entre le sultan d'Alep et le roi de

Damas. Ne voyez-vous pas l'enjeu qui gît derrière cette situation ?

— Quelle est l'origine de leur différend ? Pourquoi deux frères se haïssent-ils ?

— Excellente question, chevalier. Permets-moi d'y répondre en détails, cela t'aidera dans l'accomplissement de ta mission : Redwan était l'aîné de quatre frères. Lors de son accession au trône d'Alep, il y a quatre ans, il craignait tellement qu'un de ses puînés lui conteste le trône et se dresse contre lui, qu'il décida de tous les faire assassiner. Deux de ses jeunes frères furent étranglés sur ses ordres, mais le troisième, Doukak, le plus jeune de tous, s'échappa miraculeusement à la faveur de la nuit. Il se réfugia aussi loin que possible d'Alep, à Damas, où la garnison turque, pour des raisons qui restent mystérieuses, le proclama roi l'année suivante. Depuis, ayant consolidé sa position, Doukak vit dans la crainte d'une autre tentative d'assassinat et voue une haine aveugle à son frère aîné. Il a juré de se venger, bien entendu. Connaissant l'avidité de Redwan, Doukak veut, avant de le tuer, le dépouiller de toutes les possessions territoriales qu'il a usurpées. »

Je réfléchis un moment.

— Dois-je réellement tuer Doukak ? »

Siméon me dévisage, l'air vaguement déçu.

« Dois-je réellement expliquer ce que nous attendons de toi, Tancrède ? »

Je m'abstiens de répondre, tant il est évident que la mort du souverain de Damas n'est pas le but recherché par Siméon. Je pressens que ce qu'il veut peut m'aider à concrétiser mes propres projets. Toutefois, j'ai la désagréable sensation d'être manipulé. Plus que je ne l'ai jamais été. Par mon oncle, par la Papauté, par quiconque. J'ai fui Constantinople parce que je pensais, à juste titre, que le Basileus voulait se servir de moi pour reconquérir les terres que sa faiblesse lui avait fait perdre. Pourquoi devrais-je, cette fois-ci, me laisser entraîner dans de sombres transactions, au sein desquelles je ne vois nulle part la main du Seigneur ?

« Que se passera-t-il si je mène cette mission à son terme ? demandé-je à Siméon. Que ferez-vous si j'obtiens le résultat que vous espérez ?

— Nous accéderons à tes demandes, Tancrède de Hauteville. Dans un premier temps. Après, nul ne peut le dire… Cela dépendra surtout de toi.

— Je ne suis pas sûr que vos buts soient identiques aux miens.

— Mais rien ne te permet, à ce stade, d'affirmer qu'ils divergent. »

Il s'incline légèrement et s'éclipse, avec une effarante parcimonie de mouvements, comme s'il survolait le sol au lieu de le fouler. Je me retrouve seul dans la salle aveugle et décharnée. J'y reste longtemps, très longtemps, avant de trouver le courage de faire un pas pour rejoindre mes compagnons.

11

Tripoli, mai 1099

[MdTH fo 24 ro]

Peu à peu, je bascule dans un autre monde.

Un monde dont les règles sont différentes et dont je commence à peine l'apprentissage. Elles me sont des falaises escarpées dont l'ascension est particulièrement hasardeuse. Je suis certain que nombreux sont les impétrants qui ont payé de leur vie cette tentative. Mais, bientôt peut-être, disposerai-je de moyens incomparables. Et alors, en les employant, je saurai si ce que j'ai entrepris était juste ou non.

Pour l'instant, j'ai obtenu un résultat qui, a défaut d'être satisfaisant, est incontestable : j'ai trouvé le moyen de défendre Jérusalem, tout en satisfaisant aux désirs secrets de Siméon et de ses pairs drapés de noir.

Dans le conflit qui s'annonce, Jérusalem aura des défenseurs. Car affrontement, il y aura. Croire qu'on pouvait l'empêcher n'était que présomption, et surtout ignorance, de ma part. Le siège de la

Ville Sainte est programmé, depuis que les premiers barons ont débarqué à Constantinople. Jérusalem est le point vers lequel convergent toutes les forces politiques et militaires engagées en Anatolie, de part et d'autre de la frontière de la Foi. Jérusalem entendra, cela ne fait plus de doute, le fracas des armes, les hurlements des blessés et goûtera la saveur salée du sang qui gicle des corps. J'ai réuni assez de puissance, toutefois, pour atteindre le point d'équilibre au-delà duquel il y aura plus de survivants que de tués. D'une certaine façon, j'ai presque atteint mon but.

Comment y suis-je arrivé ?

J'ai mis fin à la Querelle des Deux Frères.

J'ai réuni Redwan et Doukak sous un même étendard. Le mien. Ou plutôt, celui de la défense de la Ville Sainte contre l'attaque prochaine des Croisés. Pour cela, il m'a fallu engager, en garantie, l'ensemble de mes hommes et de mes possessions. Ainsi, Adana et Mamistra ne sont plus seulement les villes de Tancrède.

Aujourd'hui, à l'ombre des rayonnages surchargés d'ouvrages de la Grande Bibliothèque de Tripoli, à mi-chemin entre Alep et Damas, les deux frères scellent une alliance que Siméon ne peut qu'approuver, car elle changera à jamais le visage de l'Asie Mineure, affectant jusqu'à la prééminence de Constantinople.

[MdTH fo 24 vo]

Bien sûr, il m'a fallu presque six mois d'efforts, de patience, de risques, pour aboutir à un tel résultat. Je me suis arrangé, tout d'abord, pour que Doukak reparte sain et sauf de la visite qu'il avait faite à son frère et durant laquelle j'étais censé l'assassiner. Mais, j'ai prétexté qu'un assassinat à Damas aurait un impact bien plus important du point de vue de la désorganisation des troupes royales et que, par conséquent, l'usurpation du trône et la conquête de ce territoire en seraient facilitées. Grâce à l'influence de Siméon, qui flatte son avidité, Redwan n'a pas fait de difficultés et m'a laissé totalement libre de mes mouvements. Je suis parti, la nuit suivante, avec mes Pierres Sanglantes, en direction de Damas.

Nous avons passé de longues semaines dans la ville de Doukak. Autant de semaines durant lesquelles je me suis tenu éloigné de Jérusalem alors même que je n'en avais jamais été aussi proche. Le plus dur a sans doute été d'ignorer complètement ce que faisaient les Croisés durant tout ce temps. Où ils se trouvaient. Ne pas savoir ce qu'avait décidé Godefroy de Bouillon, quels étaient ses plans pour Jérusalem. Depuis Damas, nous aurions pu aisément nous y rendre, abandonnant les subtilités de la trahison et de la négociation. Mais, dès lors, il m'eut fallu renoncer aux informations que détenait Siméon et à l'aide substantielle qu'il pouvait m'apporter. Et puis, j'ai réalisé que, si Redwan et Siméon se servaient de moi, je pouvais peut-être leur rendre la pareille. Après tout, je pouvais mettre la puissance cumulée des seigneurs d'Alep et de Damas au service de mes projets. Je n'ai donc pas quitté Damas tant que ma mission n'a pas été accomplie. J'ai même renvoyé une partie de mes Pierres à Alep afin de tenir Redwan et Siméon informés de l'avancée de mes entreprises.

Doukak s'est révélé très différent de son aîné. Aussi corpulent que l'autre est sec, aussi débonnaire, en apparence du moins, que Redwan est scrutateur. Il m'a paru également moins cultivé. Mais il a compris, très vite, tout l'intérêt qu'il avait à négocier, par mon intermédiaire, une trêve avec son frère. Même si sa méfiance, enracinée dans le sang versé trop tôt, ne s'éteindra jamais, je lui ai montré le royaume qu'ils pouvaient bâtir ensemble. Un royaume dont la puissance et l'étendue feraient pâlir l'Empereur des Grecs.

De plus, comme je l'ai suggéré à maintes reprises à Doukak et, plus tard, à Redwan, en présence de Siméon dont le regard brillait, s'ils prenaient Jérusalem sous leur protection et la préservaient des Croisés en l'intégrant à leur nouveau royaume, alors, les Deux Frères seraient à la tête d'un État dont les décisions à venir changeraient toute l'organisation géopolitique de l'Asie Mineure. Les perspectives d'une telle alliance étaient galvanisantes.

Mon discours, convenablement argumenté, a porté ses fruits. Moins torturé que Redwan, le pragmatique Doukak a accepté le principe d'une alliance politique. Sans doute, se réserve-t-il une porte de sortie et l'assassinat n'est pas à exclure de ses propres pratiques gouvernementales.

[MdTH fo 25 ro]

À la fin des négociations, avant de m'en retourner à Alep pour les concrétiser, j'ai pu admirer, en toute liberté et sans escorte, les splendeurs de Damas. Je m'étais extasié sur la perfection géométrique d'Alep, mais elle n'est rien en comparaison de la majesté de cette cité, si parfaite que toute description semble trop courte pour en évoquer les fastes. Prise entre le flanc est du mont Qassioun, auquel s'adossent les beaux quartiers, et les méandres de la rivière Barada, qui vient se perdre sous la ville et l'irriguer telle une oasis en plein désert, Damas tout entière paraît se résumer dans sa Grande Mosquée. Aussi ancienne que celle d'Al Qods, d'après ce que m'ont dit les lettrés et les imams qui m'ont accueilli, elle a cette particularité d'être ouverte à tous les fidèles, voyageurs et étrangers inclus. D'immenses tapis accueillent ceux qui veulent prier ou simplement se reposer dans la fraîcheur incomparable de ses colonnades. En son centre, se trouve le tombeau de saint Jean-Baptiste, qui fut le cousin du Christ. Les Infidèles l'ont conservé intact. Il s'est passé quelque chose de miraculeux : j'ai été autorisé à prier Jésus, à ma manière, aux côtés des Musulmans qui se prosternaient devant Celui qu'ils appellent Allah. Et, je n'étais pas le seul Chrétien à faire le signe de croix face au crâne de Jean-Baptiste. Nombreux sont les fidèles qui vivent à Damas, sans être inquiétés. En ce lieu sacré pour tous, j'ai prié Dieu avec plus de ferveur que je ne l'avais jamais fait. Car si je réussis, Jérusalem pourrait bien devenir le grand centre universel de la Foi, la Ville Cent Fois Sainte, qui éclipserait Rome et chanterait la victoire de l'œcuménisme, la rencontre des dogmes et leur résolution en un seul Dieu, fontaine d'Amour.

Me voilà, des mois plus tard, à Tripoli et face à des réalités prégnantes. J'ai appris par Jalal el-Moulk, le cadi de la ville, que les Croisés ne sont pas loin. Ils ont établi leur quartier général à Hosn-el-Akrad, une ancienne citadelle kurde dont les murailles dominent la grande plaine de la Boukaya. Raymond de Saint-Gilles, d'après les renseignements que le cadi a obtenu par ses espions, tient cette place forte depuis le mois de février. Toutes les villes alentour, littéralement terrifiées par les massacres et les horreurs perpétrées à Antioche et à Maara, ont choisi de ne pas résister à l'envahisseur. Plutôt que de s'assembler pour lutter contre les Croisés, elles se sont empressées d'envoyer des délégations, richement parées, afin de rendre hommage à leurs nouveaux maîtres. La première fut mandatée par Janah-ad-Dawla, l'émir d'Homs. Il a offert au comte de Toulouse de l'or, des pierres précieuses, et, comble de la lâcheté, un grand nombre de chevaux, destinés à remplacer ceux que ses chevaliers avaient perdus dans les précédentes batailles contre les Infidèles. Le fait démontre, à lui seul, à quel point les Croisés inspirent la terreur aux autorités syriennes.

Le cadi Jalal el-Moulk que j'ai rencontré par l'intermédiaire de Siméon, il y a quelques semaines, pour préparer la rencontre entre Redwan et Doukak, est l'un des princes les plus respectés de la côte syrienne, et, sans doute, l'un des plus intelligents, puisqu'il a immédiatement compris tout l'intérêt qu'il avait à accueillir, dans la « maison de la culture » de Tripoli, des négociations capitales pour l'avenir de la région. Il peut paraître étonnant que le cadi se soit, lui aussi, abaissé à combler les Croisés de ses bienfaits. Pourtant, la pertinence de son geste m'apparaît évidente. En devançant les revendications des Croisés, il évite que ceux-ci viennent examiner de trop près les richesses et les splendeurs de Tripoli. Or, celle-ci est un véritable joyau, posé par Dieu sur le bord de la Méditerranée. Entourée de champs d'oliviers, de caroubiers, de canne à sucre, de vergers aux fruits multicolores, alimentée régulièrement par un port dont l'activité commerciale est incessante jour et nuit, Tripoli est un véritable grenier à marchandises. Un festin à ciel ouvert. Mais Tripoli, comme toutes les gemmes aux reflets féeriques, est fragile. Que les Croisés viennent à s'en emparer et c'en sera fini de sa magie intemporelle. Ses arbres et ses parchemins, pour millénaires qu'ils soient, ne résisteront pas longtemps à la convoitise qui brûle dans leur regard. Je le sais, j'étais l'un d'eux. Aussi, le cadi a-t-il envoyé la plus exubérante des délégations jusqu'à Akrad, tout en se préparant au pire. Ainsi, a-t-il, en parallèle, déployé les forces militaires de la Principauté à Arqa, la ville qui se trouve sur la route des Franjs, s'ils décident de venir piller Tripoli.

J'ai d'ailleurs pris part, en échange de l'accord de Jalal, à l'organisation de la défense d'Arqa. J'ai livré à la garnison en poste là-bas quelques secrets intéressants sur les structures des trébuchets et des tours d'assauts qu'utilisent les Croisés. Je ne suis pas sûr que cela soit la cause de la résistance exceptionnelle d'Arqa, mais le fait est que, après avoir tenu le siège de l'antichambre de Tripoli pendant plus de trois mois, Raymond de Saint-Gilles s'est sans doute lassé, à moins qu'il n'ait été rappelé à l'ordre par Godefroy de Bouillon. Il s'en est allé.

Alors même qu'aujourd'hui, aux côtés de Siméon et de Jalal, je contemple deux seigneurs territoriaux, assis sur des fauteuils en bois d'olivier sculpté, qui se dévisagent de part et d'autre de la large table de négociation dressée par les diligents serviteurs du cadi au centre de la salle de lecture de la Grande Bibliothèque de Tripoli, les Croisés passent au large de la ville. Il est plus que probable qu'ils ne s'arrêteront pas. Pour s'en assurer, Jalal leur a fait envoyer une nouvelle caravane chargée de victuailles et un héraut leur souhaitant bonne route et leur promettant le soutien des forces armées tripolitaines dès qu'ils le réclameraient. Le coup de bluff est particulièrement osé, et je sais que Siméon l'apprécie autant que moi. Mais il semble avoir parfaitement fonctionné. La poussière soulevée, à l'horizon, par la troupe du comte de Toulouse contraste admirablement avec l'ordonnancement irréprochable des douze mille ouvrages qui composent la Bibliothèque. Le Chaos contre le Savoir. Le présent face à l'Histoire.

Car, véritablement, le moment est historique.

Si l'accord est signé aujourd'hui, j'aurais contribué à donner naissance à la plus grande entité politique en Terre Sainte, résolument à l'opposé de l'éclatement que l'arrivée des Croisés a provoqué parmi les forces des Infidèles.

Siméon, par mon intermédiaire, s'est emparé des destinées d'une région tout entière, qui inclut, de façon irrévocable, les fleurons de la Terre de Tancrède, Adana et Mamistra, formant à présent un pentacle diplomatique avec Alep, Damas, et bien entendu Tripoli. Car Jalal el-Moulk n'entend pas rester à l'écart d'une telle entreprise.

Tout le monde s'observe, oscillant entre la méfiance et l'excitation. Je ne parviens pas à déterminer si le cadi de Tripoli est sous l'influence des hommes en noir, ou s'il est motivé, tout comme moi, par des ambitions personnelles. Dans ce dernier cas, je crois que j'aimerais autant composer avec lui qu'avec les pairs de Siméon, dont les motivations réelles demeurent obscures.

Difficile de dire qui manipule qui, en définitive.

J'ai cru tenir les rênes, à Damas, puis j'ai pensé les conserver, face à un Redwan sous influence, mais, à présent, sous le regard insondable des auteurs de l'Antiquité, il me semble que je ne les ai jamais vraiment senties sous mes doigts. On me l'a fait croire, comme un enfant auquel on apprend à conduire un char et auquel on remet la partie lâche de la lanière de cuir entre les mains, afin de l'encourager à tirer dessus, bien que cela n'ait absolument aucun effet sur le cheval.

Suis-je un enfant entre les mains des maîtres de Siméon ?

Après la poignée de main qui scelle l'accord entre Redwan et Doukak, lequel a nécessité beaucoup de temps et de patience, mais finalement peu de paroles, tandis que des serviteurs du cadi servent d'abondance des verres de thé parfumé et sucré, Siméon s'approche de moi. Je m'attends à des félicitations et, une nouvelle fois, il me surprend.

« Tu n'es pas le seul », dit-il.

Je le dévisage, brutalement tiré de la douce satisfaction qui m'avait envahi.

« Je ne suis pas le seul responsable de cet accord ? C'est ce que tu veux dire ? Je n'avais pas l'intention de m'en attribuer la...

— Non, Tancrède. Tu n'es pas le seul Chrétien à briguer une place dans notre organisation. À comprendre qu'il y a d'autres moyens. D'autres enjeux. »

L'information contenue dans les paroles de Siméon me choque moins que ses supputations. Son arrogance, maintenant que tout est accompli, m'est pénible.

« Je ne brigue rien du tout. Je sers Dieu, c'est tout.

— Tiens-tu donc à réintégrer ta place auprès des chefs de la Croisade ?

— Que nenni. J'entends simplement utiliser la liberté que j'ai gagnée.

— La liberté que NOUS t'avons donné les moyens de gagner, Tancrède. Voilà déjà longtemps que nous te suivons. Nous avons investi beaucoup d'efforts en toi, chevalier de Hauteville. Ta venue était…

— Annoncée ? fis-je en raillant.

— Programmée serait un terme plus judicieux.

— Qui êtes-vous ? Qui vous dirige ? Quel est votre dessein, en réalité ?

— Tu le sauras en temps utile. Et en aucun cas avant la bataille de Jérusalem !

— Durant laquelle, probablement, je mourrai, n'est-ce pas ?

— Tu survivras.

— C'est programmé également ?

— Non, probable, tout simplement. Tu es un bon guerrier, solide et avisé.

— Personne, à part Dieu, ne peut connaître le Destin à l'avance. »

Siméon baisse la tête, sourit, mais n'acquiesce point.

« Tu disais que je n'étais pas le seul…

— D'autres esprits, d'autres courages, venus sous la bannière des chevaliers du Christ, nous avons pu convaincre. Ces hommes ont saisi la validité de notre combat et compris la nécessité d'employer des moyens occultes pour le mener à bien. »

Encore une fois, dissimuler ma surprise m'est impossible.

« Il y a d'autres Normands dans vos rangs ?

— Normands, Francs, ou bien encore… Méridionaux.

— À quel seigneur fais-tu donc référence ?

— Il s'appelle Gaston. Vicomte du Béarn. Il faisait partie de l'armée de Raymond de Saint-Gilles.

— C'est étrange, nous ne nous sommes jamais rencontrés, dis-je perplexe.

— Oui, à cela nous avons veillé. Vous n'étiez pas encore prêts.

— Avons-nous les mêmes buts ? Je veux le rencontrer.

— Tu le verras, ne t'inquiète pas, Tancrède. C'est à ses côtés que tu te battras pour la sauvegarde de Jérusalem. Et, peut-être, réussirez-vous, parce que vous serez ensemble. »

Siméon n'en dira pas plus, son visage s'est fermé.

Déjà, il s'éloigne, retournant s'inquiéter des premiers pas de l'État partagé entre Redwan et Doukak.

Je m'aperçois que j'aimerais revoir le philosophe de Tarse. Avec lui, la notion de respect n'était pas une illusion, au moins. Comme le savoir qui m'entoure, mes certitudes s'effeuillent dans le soleil couchant. L'avenir se signe dans mon dos et le passé s'apprête à ressurgir. La plus grande bataille de toute l'histoire de l'Asie Mineure. Celle qui m'a amené jusqu'ici. Celle de Jérusalem.

12

Jérusalem, juillet 1099

Dans quelques heures, demain tout au plus, la lutte pour Jérusalem aura commencé. Et, si je vais lutter de toutes mes forces pour la sauvegarde de la Ville Sainte, je ne le ferai pas dans le camp des Croisés. Mon bras armé ne se lèvera pas à côté de celui de Raymond de Saint-Gilles, mon bouclier ne protégera pas Godefroy de Bouillon. L'un frappera le comte de Toulouse et l'autre parera les coups du duc de Basse-Lorraine. Quant à Robert de Flandre, s'il me reconnaît, il tentera de m'ôter la vie, sans hésiter. Mais mieux vaut pour lui qu'il ne se trouve pas en travers de ma route.

Que Syracuse me semble loin ! La bataille avortée d'Amalfi me paraît appartenir à un autre temps. Si l'on m'avait dit que mes principaux alliés à la veille de l'assaut le plus décisif de tous ceux auxquels j'ai pu participer en Terre Sainte, auraient été sultan, émir et cadi, en lieu et place des comtes, ducs, et roi d'Occident, j'aurais crié à la folie et sévèrement châtié la diffamation. Pourtant, à l'exception d'un comte béarnais que je n'ai pas encore eu l'heur de rencontrer, il semble bien qu'il me faille accepter cette réalité : aux yeux de ceux qui se reconnaissent comme chevaliers du Christ, je suis un traître. Reste à savoir quel regard, au lendemain de la bataille pour Jérusalem, Dieu posera sur moi.

Pour l'heure, mes nouveaux alliés m'ont laissé un privilège qui compense largement toutes les avanies et tous les sacrifices consécutifs à ma dissidence. Quoique à dire vrai, c'est une faveur que personne n'aurait pu me refuser et s'il l'avait fallu, je l'aurais non seulement revendiquée, mais arrachée de haute lutte, envers et contre tous, sans prudence.

En ce dernier jour de paix, alors que la ville que les Chrétiens nomment Jérusalem et les Infidèles Al Qods se prépare à l'assaut de quelque cinquante mille Croisés, je fais l'ascension du Mont des Oliviers. D'un pas alerte, seul et sans armes, vêtu d'une simple tunique claire de pèlerin.

Je marche dans les pas de Jésus, là où, ayant pressenti la fin et le commencement de toute chose, il a accepté de se conformer à la volonté de Son Père et de souffrir le martyre pour racheter les péchés des hommes.

C'est le moment le plus important de toute ma vie.

Je n'ai jamais été aussi près de Lui. Ma ferveur et ma motivation croissent de concert, à chacun de mes pas, tandis que le soleil tombe sous l'horizon. Les étoiles apparaissent et leur clarté, aussi ténue soit-elle, dans l'attente du lever lunaire, fait briller les feuilles argentées des oliviers qui m'entourent. L'air est frais, la pénombre descend de la montagne à ma rencontre. J'ai été fol de quitter les rangs des Croisés et j'offense la Papauté dans chacune de mes actions. Je suis un paria aux yeux de mes frères. Mais, en ces mêmes lieux, le Fils de l'Homme n'a-t-il point accepté, au nom de la justesse de son combat, d'être considéré comme un coupable et d'être trahi par ses disciples ? Ma solitude, je le réalise, n'est qu'un écho étouffé, misérable, de la sienne, à la veille de Sa Passion. Voilà pourquoi j'ai refusé à mes Pierres Sanglantes qu'ils m'accompagnent dans ce pèlerinage au Mont des Oliviers. Je sais qu'injuste est ma décision, car tout autant que moi, ils souffrent de leur marginalité et, tout autant que moi, leur indéfectible piété leur donne droit à l'apaisement qu'apporte la méditation en un lieu saint. En ce moment, ils sont en train de prier, j'en suis certain. Je ne mérite pas leur fidélité. Pourtant, j'assume mon égoïsme. Ce moment de communion avec le Seigneur, nul n'aurait pu me le dérober.

Là où je marche, Jésus a marché.

Mais voilà que j'arrive en ce lieu que, dans les Évangiles, on appelle Gethsémani. Je ne sais comment je reconnais cet endroit que je n'ai jamais pu qu'imaginer, mais j'ai la certitude d'y être. Le ciel s'est brusquement assombri, et la forme même des arbres me le confirme. Les troncs, les branches sont courbés comme en une éternelle pénitence pour avoir vu, en ce lieu, douter, prier et être trahi le fils de Dieu. L'argent de leur feuillage lui-même paraît s'être terni. L'instant, pour le fidèle que je suis, est exceptionnel de gravité. Déjà, je sens que ma vie tout entière se justifie, se résume et s'accomplit.

Je m'allonge face contre terre et commence à réciter le Notre-Père.

Là où je prie, Jésus a prié.

Il n'y a plus d'autre enjeu, en moi, que celui d'arriver à la sérénité, d'attendre ici le prochain lever de soleil, en espérant qu'il éclairera un Chrétien plus fort que celui qui avait entrepris l'ascension de cette éminence la veille. En contrebas du Mont des Oliviers, une ville tout entière, dont je devine les flambeaux, retient son souffle, se préparant à affronter les plus terribles et les plus déterminés de ses ennemis.

Malgré la ferveur de mes prières, je sens la peur s'insinuer en moi. Il ne s'agit pas de l'angoisse de tomber au combat, car je ne crains pas la mort. Ce qui vient me torturer, alors même que j'espérais atteindre la paix, c'est le doute quant à la vanité de mon combat, sa pertinence. Il y a, surtout, ce point obscur affectant la pureté de ma résolution : celui qui concerne mon engagement auprès de Siméon et de ces hommes vêtus de noir, qui poursuivent des buts occultes dont je ne suis pas sûr qu'ils soient compatibles avec les valeurs chrétiennes que j'entends faire prévaloir. N'ai-je pas cédé à la tentation du démon en laissant leur route rejoindre la mienne ? Leurs promesses ne sont-elles pas les fers avec lesquels ils aliènent ma conscience ? Ai-je troqué l'horreur des massacres contre la honte de l'hérésie ?

Je suis tellement troublé, à présent, que ma prière s'altère et finit par cesser. Je lève les yeux vers le ciel. Il n'a jamais été aussi noir. Mes larmes ruissèlent, tant la peur de l'erreur me ronge. Mais, une nouvelle fois, je m'en remets aux Saintes Écritures, car elles m'ont toujours guidé. Et c'est en les respectant que j'ai orienté mes pas sur un chemin qui s'éloignait des Croisés.

Là où je doute, Jésus a douté.

Les Évangiles racontent que Jésus a douté, et qu'alors, il a été visité, puis rassuré. En ce lieu, le Fils de l'Homme a finalement ordonné à ses disciples de dormir, après leur avoir reproché, par deux fois, de n'avoir pu veiller à ses côtés. De n'avoir pu le consoler, l'aider à se préparer à l'inéluctable. De n'avoir pas prié pour qu'il échappe à son sort, avant d'enfin comprendre qu'en hommes, ils ne le pouvaient pas. Ils ne le devaient pas. En définitive, la frayeur, la tristesse, la colère et l'angoisse dont avait été saisi le Fils de l'Homme, ces sentiments noirs qui l'avaient poussé à formuler ces réprimandes à l'égard des disciples, furent balayés par la visite d'un Ange qui, alors même que Son Père refusait de lui répondre, vint le réconforter.

Ainsi le Fils comprit que le silence ne signifiait pas l'abandon et que le Très-Haut répondait toujours aux prières. Il put alors se relever et, sans plus tergiverser, descendre à la rencontre de son calvaire. Peu de temps après, il fut trahi, arrêté, questionné, et enfin, crucifié, aux côtés des barbares et des brigands.

Oui, je suis résolu à tuer des Chrétiens.

Et je le ferai pour l'amour de Dieu.

Lui seul me jugera.

« Es-tu Tancrède ? »

S'il s'agit d'un Infidèle, je serai mort dans la minute. S'il s'agit d'un Croisé, mon espérance de vie, dans un tel dénuement, n'est pas bien meilleure. Dans un cas comme dans l'autre, cependant, un ennemi m'aurait exécuté, plantant sa lame dans mon dos, sans prononcer le moindre mot.

Sans me relever, je tourne la tête.

Face à moi, se découpant en contrejour dans la clarté d'une Lune qui se lève à peine, un chevalier en armes, à la tunique immaculée, encore jeune, grand mais plutôt corpulent, à la chevelure claire et courte, coupée au bol. D'apparence, il me fait penser à Bohémond, mais son attitude, digne et simple, me rappelle plus celle de Godefroy. Comprenant que mon temps de recueillement vient de se terminer, j'acquiesce et je m'assieds en tailleur. Sans hésiter, il adopte la même position, face à moi et, ayant posé ses gantelets et son sabre à sa droite, il ramène sa main gauche sous son menton, plonge son regard dans le mien, et me tend la droite.

« Je suis Gaston. »

Il est seul, comme moi. Je pressens que, même si nous luttons côte à côte, pour préserver Jérusalem, nous demeurerons en aparté de nos motifs les plus intimes. Pourtant, notre conversation, je le sais, durera toute la nuit, car nous avons beaucoup à apprendre, l'un de l'autre.

[MdTH fo 26 ro]

Ainsi qu'il me l'a contée, la nuit passée, alors que la lune cheminait dans le ciel calme, pourtant annonciateur de la tempête, l'histoire de Gaston n'a pas été tellement différente de la mienne et il a vraiment fallu toute l'habileté de Siméon et de ses pairs pour que nous ne rencontrions pas plus tôt. D'ailleurs, je crois que j'en garderai une vexation d'avoir ainsi été détourné de celui qui est mon âme-sœur, mon frère. Avec les nobles chevaliers de sa famille et l'ensemble des vassaux de son clan béarnais, Gaston a répondu à l'appel à la Croisade d'Urbain II qui avait résonné à Clermont en l'année 1095 et qui avait pour but la reprise en main d'un Orient brutalement devenu indocile et sanguinaire. La libération du Saint Sépulcre lui avait paru un but digne d'engager toute une vie. Il avait laissé derrière lui famille et terres. La Croisade concrétisait le rêve de Gaston : concilier l'idéal chevaleresque et la défense de la foi. Avec son demi-frère, Centulle de Bigorre et un grand nombre de nobles méridionaux, Gaston avait pris le chemin de Constantinople et les Béarnais s'étaient finalement regroupés sous la bannière du comte de Toulouse. Ils avaient remonté la vallée du Rhône, traversé le Piémont, gagné la côte dalmate et poursuivi jusqu'à la cité de Durazzo, en Albanie, en passant toujours à l'intérieur des terres, car l'expédition de Saint-Gilles n'avait bénéficié d'aucun appui naval. Ainsi, Gaston se souvenait d'avoir chevauché durant de longues journées dans un pays montagneux sans apercevoir ni homme, ni bête, ni oiseau, comme si, me dit-il, la vie s'inclinait au passage des soldats du Christ.

Le gouverneur byzantin de Durazzo avait ensuite indiqué la route à suivre jusqu'à Constantinople, en passant par l'antique voie romaine conduisant à Thessalonique. Cette partie-là du voyage avait été difficile, car les troupes normandes conduites par Bohémond de Tarente étaient déjà passées par là et avaient épuisé une bonne partie des vivres et rendu délicat le ravitaillement des Méridionaux. Je n'ai fait aucun commentaire lorsque Gaston a évoqué la mort de mon oncle à Antioche, mais je crois qu'il a compris, à mon regard brusquement détourné, quelle était la vérité. Sans faire de commentaire, il a simplement continué son récit. Arrivés à Constantinople, les Béarnais et les Toulousains, tout comme les Normands, n'avaient pu entrer dans la ville et seul Raymond de Saint-Gilles s'était rendu auprès du Basileus. Mais, contrairement à mon oncle, le comte de Toulouse avait refusé de prêter serment à Alexis Comnène et n'avait consenti qu'à la promesse, vague, de ne pas nuire aux intérêts byzantins. Puis, les Méridionaux avaient rejoint les Normands de Bohémond et les Francs de Godefroy de Bouillon et, dès lors, la Croisade avait véritablement commencé.

Nous avions vécu ensemble, mais sans nous voir, la plupart des événements majeurs depuis la prise de Nicée jusqu'à la chute d'Antioche. Toutefois, Gaston n'avait pas vécu les horreurs de Maara. Je les lui ai racontées et, bien qu'il en ait eu connaissance, je l'ai vu blêmir au fur et à mesure de mon récit.

[MdTH fo 26 vo]

Gaston m'a appris que lui-même avait pris ses distances avec l'ost terrible des Croisés peu de temps après la prise d'Antioche. Mais ses raisons se sont avérées assez différentes des miennes. Si les massacres perpétrés avaient joué dans sa décision, s'il n'avait pas, moins que moi, été guidé par la pureté de sa foi et son désir ardent d'empêcher que la libération de Jérusalem ne se transforme en une extermination en règle des Infidèles, un autre élément lui avait servi de déclencheur. Celui de la lucidité politique. Il avait compris que la vision unitaire qu'avaient les Occidentaux des Infidèles était fausse. Je l'ai perçu sur le plan ethnique. Lui, l'avait analysé d'un point de vue religieux et politique. Ceux qui, pour les chevaliers venus du Midi, incarnaient le Mal Unique, étaient en fait extrêmement divisés.

Les Turcs seldjoukides n'avaient que peu de chose en commun avec les Arabes, les Arméniens, ou encore les Égyptiens. Il y avait, entre eux, de profondes lignes de fracture politique et religieuse. Au sein même de ceux qui faisaient profession de foi musulmane, de profondes divergences existaient, rendant délicate leur cohabitation et fragiles toutes leurs alliances. L'arrogance des défenseurs de la Vraie Foi leur avait montré les Infidèles comme des Barbares à la foi simpliste. Or, rien n'était plus faux. Les Chiites le disputaient aux Sunnites, les Turcs aux Arabes, les sultans aux califes. Autant de jalousies internes dont les Croisés auraient dû tirer profit, au lieu de propager la terreur au sein des populations civiles.

Je crois, avec le recul, que cette partie de son exposé a été la plus captivante.

Elle m'a permis, en mettant en lumière les logiques d'affrontement entre sultanats turcs, émirats arabes et califats cairote et baghdadi, depuis le début du siècle, de comprendre, enfin, les motivations de Siméon et de ses pairs.

L'aube point sur le Mont des Oliviers et deux convictions nouvelles font de même en moi. Car, à présent, je suis en paix avec ma conscience et, quoiqu'il puisse advenir, je mourrai en sachant que j'ai respecté les volontés de Dieu et que j'ai emprunté, au moins jusqu'à la Ville Sainte, le chemin qu'il avait tracé pour moi. Et, je sais également que ce chemin, contrairement à ce que j'ai pu croire, je ne l'accomplis pas seul. J'ai découvert en Gaston mon égal en piété et mon double en courage. Il est le compagnon qui manquait à ma douloureuse dissidence et qui lui fait prendre tout son sens. Car, tout comme moi, Gaston a bénéficié d'une lucidité qui se refusait à tous les autres Croisés et, comme moi, il a vu l'iniquité du chemin emprunté par les soldats du Christ et la nécessité de se placer en travers de leur route.

Non pour protéger les Infidèles.

Pour préserver les Chrétiens d'eux-mêmes.

Nous sommes des renégats pour les princes d'Occident et, sans doute, l'équivalent d'apostats aux yeux du Souverain Pontife. Mais, en réalité, nous ne sommes que les instruments de la Divine Providence et, s'il faut en arriver là, nous jouerons le rôle de rédempteurs.

Je range soigneusement mes notes, prises durant notre longue conversation de la nuit passée. Je les mettrai au propre plus tard. Gaston n'a pas eu l'air surpris que je tienne un journal. Peut-être fait-il de même de son côté, il ne l'a pas précisé. Mais, juste avant que nous ne nous séparions, il me livre une dernière information, capitale.

« Peut-être ne le sais-tu pas encore, Tancrède, mais, depuis l'année passée, les armées du Calife du Caire ont repris Jérusalem aux Turcs. L'affrontement qui aura lieu demain peut compromettre cette victoire de ceux que l'on appelle les Fatimides. Voilà pourquoi toi et moi avons été contactés. Les hommes en noir, j'en ai la conviction profonde, sont des agents du Calife d'Égypte. En divisant les forces croisées, ils veulent consolider la récente reconquête de Jérusalem, alors même, j'en suis sûr, qu'ils auraient laissé les Croisés se jeter sur la Ville Sainte si elle avait encore été sous le contrôle des Seldjoukides. Ils n'auraient eu, ensuite, qu'à en déloger les vainqueurs épuisés. »

Je le regarde, attristé.

Les oliviers, tout autour de moi, semblent s'enténébrer, alors que le jour vient de naître.

« Alors leurs motivations sont aussi cyniques que celles des Croisés ?

— J'ai beaucoup de choses à t'apprendre, mon ami. Et si peu de temps. »

Il marque une pause, réfléchissant.

« Je me suis d'abord établi avec mes chevaliers à Ramla, le mois dernier. Depuis, j'ai pris le contrôle de Bethléem, sans coup férir, grâce à la « préparation » des autorités locales orchestrée par le groupe de Siméon. Mais, à l'inverse de toi et de tes « Pierres Sanglantes », je fais encore officiellement partie de l'ost des Croisés. »

Ma surprise doit se lire sur mon visage. Ainsi, sans doute, que mon admiration pour la subtilité du stratagème, car de toute évidence, l'effet de surprise au moment de l'assaut de la Ville Sainte, jouerait en notre faveur. Voilà donc pourquoi Gaston était en livrée de soldat du Christ lorsqu'il m'est apparu sur le Mont des Oliviers.

« Oui, Tancrède, nous comptons sur l'effet de surprise. Dès que nous entrerons dans Jérusalem, mes guerriers se rangeront aux côtés des tiens et retourneront leurs lances contre les Francs. Redwan, Doukak et Jalal sont déjà au courant, par les bons soins de Siméon. Quant aux nouvelles autorités fatimides de Jérusalem, elles nous reconnaîtront à un brassard écarlate noué autour du bras gauche, que tous les Chrétiens engagés aux côtés des habitants de la Ville Sainte devront arborer. Il ne te reste plus qu'à prévenir tes hommes. Sois clair, ou ils périront en vain. Que tes Normands n'assaillent pas mes Méridionaux qui viendront ajouter à vos dévastatrices masses d'armes nordiques la grande finesse des lames forgées dans le Midi. Enfin, j'aurai également, au préalable, saboté quelques-unes des principales machines de guerre des Croisés.

— Comment feras-tu ?

— Facile, j'en suis quasiment l'unique concepteur ! Ne savais-tu point que les Béarnais avaient une prédilection pour les rouages et les poulies ? Je peux construire à peu près n'importe quel type de trébuchet ou de bélier.

— Tu es un atout précieux pour Jérusalem, Gaston. Bien plus que moi.

— Tu te trompes, Tancrède. Ta réputation t'a précédé depuis Mamistra. Sais-tu comment t'appellent les habitants de Bethléem et de Jérusalem ?

— Ils ont un nom pour moi ?

— Tancrède le Juste. "Celui qui marche dans les pas de Dieu."

— Simple propagande de Siméon.

— Que nenni. Simple propagande de Gaston ! » dit le Béarnais en riant.

Il se lève et m'invite à faire de même. Il me serre contre lui, en un geste fraternel.

« Il est temps d'aller dormir, mon ami. Demain, nous écrivons l'Histoire. »

Le Chaos et sa tonitruance.

Je frappe, frappe et frappe encore. Mon cri de guerre, de rage et de terreur, hululement animal, se perd parmi des milliers d'autres, poussés par des centaines de gorges, païennes ou chrétiennes, dont la plupart sont déjà en train de retomber vers le sol, accompagnées de leur chevelure de sang. Des corps démembrés soubresautent, libérant des fontaines de sang que s'empresse de boire le sable. Partout les poussières s'agglutinent autour des chairs déchirées par les masses d'armes, émincées par les lames, droites ou courbes. Partout, les os se brisent, en une symphonie de bruits secs, et libèrent une brume rosée, mélange de moelle éjaculée et de viscères éclatées, qui envahit tout. Jérusalem a connu les tempêtes de sable, la voici noyée dans un maelström de sang.

La Souffrance et son omniprésence.

En ce jour même où le Christ fut crucifié sur le Mont Golgotha, ce jour où la couronne d'épines fit couler son sang, ce jour où la Lance perça son flanc étique, la Ville de Dieu voit se rouvrir tous ses stigmates. Les rues sont les épaules démises et les chevilles brisées du Seigneur. Les places, noires de guerriers, virent au rouge lorsque le clou du Destin s'y enfonce brutalement. À travers le rideau de mes larmes, alors que mon rire, rendu dément par l'horreur, m'empêche d'accommoder, je n'y vois pas à dix mètres. J'avale plus de sang que d'air et ce qui crisse entre mes dents, *Ô mon Dieu*, n'est pas du sable.

Gaston est là, à côté de moi. Du moins, il l'était, il y a encore quelques secondes et, à bien y réfléchir, je n'entends plus les injures qu'il profère à l'avenant, en s'efforçant de retenir la marée humaine qui monte à l'assaut du dôme de la Grande Mosquée d'Al Qods, édifiée sur les fondations du Temple de Salomon.

Gaston est une bête de guerre. Je l'ai vu frapper d'estoc et de taille, sans jamais rater sa cible, n'hésitant pas à se servir également de ses genouillères et de ses coudières en métal pointu pour fracasser des mâchoires découvertes ou énucléer ceux qui avaient le malheur de l'attaquer tête nue. Une telle férocité ne m'est pas naturelle, mais il faut bien admettre que je ne suis pas en position de me demander si mes coups sont vicieux ou non. L'important est qu'ils portent et que l'ennemi, mortellement blessé, recule et retombe. Recule et retombe.

Ô Jérusalem ! Peut-être ne reste-t-il que moi...

Je frappe, frappe, et frappe encore, mais nous sommes en train de perdre. Malgré toutes les forces que nous avons pu conjuguer, malgré la trahison surprise des Béarnais, qui a dû jeter le trouble parmi les Croisés, malgré l'excellence des archers alepins et la pugnacité des guerriers damasquois, la marée des croix écarlates, surlignée de fer étincelant, paraît impossible à retenir. Inexorablement, elle engloutit la Ville et, à présent, le Dôme. Les renforts du Caire, dont Siméon nous avait assurés, ne sont pas arrivés. Peut-être se sont-ils réfugiés à Ascalon et attendent-ils de voir comment la bataille va tourner, avant d'intervenir. Peu importe. Eussent-ils été là, ces Cairotes prudents, qu'ils n'auraient rien changé. Je crois même que, dans la valse de mort dans laquelle je me suis emballé, je ne distingue plus l'allié de l'ennemi. Même mes esquives sont des attaques et je ne compte plus le nombre de poignets, de coudes, de chevilles que mon écu a concassés. L'important est que ma lame s'enfonce dans la chair et s'y vautre un instant, avant d'en émerger, ruisselante et chaude.

« Dieu le Veut ! Dieu le Veut ! »

Le cri jaillit à ma droite. Je me tourne. Un Croisé blond, le regard fou, tenant sa lance à deux mains, se rue sur moi. Ma cotte de mailles n'arrêtera pas ce coup-là. C'est fini, je le sens. Puis, un souffle d'air me fouette le visage et je vois la mâchoire du Croisé s'envoler. L'homme tombe à genoux et, incrédule, entreprend de chercher sa langue et ses dents sur le sol, tandis que des filaments roses pendent de son palais déchiqueté. Il relève la tête vers moi et je reçois ce qui reste de lui en pleine figure. L'un des yeux s'accroche dans mes cheveux, tandis que l'autre vient frapper mon front, avant de rebondir au sol.

Gaston l'écrase d'un pied rageur, le faisant éclater comme un fruit mûr.

« Avec moi, Tancrède ! » crie celui qui vient de me sauver une énième fois.

Nous nous positionnons dos à dos, en nous efforçant de protéger ceux qui ont trouvé refuge sur le toit du Temple, dernier bastion de la résistance. Partout ailleurs, dans la ville, on saigne les païens comme à l'abattoir et, le cas échéant, quelques Chrétiens y passent : ceux qui se trouvaient du mauvais côté des remparts.

« Nous sommes à un contre cent », je hurle à l'attention du Béarnais.

Il éclate de rire et, sans répondre, frappe les assaillants à coups redoublés.

Au Nom du Père, du Fils et du Saint-Esprit…

La Foi et sa flamboyance.

Lorsqu'ils ont donné l'assaut, tôt ce matin, les Croisés ont fait en sorte de prendre la ville dans un étau. Bien entendu, Gaston avait été, jusqu'au dernier moment, au fait de leur stratégie.

Il s'agissait de former un arc de cercle qui devait se refermer inexorablement sur le quartier du Temple et de la Grande Mosquée. L'idée était de confisquer le plus tôt possible les lieux saints de la ville aux Musulmans. Les Normands et les Flamands devaient attaquer par la Porte Saint-Étienne, au nord, et prendre possession des quartiers chrétien et arménien. Raymond de Saint-Gilles et ses hommes devaient entrer par la Porte de Sion, au sud, et investir le quartier juif. Les Francs de Godefroy de Bouillon, enfin, arrivant par l'ouest, devaient enfoncer la Porte de Josaphat et prendre d'assaut l'Esplanade Sacrée, sans attendre. Enfin, aux Méridionaux de Gaston avait été confiée la prise de la Tour de Goliath, à l'est.

Dès que le signal de l'assaut avait été donné, la soldatesque sarrazine, moitié turque, moitié arabe, complétée par un contingent de soudanais, qui tenait ladite tour, avait laissé passer leurs « alliés » béarnais, ce qui avait donné à Gaston une avance considérable sur les Croisés. Non seulement, il était entré le premier dans Jérusalem, mais il avait eu le temps de prendre la Tour de David, plus au sud, avant l'arrivée du comte de Toulouse, puis de se positionner dans le quartier des marchés. Son but était de retenir les troupes de Robert et de Raymond, de les empêcher de rejoindre celles du duc de Basse-Lorraine, qu'il appartenait à mes Pierres Sanglantes et à moi-même, déjà installés sur l'Esplanade du Temple, de défaire.

Nous, les défenseurs d'Al Qods-Jérusalem avions pris position à la périphérie du Dôme du Rocher, en compagnie des soldats de Redwan et de Doukak. Les forces tripolitaines, réduites, demeuraient à l'intérieur, veillant sur les populations civiles qui s'y étaient réfugiées.

L'idée de Gaston était qu'en maintenant l'ost des Croisés séparé en deux parts éloignées l'une de l'autre, leur assaut finirait par s'essouffler et ils reculeraient. Dès lors, nous aurions accentué leur repli, en les traquant sous les remparts ou en les poursuivant jusque dans leur campement.

Las, les choses ne se sont pas passées comme ça.

De mon côté, le choc avec les Francs a été très rude et, dès les premières minutes du combat, nous avons dû reculer, nous replier sous le Dôme lui-même. Sans doute, Godefroy avait-il galvanisé ses troupes, leur promettant la reconnaissance éternelle du Christ s'ils étaient les premiers à prendre d'assaut la Grande Mosquée et à rendre à Dieu les clefs du Temple de Salomon. Gaston n'a pas eu, et n'aura peut-être jamais plus, le temps de m'expliquer pourquoi il n'a pas pu retenir aussi longtemps que prévu les autres Croisés, mais je devine qu'il a été submergé par le nombre. Qu'il ait pu me rejoindre relève déjà du miracle.

Alors même que la mort me souffle dans le cou, je réalise que, des défenseurs d'Al Qods, il ne reste guère qu'une poignée et elle n'est plus à même de protéger les Infidèles. Sans doute, les manigances de Siméon et de ses pairs n'ont pas porté tous leurs fruits.

Dans un état second, je regarde autour de moi. L'intérieur du Dôme ressemble désormais à une arène dans laquelle les chevaux des Croisés pataugent dans le sang des Musulmans et de leurs alliés chrétiens. Les guerriers s'y enfoncent jusqu'à mi-mollet, certains s'en servent pour noyer l'ennemi.

Dans son propre sang.

Où donc est Dieu ?

Jérusalem saigne, s'enfièvre, tousse et crache de l'Infidèle.

Et, à l'entrée du Dôme, il me semble à présent reconnaître Godefroy de Bouillon. Il jauge les lieux. Soudain, nos regards s'accrochent. Le sien exprime moins de colère qu'une amère déception. Le mien, je ne sais pas. Peut-être une peur démesurée et, tout au fond, la conviction d'être un martyr. Le duc de Basse-Lorraine fait un signe en me désignant et, éperonnant son destrier, monte à ma rencontre en écrasant les Infidèles qui grouillent comme des fourmis affolées. Il vient m'exécuter. Au fond, je le comprends. Ma rédemption doit être son obsession.

Je m'avance vers lui, car plus rien n'a d'importance.

Gaston hurle un avertissement, à ma gauche, et je n'ai pas le temps de me tourner. Une forme sombre me percute. La force du coup est telle qu'elle résonne en moi comme les tambours du Jugement Dernier. Nulle douleur, pourtant. Juste la nuit, dépourvue d'étoiles, à moins qu'elles ne soient toutes devenues noires.

L'appel du Béarnais impavide me parvient une seconde fois, déformé, étrangement grave. Il y a désormais entre moi et la réalité une sorte de tenture épaisse, pourpre, plissée. Je lève le bras vers elle, mais je n'ai plus la force de l'écarter. Elle étouffe tout, même les cris de Gaston. Enfin, le néant me murmure :

Inouïes sont les souffrances de la Ville Sainte.

Tancrède a failli.

C'est le rythme du galop qui finit par me rendre la conscience. Petit à petit, je prends la mesure de mon environnement. Le vent siffle à mes oreilles, surligné par les halètements de ma monture épuisée. Le froid s'insinue sous ma tunique détrempée, dont les plis poisseux viennent battre mes joues tuméfiées.

Je passe ma langue sur mes lèvres et j'y goûte le sel de la peur, du sang, de l'échec, de mille coupures. Je me mords et la douleur me donne un coup de fouet qui me pousse, enfin, à ouvrir les yeux.

Il fait nuit noire et le ciel virevoltant me donne la nausée.

Les étoiles montent et descendent, montent et descendent, au rythme du galop. Elles paraissent si lointaines. Je réalise que je suis allongé, penché en arrière. Sous mes reins, bat le cuir de la selle. C'est un miracle que je n'aie pas encore vidé les étriers. Une corde, terriblement serrée, me barre la poitrine, rendant ma respiration difficile. J'en perçois une autre, à hauteur de mon bassin. Elle exerce une pression sur ma vessie qui, maintenant que j'en ai pris conscience, est intolérable. Mes bras, douloureux, semblent libres. D'une main, je cherche les rênes que j'entends battre devant moi. L'une d'elles effleure mes doigts à plusieurs reprises, mais je ne parviens pas à la saisir.

En forçant sur ma nuque, devenue dure comme un bloc de granit, je ramène ma tête ballotante vers l'avant et, immédiatement, une douleur pulsante me vrille le crâne. Un forgeron maudit en martèle l'intérieur. Il frappe si fort que j'envisage, un instant, de m'ouvrir le front à mains nues pour le faire sortir. J'essaye de crier, mais, de ma gorge desséchée, ne sort qu'un borborygme. Cent poignards affûtés comme des rasoirs me découpent la bouche.

Au prix d'un effort surhumain, je tourne la tête à gauche et à droite.

Deux constatations s'imposent : je suis seul, en plein désert.

Les dunes, fantomatiques, semblent rire de moi.

Ma colère, brutalement réveillée, parvient à percer le mur de souffrance qu'est devenu mon corps et j'essaie de me redresser. J'y parviens, en saisissant à pleines mains la corde qui m'emprisonne le bassin et en tirant dessus de toutes les forces qui me restent.

Je vois l'encolure de mon cheval, puis, au-delà, un horizon infini, contraste de sable clair et d'arbustes gris foncé. Si je continue dans cette direction, je serai mort avant demain midi. Cuit par le soleil ou écrasé sous ma monture qui, à en juger par l'écume blanche qui s'envole de ses naseaux et suinte de ses flancs palpitants, n'en a plus pour très longtemps. C'est un sommier qui me porte. Je le déduis de la cambrure marquée de son dos. Il n'a pas la force ni le tempérament d'un destrier, ou même d'un roncin. Sa course n'est impulsée que par sa peur. Il mourra dès que cessera son galop. Et s'il tombe mal, je serai écrasé par son poids. Et, aussi décharné soit-il, j'expirerai, là, la bouche pleine de sable et de vomissures. Et le cœur à l'abandon.

Car Dieu s'est détourné de moi.

Je le sens à la façon dont les dunes me sourient, dont les étoiles se dandinent, dont le vent persifle. Je ne perçois plus Sa présence, je ne sens plus Sa Main posée sur moi. Mes derniers souvenirs tournoient autour du regard impitoyable de Godefroy de Bouillon. Un regard qui m'affirme que je ne mérite même pas les derniers sacrements. Mon âme damnée errera à la surface du désert, torturée par les scorpions et les serpents. Car si Jérusalem a souffert, je n'ai fait que prolonger son agonie, au lieu de la sauver. J'ai ajouté à la souillure que les Croisés sont venus laver.

Si Godefroy était là, il me laisserait poursuivre cette course à la mort, plutôt que de m'achever d'un coup salutaire. M'ouvrant la panse en deux pour que le sable me brûle les entrailles.

Ô Jésus !

Pourtant, je suis toujours en vie. Quelqu'un, Gaston sans doute, dont le cri d'alerte résonne encore, a dû dévier le coup fatal et, dans une fuite éperdue, tandis que les Croisés brassaient l'impiété à grands bras, me ligoter sur ce canasson et lui claquer la croupe pour qu'il file, à bride abattue, aussi loin que possible de Jérusalem. Sans doute, Gaston a-t-il payé de sa propre vie le souci qu'il avait de préserver la mienne. Plus chevaleresque que la plupart des Croisés, il est mort en authentique Chrétien, j'en suis certain. Cette idée, aussi terrible soit-elle, me redonne courage et me rend la certitude que notre combat, bien qu'il débouche sur un effroyable échec, était non seulement légitime, mais nécessaire. Si réellement Gaston est mort pour me sauver, je ne dois pas dilapider son héritage.

Je dois me battre, jusqu'au bout.

Avec une vigueur retrouvée, je me redresse une nouvelle fois et parviens à me maintenir en calant ma main gauche sous mes reins, tandis que l'autre serre la corde jusqu'au sang. Je me racle la gorge, crache un long jet de sang mêlé de salive, et hurle à ma monture de stopper. Mon injonction n'a aucun effet, si ce n'est que les râles de celle-ci se font de plus en plus saccadés.

Soudain, les rênes réapparaissent devant moi et, sans réfléchir, je lâche la corde pour m'en saisir. J'y parviens et les ramène à moi en hurlant comme un dément. Enfin, le galop se ralentit puis s'arrête.

Le sommier renâcle encore une fois et cède aux avances de la mort.

La chute me prend par surprise et le choc m'étourdit. L'une de mes jambes se retrouve coincée sous le flanc du cheval. La douleur n'est rien en regard de la perception aiguë de mon échec. Je laisse mes larmes, les dernières, dessiner sur mes joues l'épitaphe de ma triste et vaine aventure.

C'est alors que je vois le nuage de poussière qui monte à l'horizon et éclaircit le ciel. C'est comme un mur en mouvement. J'entends le martèlement de milliers de sabots. Une armée, sans aucun doute.

Mais laquelle ?

Ils viennent vers moi. S'il s'agit de Croisés, je serai exécuté. S'il s'agit d'Infidèles, je serai confondu avec un chevalier du Christ et je serai égorgé. Mais, cet ost nocturne peut tout aussi bien me laisser là, poursuivre ma lente agonie dans le sable. Déjà, je ne sens plus ma jambe. Le forgeron, dans ma tête, a attaqué l'os.

Je n'y crois plus.

Le Très-Haut m'a bel et bien abandonné.

DEUXIÈME PARTIE

LES ASSASSINS

13

Le Caire, Djoumada-t-Tania 493 (mai 1100)

Lorsque le soldat cairote vient me chercher, je suis sur ma terrasse, agenouillé, les yeux clos. Le soleil est au zénith, il m'offre sa chaleur implacable, purificatrice. Ma première impulsion est de congédier le militaire. Mais l'homme est porteur d'une missive d'Iftikhar. Il y est écrit que je dois me rendre sans tarder au Palais du Calife. Je ne suis pas en position de faire attendre le chef des armées de la cité blanche du Delta, même si cela fait longtemps que ma détention est terminée et que, si mes allées et venues demeurent limitées, je dispose d'un certain libre arbitre.

Je me lève, à regret et, avant d'emboîter le pas au soldat, je laisse mon regard plonger une nouvelle fois dans la pierre millénaire, m'efforçant d'arracher de cette contemplation quelques secondes supplémentaires d'éternité. Jusque dans leur ombre naissante, projetée sur le sable, elles m'apaisent. Ce sont elles qui m'ont sauvé de la folie, à l'époque où j'oscillais encore entre différentes conceptions du monde. Les Pyramides sont filles du Temps. Si une civilisation les a bâties, sans doute était-elle antérieure au Déluge et il ne reste d'elle que la Pierre, immuable. Je crois qu'elles ont été libérées du sable, lorsque le vent a soufflé sur le désert, pour la toute première fois. Elles seront toujours là, j'en suis sûr, bien après la fin des hostilités en Terre Sainte, bien après la Croisade et la chute de tous les royaumes chrétiens d'Occident. Elles verront sans doute des Empires se dresser et retomber, avant que leur substance ne soit entièrement rongée par le vent du sud. Non qu'elles échappent à Dieu, mais je crois qu'elles participent de Lui, comme une marque de naissance. Plus encore que le dépouillement extrême qui les caractérise, j'en affectionne le silence. Sans elles, mon âme, alors orpheline de toute foi, de toute gnose, se serait perdue dans les limbes de l'incertain. Car la liberté sans structure n'est que déréliction de la pensée. Oui, c'est en les observant, jour après jour, aux heures où tout s'assoupit et où le soleil s'orthogone au désert, que j'ai trouvé le Vrai chemin de la Foi.

Celui qu'ont emprunté les descendants d'Ali.

Il y a quelques jours, j'ai compris que j'avais accompli ma métempsychose et qu'il était temps de reprendre le journal commencé pour moi par Diogène, mon ancien écuyer, avant le départ pour la Croisade. À ceci près qu'il ne peut plus s'agir des Mémoires du noble Tancrède de Hauteville, prince de Syracuse. Cet homme-là n'existe plus. Il est mort dans le désert, près de Jérusalem. Désormais, je m'appelle Tancrède Ibn Roger Ibn Robert Ibn

Tancrède, conseiller militaire du général Iftikhar ad-Dawla, serviteur du grand vizir Al Afdal Chahinchah, qui tient le destin d'Al Qahira dans sa main.

Et qui détient peut-être les clefs de toute la Syrie.

Tout en marchant derrière l'homme d'armes, docilement mais sans précipitation, car le Palais n'est pas si loin, je voyage dans ma mémoire.

[MdTH fo 27 ro]

Il y a un an, l'armée envoyée par les Fatimides en renfort de la garnison cairote qui tenait Jérusalem était arrivée trop tard pour interdire aux Croisés d'investir la Ville Sainte. Le général Iftikhar avait décidé d'un repli à la forteresse voisine d'Ascalon, espérant donner l'assaut lorsque les Croisés auraient relâché leur attention. Mais les soldats du Christ, galvanisés par la prise de la Ville Sainte, avaient immédiatement assailli la place-forte et contraint Iftikhar à débander son armée, non sans avoir essuyé de lourdes pertes.

Dans son repli, l'ost cairote m'avait trouvé sur sa route, agonisant dans le sable, écrasé par la dépouille de ma monture, mes yeux fixant déjà l'Au-Delà. Plutôt que de laisser ses soldats, avides de vengeance sur les Franjs auxquels j'avais été immédiatement assimilé, se défouler sur moi, le rusé Iftikhar avait préféré me ramener au Caire, en tant que prisonnier de guerre. Ne sachant rien de mes relations avec les hommes en noir, ignorant complètement ma dissidence, il avait espéré que les informations que je fournirais au vizir, non seulement compenseraient son échec à Ascalon, mais accéléreraient d'autant la reconquête d'Al Qods. Car, il n'avait jamais été question pour les Fatimides de laisser Jérusalem entre les mains des Croisés, quand bien même ceux-ci les avaient débarrassés des Seldjoukides qu'ils détestaient.

Durant les premières semaines de ma captivité dans la cité blanche, j'ai dû supporter tortures et privations en tout genre. Je suis resté plongé dans la pénombre, écrasé entre des pierres suintantes, grelottant de froid alors que le soleil dardait ses rayons sur les Pyramides, mangeant des vers et des insectes plus souvent que des aliments dignes de ce nom. Le général Iftikhar s'est « occupé » de moi en personne, avec autant d'application qu'il en avait mis à empêcher ses hommes de le faire dans le désert. Mais, après avoir employé l'eau, le sel, la corde, et même le sac, il a fini par comprendre que j'étais prêt à partager volontairement ce que les hurlements de douleur m'empêchaient d'exprimer de façon claire.

Je crois que, dans un premier temps, il m'a méprisé. Non seulement en tant que « polythéiste », car, pour les Musulmans, la Sainte Trinité chrétienne est une insulte à l'unicité de Dieu, mais aussi, en tant que traître, lâche au point de donner volontairement des informations destinées à affaiblir mes coreligionnaires.

[MdTH fo 27 vo]

Je pense qu'il m'aurait volontiers exécuté sur place s'il n'avait été convaincu de la nécessité d'exploiter mes connaissances en matière de stratégie. J'ai donc, sans réserve, parce que je ne trouvais plus de raisons valables d'en avoir, commencé à expliquer au général cairote comment se battaient les Croisés. Quelles étaient les techniques de la cavalerie franque, méridionale ou normande, comment l'ost des seigneurs à la croix se subdivisait en batailles et en échelles. J'ai détaillé l'utilisation des balistes et des trébuchets, ainsi que les techniques de sape des murailles, en me faisant la réflexion que Gaston de Béarn, paix à son âme, les aurait mieux exposées que moi. J'ai détaillé le déroulement des assauts auxquels j'avais pris part et analysé, avec Iftikhar, les points forts et les faiblesses de la stratégie des Croisés au moment de la prise d'Al Qods. J'ai livré toutes les informations que je possédais sur les spécificités et les préférences stratégiques des chefs croisés.

Au fur et à mesure de mes « confessions », j'ai réalisé que j'éprouvais une sorte de libération. Comme si mon passé de Croisé avait trop longtemps stagné en mon cœur et s'écoulait enfin, tel un pus délétère qui, désormais, n'infecterait plus mon âme. Habitué à sonder l'état d'esprit de ses hommes, en amont et en aval des assauts, Iftikhar dut sentir les changements qui s'opéraient en moi et, au lieu de les ignorer, l'eussent-ils choqué, il a fait en sorte de les accélérer, démontrant toute l'acuité de sa perception de l'homme que j'étais. Ainsi, alors même que le flux de renseignements que je lui fournissais n'avait pas encore commencé à se tarir, il a fait en sorte que ma situation change du tout au tout.

Je fus libéré des geôles putrides creusées sous le bâtiment abritant la garnison qui défendait Al Qahira et transféré dans une résidence confortable, proche du centre administratif, face aux Pyramides. On m'a même rendu mon carnet de notes, qui, ainsi, peut continuer, en dépit des nombreux hiatus qui le grèvent.

Quelques temps plus tard, je fus admis au Palais du Calife et présenté au grand vizir Al Afdal. Cet être corpulent et fat, auquel on n'aurait pas confié, dans mon pays natal, la gestion du plus insignifiant des domaines, tant il semble lent et débile, s'est avéré un stratège hors de pair, doublé d'un politicien dénué de scrupules. Le jeune Calife Al Musta'li qui se tient assis sur le trône, bien que celui-ci soit surélevé par rapport au siège du vizir, n'est qu'une marionnette entre ses mains. J'ai appris, plus tard, qu'Al Afdal était un ancien esclave d'origine arménienne, qui, converti à l'Islam et à la doctrine d'Ali, avait grimpé les échelons de la hiérarchie militaire plus vite que quiconque. Il avait fini par prendre les rênes de la cité blanche à la mort du précédent Calife, Al Mustansir, en profitant de la minorité du fils et en abusant de la confiance du père, sans oublier, bien sûr, de faire assassiner son oncle, Nizar. Depuis, il n'avait jamais rendu le pouvoir à son titulaire légitime.

Al Afdal parut comprendre instantanément l'atout que je représentais pour sa double lutte contre les Croisés et contre les Turcs. Certes, je ne bénéficiais encore que d'une prison dorée, mais à partir de ce moment-là, le général Iftikhar m'accorda pratiquement tout ce que je désirais. Sur l'ordre express d'Al Afdal, je devins consultant en stratégie militaire auprès du chef des armées cairotes. C'est le vizir qui, à ma première demande, m'a autorisé à aller rendre visite aux Pyramides sur l'esplanade de Gizeh. S'il savait, aujourd'hui, à quel point elles m'ont empêché de sombrer dans l'illusion confortable qu'il s'efforçait de tisser autour de moi, il n'aurait jamais accédé à ma requête.

[MdTH fo 27 vo]

Dans les mois qui ont suivi, tout en continuant à trahir mes anciens compagnons, j'ai pu approfondir mes connaissances sur la culture et les mœurs de ceux que je ne pourrai jamais plus désigner du terme vague et péjoratif d'Infidèles. Le cheminement que j'avais commencé à Mamistra vient de prendre tout son sens. J'ai adopté jusqu'à leur langue, ce qui m'a permis de saisir, à force de lecture et de patience, la complexité insoupçonnée de leur histoire et de leur religion. J'appréhende aujourd'hui tout ce qui sépare les gardiens de la

Sunna des fidèles du gendre du Prophète Mohammed.

Je rencontre Iftikhar dans la grande salle des cartes du Palais du Calife. Il est seul, attablé à une table de consultation sur laquelle est déployée une carte de la Syrie aux bords craquelés. Malgré ses tempes grisonnantes et le léger affaissement de son corps, perceptible sous les plis de son caftan rehaussé d'or, le chef des armées semble encore capable de venir à bout d'une garnison entière à lui tout seul. Malgré tout ce qu'il m'a fait subir, ou peut-être à cause de cela, je ressens un profond respect pour cet homme. Sans un mot, il me fait signe d'approcher et, après m'avoir salué à la manière cairote, m'invite, de sa paume ouverte, à l'observation du territoire qui s'étend de Constantinople jusqu'à la cité blanche, borné à l'ouest par la mer Méditerranée et à l'est par la mer Caspienne.

C'est un rituel entre nous, car je connais cette carte par cœur. Elle a accompagné toutes nos réunions depuis que je suis devenu son conseiller particulier en stratégie. La plupart des cités indiquées sur la carte, dans l'écriture alambiquée qui m'est devenue familière, apparaît massée sur la côte ouest de la Syrie, en une harmonieuse répartition de métropoles sur une ligne qui s'étire du nord au sud. J'y retrouve les grandes étapes de la Croisade et celles qui ont jalonné mon propre parcours : Antioche, Alep, Tripoli, Damas et, la plus importante de toutes, Jérusalem. Devrais-je dire Al

Qods, puisque j'ai adopté, avec la langue de mes « hôtes », la toponymie arabe. Sont également reportées sur la carte des cités plus septentrionales, érigées sur les rives du Tigre lointain, telles que Mossoul, Basra et, bien entendu, Baghdad, la capitale du califat rival, celui des Abbassides. Ayant été autorisé à fréquenter la mosquée, à parler aux mollahs et aux ayatollahs, j'ai compris les racines du différend qui oppose les Cairotes aux Baghdadis, et par ricochet, aux sultans turcs, bien plus profond que celui qui les dresse contre les Croisés. Malgré son unicité revendiquée, la religion islamique est le théâtre d'un schisme entre les partisans de la « sunna », ou enseignement traditionnel de Mohammed, et ceux qui ont pris le parti, « chi'a », de suivre les dits du gendre du Prophète, Ali, dépositaire direct de son savoir. Ainsi, il n'y a pas un, mais deux Califes qui se contemplent de part et d'autre du désert.

Ayant suivi le glissement de mon regard, le général Iftikhar tapote du doigt sur les lettres rouges qui indiquent la position de Baghdad.

« Nous nous occuperons des hérétiques plus tard. Notre priorité, pour l'instant, est de reprendre aux fanatiques polythéistes le contrôle de la côte syrienne. Et, nous sommes prêts à tout mettre en œuvre pour y parvenir, Ibn Tancrède. »

En approfondissant l'étude de la langue arabe, j'ai appris qu'Al Qahira signifiait « La ville de Mars » ou « la Victorieuse ». Elle porte bien son nom, cette cité des Fatimides, car la guerre qu'elle entend mener, sous toutes ses formes, est loin d'être finie. Et je crains que mon rôle, dans cette lutte acharnée, malgré mes réserves, ne fasse que commencer.

« Général, de quoi veux-tu que nous parlions ?

Iftikhar, pour une fois, n'a pas l'intention de revoir le plan d'attaque qui devrait nous permettre de reprendre Al Qods aux Croisés. Il lève sur moi un regard brillant de malice.

« De Constantinople. »

Je reste interdit et le chef des armées cairotes semble goûter ma surprise. Voire l'évaluer, afin de savoir jusqu'à quel point il peut se confier à moi. Combien je suis pertinent dans mon rôle.

Pourquoi veut-il parler de l'Empereur ?

Je ne retiens pas la question qui me brûle les lèvres.

« Général, a-t-on des raisons de penser que le Comnène va envoyer des troupes pour reprendre Al Qods ? Il nous serait, dès lors, très difficile de reprendre la cité sacrée. Aussi entraînées soient-elles, les troupes d'Al Qahira ne peuvent pas affronter simultanément les Croisés et les Impériaux. Si Constantinople intervient en Syrie, nous serons pris entre deux feux.

— Ton analyse, conseiller, n'est pas bonne. Elle est déformée par un passé que j'avais espéré définitivement évanoui. Vois-tu, nous ne craignons nullement l'intervention de Constantinople.

— Général, tu sous-estimes la puissance militaire d'Alexis.

— Tout au contraire. J'en apprécie toute l'étendue. »

Iftikhar sourit, accentuant mon désarroi.

« Vois-tu, Ibn Tancrède, le vizir est sur le point de conclure un accord qui tiendra définitivement l'Empire à l'écart. »

Une fois encore, je prends le temps de réfléchir. *Un accord ? Avec Alexis Comnène ?*

« Nous avons entamé des négociations avec l'Empereur depuis le jour où les Croisés ont pris Antioche, poursuit Iftikhar. Aujourd'hui, ces échanges portent enfin leurs fruits. Alexis Comnène, à l'instar d'Al Afdal, veut se débarrasser de ces fous furieux qui ensanglantent la Syrie et refusent de lui rétrocéder la souveraineté sur les terres qu'ils ont conquises. Il entend reconstituer le Grand Empire. Bien sûr, nous ne sommes pas d'accord pour le laisser faire. Mais, vois-tu, conseiller, il existe un point d'équilibre entre nos revendications religieuses et ses prétentions territoriales. »

Ma main, qui s'était refermée sur le bois patiné de la table, se crispe. C'est un cauchemar. C'est comme si, après toutes les épreuves que j'ai endurées, après toutes les désillusions qui m'ont littéralement dépecé l'âme, après toutes les souffrances auxquelles j'ai assisté, que j'ai infligées, auxquelles j'ai survécu, après toutes mes prières, je revenais brutalement au point de départ. Me voilà à nouveau confronté à la vénalité crasse de l'Empire et à la perspective de devoir lui rendre hommage, en conditionnant à des considérations bassement matérielles la quête de la Vérité Divine, qui continue à se refuser à moi.

Iftikhar paraît ne pas prendre conscience de mon

trouble. Ou peut-être l'attribue-t-il à ma fascination face à l'excellence du plan d'Al Afdal. Car, je n'en doute pas, le vizir est l'auteur de cette alliance contre nature. Lui et Iftikhar se sont moqués de moi, en me laissant croire que leur priorité était Al Qods. Tandis que je passais des heures à renseigner le général sur les techniques de combat franques, lui se débattait dans les méandres d'une diplomatie d'un cynisme consommé.

J'évite son regard, lorsqu'il poursuit, feignant d'étudier la carte.

« Al Afdal et Alexis ont prévu de se partager la Syrie. Tout le Nord de la région, jusqu'à Damas, échoiera à l'Empereur, à charge pour lui de se débarrasser des Croisés et de les renvoyer en Occident. Il devra également, avec ses propres forces, empêcher toute nouvelle Croisade qui risquerait de menacer les possessions des Fatimides.

— Et qu'y gagne le Calife d'Al Qahira ?

— Bien plus que tu ne l'imagines, Tancrède. Tout le Sud de la Syrie vivra désormais sous le contrôle de la Cité Blanche. Alexis a promis de ne pas intervenir lorsque nous donnerons l'assaut pour reprendre Al Qods aux Croisés. Nul doute que, grâce à tes précieuses informations, nous y parviendrons sans grande difficulté. Une fois la Syrie pacifiée, nous serons en mesure de concentrer toutes nos forces contre notre ennemi héréditaire et de l'écraser enfin. Ainsi, l'entente avec l'Empire n'aura été que le prélude à la réunification, politique et religieuse, du Califat. Baghdad nous appartiendra. Et bientôt, toute l'Asie. »

Dans un effort surhumain, je m'incline devant le chef des armées cairotes.

« Permets-moi, général, d'aller prier incontinent pour la réussite de ce plan qui m'apparaît, dans son excellence, guidé par la main toute-puissante de Dieu. »

Iftikhar, tout à sa satisfaction, me congédie. Je penche précipitamment la tête, afin qu'il ne remarque pas mes larmes. Je sors en pleurant sur la Ville Sainte qui, une nouvelle fois, sera sacrifiée aux contingences et à l'avidité.

Mon existence n'a plus de sens. Les derniers jours que je viens de passer à prier à genoux dans la salle principale de la Grande Mosquée Ibn Tulun n'ont pas réussi à apaiser les tumultes de mon cœur. Le Très-Haut, Dieu ou Allah, quel que soit le nom que les hommes lui donnent, s'est amusé avec moi, avant de me laisser sur le bord de la route, tel un écu brisé. Même la perfection du minaret hélicoïdal, qui appelle à la prière et facilite l'ascension de celle-ci, n'a pas effacé mon désarroi.

En désespoir de cause, je me suis réfugié auprès de celles dont le silence, seul, peut encore me sauver. Les Pyramides sont la dernière ancre qui me rattache à la réalité et à la vie. Sans la perspective de les revoir, au moins une dernière fois, j'aurais mis fin à mes jours au sortir de l'entretien avec Iftikhar. Un geste odieux pour un Chrétien, qui, pourtant, peut confiner au sublime pour un Musulman. Las, je ne suis ni l'un ni l'autre. Mon seul dogme est la vacuité. Mon âme hurlante se débat dans un labyrinthe dont les miroirs reflètent à l'infini sa solitude.

Je n'ai jamais eu aussi peur de toute ma vie. D'un autre côté, je ressens une profonde, une infinie, colère. J'ai été trompé, mon âme qui devait s'élever est retombée dans la boue, plus souillée que jamais. J'ai besoin de blasphémer, de hurler mon fiel, l'enfer sera ma dernière demeure, car j'entends bien brûler de toute ma colère pendant des éternités.

Au moment où le soleil disparaît derrière les dunes qui barrent l'horizon ouest, j'atteins le plateau de Gizeh. Je me dépouille de tout ce qui n'est pas nécessaire à la simple décence. C'est pieds et torse nus que je marche, aussi lentement que possible, vers la plus haute, la plus imposante des trois Pyramides. Le sable est brûlant, malgré l'heure avancée. En approchant de la silhouette tétraédrique, je m'extasie, une fois encore, sur la taille imposante des blocs qui la composent. Une civilisation ancestrale n'aurait pas dû avoir les moyens techniques de les déplacer. Même les meilleurs ingénieurs terrassiers d'Al Qahira, à ce qu'on m'a dit, ont eu des difficultés inouies à mouvoir ces blocs colossaux, afin d'en tirer profit pour construire de nouveaux quartiers. J'effleure d'une main l'arête des pierres millénaires et décide de longer la paroi jusqu'à en faire le tour. Je n'ai pas d'autre but que d'oublier tout ce qui fait mon présent. Ma conscience convulse.

L'or du soleil déclinant se noie peu à peu dans les sables. Arrivé à l'angle de la face est de la

Grande Pyramide, j'entre dans son ombre portée et la nuit m'engloutit. Je sens la température chuter, mais je n'y accorde aucune importance. Je continue de progresser, pas après pas, comme si ma vie en dépendait. Mais, à la vérité, ma vie n'a plus aucune valeur. Tout ce que j'ai été semble s'écouler de moi au rythme de mes pleurs. Je me vide, au sens littéral. Même le suicide n'est plus envisageable, car il suppose un acte de volonté. Il n'y a plus de refuge, à présent. Obéissant à une impulsion venue du plus profond de mon être, je m'agrippe à la muraille et donne un violent coup de tête. L'une de mes arcades sourcilières éclate et je recommence, mouillant la pierre d'un sang sans valeur. Je me mets à frapper à poings fermés contre la Pyramide, en laissant les hurlements trop longtemps contenus jaillir de moi. Mes cris de bête à l'agonie se déforment au contact de la pierre, puis se noient en nouveaux sanglots. Je tombe à genoux et entre mes paumes ensanglantées, je recueille du sable et m'en emplis les plaies et la bouche. La brûlure est encore trop douce pour ma colère. Je veux me détruire à mains nues, comme je l'aurais fait, jadis, d'un Infidèle. Une violente quinte de toux me jette à terre, où je reste, sur le dos, essoufflé. Je sens mon urine chaude s'écouler et me mets à rire. Des démons se sont emparés de moi, je ne contrôle plus rien. C'est sans doute préférable, car si cela avait été le cas, j'aurais augmenté mon calvaire. Je veux mourir, à présent. Je cherche dans les lambeaux de raison qui s'accrochent encore à l'ossature brisée de ma conscience le meilleur moyen d'en finir. Il me faudrait monter là-haut, au sommet de la Pyramide, et me laisser tomber, les bras en croix pour mimer le Christ et la tête renversée en arrière, selon la courbure du Croissant. Mourir dans l'absolu silence qui gît au confluent des dogmes, expirer avec la perception aiguë de l'infinie vanité du monde. N'être plus, enfin. Offrir à mon âme une errance éternelle dans les limbes où l'Incertain règne en maître incontesté. Doutes effilochés dans l'obscurité, filaments gluants tendus en travers des vérités qui servent de liant aux agrégats humains, leur donnant l'illusion qu'ils sont plus grands que la somme de ce qui les compose. Rien n'est vrai. Rien ne vaut la peine. Rien ne peut être par l'homme résolu. Ou grandi. Rien. Les hommes sont les verges de Dieu avec lesquelles il se flagelle, au sang, d'avoir cru en lui-même.

Je me relève péniblement, le souffle fétide.

De l'humain, il me reste la mémoire, écartelée.

De la bête, il me manque l'instinct, salvateur.

De la mort, je suis l'oriflamme, sale.

Je vais me hisser là-haut.

Et me tuer en maudissant Dieu.

Au moment où je m'apprête à commencer ma dernière ascension le long du flanc de la Grande Pyramide, je perçois un mouvement furtif, à la lisière de mon regard. Par pur réflexe, je tourne la tête. Là-bas, à l'angle opposé de la paroi derrière laquelle je me suis réfugié pour masquer ma déchéance honteuse, je découvre un cheval, auréolé des derniers feux du couchant. Quelque chose dans sa silhouette hiératique, me captive. La créature est petite, élancée, digne. L'équidé n'a rien de la lourdeur massive des sommiers, ni de la puissance concentrée des destriers. Sa robe, dans le contre-jour, est indéfinissable. Pourtant, je la devine unique, riche de mille reflets soyeux. Le cheval est nu, à l'exception d'un mors et d'une bride d'argent, qui pend jusqu'au sol telle une cascade suspendue. Son chanfrein dessine, des naseaux aux oreilles, le côté d'un triangle, que complètent l'inclinaison de son long cou, à la crinière parfaitement ordonnée, et l'oblique immuable de la Pyramide.

Le cheval est rigoureusement immobile et, pendant une seconde, en plissant les yeux pour mieux comprendre la nature de l'apparition, il me semble être en présence d'une statue, coulée dans l'or le plus fin. Sa ligne, d'une pureté exceptionnelle, m'évoque les représentations équestres que nous ont léguées les Anciens. Il irradie de lui une énergie et une douceur dont l'association est rarissime. Il pourrait s'agir de Bucéphale, le cheval du grand conquérant macédonien. Alexandre n'a-t-il pas foulé ces terres nilotiques, en son temps ?

Puis, le cheval s'ébroue. Une seule fois. De son chanfrein roule une goutte d'argent. Lentement, elle rejoint le mors, puis descend le long de la bride. Lorsqu'elle frappe le sable, à la lisière des ténèbres, et s'épanouit brièvement en une explosion de scintillements fugitifs, j'entends une voix sans laquelle je ne pourrai plus jamais respirer et, instantanément, je fais un pas dans sa direction.

« Shaheen, tu es là. Reviens ! »

La voix est féminine, ronde, mais plus étrange que tout, la langue, elle, est latine. Le cheval tourne la tête vers la lumière et ses oreilles se dressent. Une silhouette se dessine à présent derrière lui. Elle saisit la bride entre des doigts délicats et l'entraîne, sans contrainte. « Shaheen » la suit, aussi docile qu'un agneau. Elle le caresse à la jonction des naseaux, et rejetant ses longs cheveux en arrière, lui murmure quelque chose à l'oreille. Puis, d'un coup de rein, elle le monte. La beauté du couple est stupéfiante. Je m'apprête à faire un pas vers ce centaure divin, mais elle tourne bride et, souveraine, s'éloigne. Je me précipite, mais trébuche, et frappe durement le sol. Le claquement de leurs crinières dans l'air sec m'accompagne dans les ténèbres. Il me semble sentir des mains me relever, avec une force qui ne peut pas être celle de la diaphane cavalière.

« Je m'en occupe, à présent, Clorinde », dit une autre voix qui, obscurément, m'est familière.

À mon réveil, je réalise, qu'une fois encore, je ne suis que le jouet du Destin.

14

Le Caire, Radjab 493
(mai 1100)

Lorsque j'ouvre les yeux, la seule lumière qu'ils recueillent n'est pas celle du jour. Deux bougies rabougries finissent de se consumer sur une table de chevet en pierre grossière. Je me crois revenu dans ma cellule, aux premiers jours de ma détention, juste après ma capture. J'entends des pas qui s'approchent, par-delà la porte que je devine, au-delà de mon lit, dans la pénombre. Les hommes du vizir Al Afdal, qui viennent me torturer, sans doute. Mais, s'acclimatant à la faible lueur, mon regard me dévoile un environnement qui n'a rien de carcéral. De lourdes tentures, à ma gauche, masquent probablement une ouverture vers l'extérieur ; je sens le courant d'air dont la fraîcheur suggère que la nuit est avancée. Ma couche n'a rien de martial et, sous ma tête, un coussin confortable a été glissé. Certes, cela peut faire partie d'une stratégie visant à me déstabiliser par l'alternance de la douleur et de la douceur, mais je commence à reprendre mes esprits.

À ce moment, la porte s'ouvre et, à peine visible dans la pénombre, un homme drapé de noir s'avance.

Je souris, vaincu par la force du Destin.

« Siméon », dis-je.

L'homme ne répond pas et continue d'avancer vers moi. Il s'assied sur mon lit et me fixe intensément. Je me redresse, regarde mieux.

Je les ai une nouvelle fois confondus, bien entendu. La stature de mon visiteur a été magnifiée par l'éclairage falot, et sa voussure estompée. À présent, plus aucun doute n'est permis, je suis face à ce philosophe, ce médecin, ce négociateur savant que j'ai rencontré à Tarse et avec lequel le prénommé Siméon semble avoir des liens qui outrepassent ceux de la nature.

Il me salue, toujours coi.

« Où suis-je ? »

La bêtise de ma question, prosaïque en un instant probablement si crucial, ne paraît guère l'irriter.

« Toujours dans la Cité Blanche, Ibn Tancrède. »

Nul besoin de poser la question suivante : il sait déjà tout de moi. Lui et Siméon ont dû m'observer, comme ils l'ont fait depuis des mois, tirant les ficelles de la marionnette apostatique que je suis devenu. Ils ont des desseins pour moi, ils me l'ont dit, déjà. Toutefois, je me demande quels sont leurs liens avec le vizir…

« Al Afdal et Ifthikar ne savent pas où tu te trouves, Ibn Tancrède. Un corps soigneusement battu, spolié et mutilé a été déposé à ta place à l'ombre de la Grande Pyramide. De leur point de vue, tu as été victime de simples voleurs, ou de fanatiques décidés à torturer un polythéiste. Il y en a beaucoup. Ils te chercheront peut-être, par principe, durant quelques jours, mais ne te trouveront jamais. »

L'homme mystérieux de Tarse se lève, s'approche de la tenture et d'un geste théâtral la repousse, me révélant un panorama inattendu, tandis que le vent s'engouffrant dans la pièce éteint la flamme des bougies. Au loin, sous la clarté rasante d'une lune descendante, la ville basse dort, en contrebas, enroulée sur elle-même, sous la surveillance du Palais du Calife, à l'opposé exact de mon point de vue. J'en déduis, d'après la courbure que décrit le lit du Nil, ruban de matière sombre surlignant la paleur des collines dénudées marquant la limite du désert, que nous nous trouvons, paradoxalement, tout à côté des Pyramides. Peut-être même leur ombre lunatique caresse-t-elle en ce moment précis le toit de la médina dans laquelle se niche cette maison. À moins que nous ne soyons à l'intérieur… L'hypothèse me paraît folle.

M'auraient-ils caché là où ils m'ont pris ?

Mon visiteur revient s'asseoir, plus près de moi, me laissant découvrir, à la clarté sélénite, la légende que narre son visage labyrinthique. Je me suis encore trompé, car ce n'est pas le visage de Tarse. Celui-ci semble n'avoir plus d'âge tant il me paraît vieux, et friable. Pourtant, de lui émane une puissance intemporelle, presque angélique. La main qu'il me tend et que je serre est sèche au toucher, mais ses doigts squelettiques ont une force que la retenue ne rend que plus sensible.

« Je m'appelle Ibn Sinâ et je suis né en l'an 370 de l'Hégire, soit l'année 980 dans ton ancien calendrier chrétien. Je suis médecin, philosophe, négociateur, stratège, poète. J'ai traduit et décrypté tous les secrets de l'antique philosophie grecque, bannie de l'Occident par l'Empereur Justinien au sixième siècle de votre ère. Certains m'appellent le troisième maître, ou le Gardien du Secret. »

Avant que j'aie le temps d'assimiler ce qu'implique sa première déclaration, il poursuit, tenant toujours ma main captive.

« Mais surtout je suis un Assassin, au service de l'Imâm Caché. »

Puis, il se tait.

Un long moment passe, durant lequel nous nous évaluons. J'espère que ma peur est moins manifeste que son intérêt à mon égard. Il a lâché ma main, et je ne sais plus qu'en faire. Il y a encore quelques mois, j'aurais pu me signer, mais, en cet instant, cela serait indécent. Je reste droit, retrouvant mes réflexes de soldat. L'être que j'ai en face de moi ne peut être totalement humain. Sa longévité le révèle.

« Venez-vous me tuer, Ibn Sinâ ? »

Il ne sourit pas.

« Je viens te recruter, Ibn Tancrède. Ta période d'observation est terminée. J'ai passé beaucoup de temps dans le Dar al Hikma, la Maison de la Sagesse de Al Qahira. J'ai attendu. »

Son regard est vrillé au mien. Je sens que, malgré son affirmation précédente, ma mort fait toujours partie des alternatives qui s'ouvrent à cet instant. Je n'ai pas le courage de chercher des yeux l'autre main d'Ibn Sinâ, mais si je le faisais, je ne doute pas que je la trouverais armée d'une dague. Lame empoisonnée, mort rapide. Sans l'avoir prémédité, je me lève. Il ne fait rien pour me l'interdire. D'un pas hésitant, je m'approche de la fenêtre et hume le vent.

Quand je me sens prêt, je me retourne vers mon visiteur.

Alors que j'ouvre la bouche, un mouvement furtif attire mon regard vers la porte.

C'est elle, je le sais. Même dans la nuit éternelle, je la reconnaîtrais. Elle est à présent voilée de noir, ce qui surligne encore l'infinie clarté opaline de ses yeux.

« Ibn Tancrède, voici la princesse abbasside Clorinde, fille du Calife de Baghdad. Elle a rejeté la tradition et, de son propre chef, rejoint nos rangs. Elle parle aussi ta langue natale. C'est elle qui se chargera de ton initiation. Elle t'aidera à te préparer à la mission que nous avons décidé de te confier et qui marquera, pour toi, l'entrée dans une nouvelle vie. »

Je remarque à peine qu'Ibn Sinâ agit comme s'il avait déjà reçu une réponse affirmative de ma part.

Clorinde, tel est ton nom.

[MdTH fo 28 ro]

La première fois que nous nous sommes touchés, c'était un simple effleurement du bout des doigts, tandis qu'elle me montrait comment positionner ma main sur le manche de mon poignard d'Assassin, avant que je ne le plonge dans le cœur tendre d'un mannequin d'osier, avec la maladresse, la précipitation brouillonne, d'un jeune adoubé éprouvant l'âme de l'épée que son père a commandé au forgeron du plus riche de ses vassaux. Elle ne s'est pas moquée de moi, n'a fait aucun commentaire, mais sur le dos de ma main, son doigt, imperceptiblement, s'est attardé. Et, de mon côté, je n'ai pas osé lui dire que, bien plus que la difficulté intrinsèque du geste, c'était son parfum qui m'avait troublé.

Disciple docile, subjugué, je me suis laissé entraîner là où Clorinde m'entraînait, car, en définitive, l'Inconnu, eut-il recelé une aliénation pire encore que celles déjà subies, était mille fois préférable aux limbes frigides dans lesquelles je m'étais embourbé durant les longs mois de ma captivité au Caire, au service commandé d'un vizir indigne.

Quant aux souvenirs de ma vie de Croisé, ils sont devenus telles les cendres d'un âtre froid : cette violence infligée, subie, accumulée, recherchée parfois, j'en avais la certitude, finirait bien par resservir à d'autres fins, peut-être de purification. Après tout, Croisé, Chrétien, converti, Assassin, je n'étais toujours et encore qu'un homme.

[MdTH fo 28 vo]

À l'abri du monde des hommes et de ses vicissitudes, alors même que je le sens, là, derrière les voiles agités par le vent, guidé par la voix, le parfum, la diaphane silhouette de Clorinde, je chemine sur l'étroite piste de montagne qui, plus que les moyens de tuer mon ennemi, m'apprend les fins de ma nouvelle foi.

Sans jamais avoir recours à aucun livre, Clorinde m'a enseigné, dès les premières semaines de ma formation, les six vertus du compagnon : l'obéissance, la fraternité, le secret, la vérité, la justice et la tempérance. Aucune d'elles, je le dis sans prétention, ne m'a paru difficile à acquérir. Et, chacune s'est révélée, pour mon âme meurtrie, une extraordinaire cure de jouvence. De fait, l'obéissance m'a libéré des affres de la décision, la fraternité et le secret m'ont rendu la communauté que mes choix m'avaient fait perdre, la justice est devenue mon but et la tempérance, mon moyen de l'atteindre. La vérité, enfin, alors même que ma foi chrétienne avait été vibrante, a été la plus facile à admettre. À l'instar de la foi qui me fut enseignée durant ma jeunesse, elle m'a été montrée comme absolue, totale et sempiternelle. Celle des Assassins, comme celle de Rome, est certes une construction délibérée visant l'accomplissement d'un but fixé depuis des éons. Mais une différence fondamentale les distingue. La seconde n'a jamais été assumée comme telle, et l'Occident devra expier ce mensonge jusqu'à la fin de temps…

Je la pénètre de toutes mes forces, en me retenant de crier.

Nous avons croisé le fer, le bois et pratiqué la lutte pendant des heures, dans de grandes salles d'entraînement presque désertes. Elle m'a appris tout ce que je sais, ou presque, de l'amour et de la mort. Elle, adossée à l'un des blocs de granit ceignant l'antique mastaba égyptien de Saqqarah, sourit à la Lune. Cela fait des mois que nous venons ici, en toute impunité. Ni les Dieux de Pharaon, sans doute évanouis depuis des éons, ni le Très-Grand-Et-Très-Miséricordieux ne semblent disposés à nous sanctionner. De plus, en tant qu'Assassins, nous prouvons tous deux notre capacité à fendre la nuit cairote sans être repérés. Parfois, nous restons sur place, pour dormir jusqu'à l'aube. Je l'aime, elle est mon âme sœur. Je crois qu'en retour, elle m'aime, comme la liberté qu'elle s'est donnée en fuyant loin de Baghdad. Elle est la fille superbe d'un calife. Elle aurait pu régner sur toute la Perse et elle a choisi une vie clandestine, d'ascèse et de dangers. Je la sens si vivante, si vibrante, là, son souffle s'accordant à mes coups de boutoir, ses seins dressés sous mes doigts maculés d'une terre plusieurs fois millénaire, ses mains serrées autour de mon cou, hésitant comme chaque fois entre l'étranglement et la caresse. Elle vient, déjà, en silence, les lèvres entrouvertes, les yeux plongés dans les miens. Jamais elle ne gémit, jamais elle ne crie. Je l'accompagne dans l'extase, puis la porte doucement jusqu'au sable accumulé au pied du monolithe brisé.

« Je suis prêt, Clorinde. Nous pouvons agir ce soir, si tu le décides. »

Ses mains glissent de mon cou vers ma poitrine, nue sous la robe de nuit qui nous sert d'uniforme.

« Je n'en suis pas certaine, mon amour. Ta vision de notre confrérie a changé, certes, mais crois-tu comprendre les desseins d'Allah ? »

Je ne lui réponds pas tout de suite. Voilà des mois, un an presque, que j'étudie, apprends et, désormais, perçoit la complexité de sa religion et de sa position tout à la fois idéologique et théologique. J'ai eu tant d'entrevues avec Ibn Sinâ que j'en ai abandonné le compte. La plupart des Assassins, souvent recrutés très jeunes par Siméon et ses pairs, ne disposent pas d'autant de connaissances que moi.

Je ne suis pas natif, je suis un converti. Dois-je pour autant prouver à perpétuelle demeure ma détermination et ma qualité ? Autant que je m'en souvienne, dans l'ost des Croisés, un simple titre de noblesse, une sauvagerie marquée au combat, suffisaient à faire acquérir le respect. C'est aussi la raison pour laquelle, précisément, je l'ai quitté, trahi, pour laquelle j'ai compromis la poursuite de l'enracinement latin en Orient. Il reste que c'est frustrant d'attendre aussi longtemps le droit de verser mon premier sang de fedayin.

Je m'allonge à côté de Clorinde, contraignant ma poitrine à se calmer, et contemple l'esplanade ponctuée de ruines qui, bien avant l'émergence des Fatimides, avait dû abriter un temple somptueux, dédié à l'âme d'un souverain défunt. L'un des tout premiers sans doute. L'un de ceux qui avaient changé le visage de l'Égypte. Comme les Assassins se proposent de le faire de toute l'Asie Mineure, en commençant par la reconquête de la Syrie qui, bien entendu, ne saurait être le résultat d'un affrontement direct.

À présent, je sais tout d'eux, et de leurs motivations profondes, même si ma compagne semble encore en douter.

[MdTH fo 29 ro]

Ils sont enfants d'Ismaël, prenant rang parmi les Chiites, ces croyants qui ont choisi de suivre la voie d'Ali, cousin et gendre du Prophète, vrai dépositaire de son héritage spirituel et politique. Ils rejettent la soi-disant tradition prônée par les Sunnites, mais vont beaucoup plus loin que cela. Ils sont aussi les plus audacieux des réformateurs. Après la montée en puissance des califes abbassides de Baghdad, aux tout premiers temps des Révélations muhammadiennes, balayant les ruines des vieilles civilisations iranienne et mésopotamienne, le rêve d'un Islam unifié se brisa de concert avec celui d'un empire transoriental. Les obédiences se multiplièrent. Dès lors, la communauté musulmane se déchira dans le choix de l'Imâm destiné à la guider. Pour un Croisé, envoyé en Terre Sainte par la volonté du seul et unique ministre de Dieu, descendant de Pierre, le Souverain Pontife, cette incapacité à se doter d'un guide pourrait passer pour une preuve irréfragable d'aberration spirituelle ; mais j'en perçois, aujourd'hui, toute la richesse séminale, qui semble manquer si cruellement à la chrétienté occidentale, à laquelle le monolithisme, contraire au verbe de Dieu, sera fatal.

Sur le plan politique, et en dépit de la marche turque des Seldjoukides vers l'hégémonie territoriale de l'Anatolie à la Syrie, à la suite de la victoire de Mantzikert contre Byzance, deux califats rivaux se disputent aujourd'hui l'autorité souveraine sur tous les serviteurs d'Allah : les Abbassides de Baghdad, parfaits Sunnites, et les Fatimides du Caire, Chiites septiménains qui se sont emparés du pouvoir égyptien en 297 de l'ère de l'Hégire.

[MdTH fo 29 vo]

Les Assassins n'ont prêté allégeance à aucun des deux califats et peuvent ainsi, dans l'ombre, demeurer les arbitres des changements, se considérant eux-mêmes comme les Bâtinis, détenteurs exclusifs du Code secret qui se cache dans le Coran. L'ésotérisme est pour eux presque plus important encore que la Foi, ou, peut-être, il m'a fallu du temps pour le comprendre, la meilleure manière de servir celle-ci, avec, lorsqu'elle s'avère nécessaire, l'action violente. Faire rayonner le Verbe de Dieu sur le monde justifie tous les moyens. Je me souviens de m'être étonné, lors de mes premières séances d'initiation avec Clorinde, du fait que les Assassins ne s'étaient pas instantanément portés au service du califat du Caire, si proche de leurs convictions spirituelles. En effet, les Fatimides étaient, tout comme eux, des Chiites ismaéliens : ils avaient fait d'Ismaël, le fils aîné du grand Imâm Ja'far as Sadiq, mort en 148 de l'Hégire, le septième, et à jamais dernier, guide des Musulmans éclairés. La mort prématurée d'Ismaël, antérieure à celle de son père, qui, trente-quatre années durant, avait élevé le chiisme au rang le plus haut, n'avait été qu'une ruse pour le protéger des vicissitudes du politique qui éloignent l'Imâm du Verbe de Dieu ; et tous les autres Croyants, qui ne l'avaient pas compris, avaient, une nouvelle fois, fait fausse route. Ismaël était l'Imâm Caché, le vrai serviteur du Prophète.

Aujourd'hui, j'ai enfin compris que les Assassins, s'ils étaient bel et bien Ismaéliens, à l'instar des Fatimides, sont nés, littéralement, de ces vissicitudes qui inquiétaient tant le sage Ja'far. D'une certaine manière, ils ont prolongé son goût immodéré pour l'occultation, teintée de légende, en voulant préserver l'héritage d'Ismaël.

[MdTH fo 30 ro]

C'est Clorinde, aussi douée pour susciter l'écoute que la passion, qui a le mieux éclairé ma conscience et je veux retranscrire ici, mot pour mot, le dialogue que nous avons eu ensemble, alors que nous nous promenions sous la Lune.

« Comprends bien, Ibn Tancrède. Les Fatimides se sont égarés, à leur tour. À la mort du Calife Al Mustansir, en 487, son frère aîné, Nizar, a été écarté injustement du trône, au bénéfice du fils mineur du défunt, le jeune Al Musta'li que tu as pu rencontrer. Nous sommes l'émanation de la trahison d'Al Afdal qui règne à travers sa marionnette. Nous servons Nizar, son oncle, le vrai dépositaire de l'idéal ismaélien.

— Mais, je croyais que Nizar avait été tué ?

— C'est précisément ce que nous laissons croire à Al Afdal, Tancrède. Que son exécution, en 488, après sa tentative infructueuse de reconquête du pouvoir califal, fut une réussite. C'est la raison pour laquelle nous avons pris le nom d'Assassins, avant même de mettre au point les termes de notre action politique. Nizar est en vie, loin d'ici, à l'abri d'une forteresse inexpugnable que tu auras bientôt gagné le droit de découvrir. Elle recèle plus de sagesse que d'armes, crois-moi. À bien des égards, elle est un État à part entière.

— Ainsi, Clorinde, Nizar est un nouvel Ismaël, un nouveau guide caché.

— Mieux. Il en est le prolongement, Ibn. Il porte en lui, nous le savons, la mémoire et la pureté d'Ismaël.

— Comment pouvez-vous l'affirmer avec une telle certitude ?

— Quand tu l'auras rencontré, tu ne poseras plus cette question. Tu sauras, toi aussi.

— Acceptera-t-il de voir un converti, un né-Chrétien ?

— Tout homme est digne de sa Lumière, s'il prouve son courage et sa pureté d'âme.

— En assassinant, en son nom ? Qui devrai-je tuer, Clorinde ?

— N'est-ce pas l'évidence, mon frère ?

— Dis-le moi ! »

Clorinde n'a pas accédé à ma demande. On ne cherche pas à convaincre un jeune cheval qu'il est bon pour lui de marcher dans l'ombre plutôt que dans le soleil. On le force à s'y rendre pour qu'il en éprouve toute la bienfaisance.

Je suis en position, immobile, invisible et inévitable. Ils m'ont laissé l'entière liberté des modalités de l'exécution. Nul ne m'accompagne, pas même celle qui m'a initié et dont je connais à présent le moindre des soupirs. Ma dague est prête. Elle n'est pas empoisonnée, je devrai donc frapper au cœur et tuer au premier coup. Ils ne l'ont pas dit, mais je sais que si j'échoue, les Nizarites me tueront ; à moins que les soldats d'Al Afdal ne le fassent avant. L'unique différence sera la torture, sans doute.

Si je réussis…

Je ne dois pas y penser pour l'instant.

J'ai pris une décision qui, sans doute, a surpris mes futurs frères : agir en plein jour et tuer deux fois. Pour cela, il m'a fallu attendre longtemps le moment adéquat. Je suis en position depuis près d'une journée. Je suis le Silence incarné. Je suis inerte et froid comme la pierre du désert. Pourtant, je frapperai plus vite que le serpent. Et quitte à le faire sous le soleil, autant que ce soit au su et à la vue du plus grand nombre. Voilà pourquoi j'ai choisi la Mosquée Al Azhar, à l'heure de la Prière vespérale. Mes ablutions sont faites, je suis pur. Je suis sûr que mon audace trouble les Nizarites. Lorsqu'elle l'a appris, Clorinde a refusé de me revoir. Quant à Ibn Sinâ, dont la présence toujours fuyante donne l'illusion d'une présence angélique, penchée sur mon dos, prête à sacrifier ou à sanctifier, il n'a fait aucun commentaire, aucun sourire n'a fait mouvoir son visage indéchiffrable.

Le soleil descend lentement.

Mes muscles se sont minéralisés, le noir dont je suis vêtu est devenu pareil au gris de la pierre d'enceinte.

Les Croyants qui me frôlent ne savent pas que le regard d'un Assassin glisse sur eux. Même l'enfant qui a marqué, de son bâton, le rythme de ses pas sur le mur, n'a pas su faire la différence. La Mosquée est pleine à craquer, la chaleur doit être insupportable pour qui n'a pas suffisamment de Foi pour se détacher des contingences physiques. Il y a des pleurs, mais des rires aussi. L'hystérie guette, si proche de la ferveur.

Jamais je ne me suis senti si proche et si loin de chez moi. Ici, s'exprime, dans le cœur du peuple, une foi rayonnante. Comme celle qui jadis me magnifiait le monde. Je me sens conforté dans l'acte que je m'apprête à commettre tant il m'est insupportable qu'une telle force soit détournée par des êtres vils, au service de leur seule gloire terrestre. Je suis prêt, je ne suis plus que le Geste que je m'apprête à décrire.

Enfin, alors que le soleil tombe à l'ouest, ils sortent.

Comme je l'ai prévu, ils sont côte à côte.

Confiants, forts, en paix avec leur conscience.

Il y a, à mes yeux, une sorte de syncrétisme idéal, à les cueillir à cet instant, après la prière qui vient de purifier leurs âmes. Comme une charité, troisième fondement de la foi chrétienne à laquelle j'ai tourné le dos, mais dont il m'aurait été impossible de me dépouiller complètement.

Ils approchent, leur souffle calme m'est à présent perceptible. Je n'ouvre pas les yeux. C'est trop tôt. C'est surtout inutile. Je peux sentir leurs deux cœurs, aussi nettement que si j'auscultais le mien. Étonnamment, cela n'affecte pas ma résolution, mais la renforce. Je vais si bien frapper, qu'ils ne se verront pas partir.

Ils arrivent à ma hauteur et, comme si une partie de leur esprit avait déjà compris, leurs corps s'immobilisent, en attente.

J'agis. Mes yeux s'ouvrent, ma jambe droite, qui n'est pas ankylosée malgré près de trente heures d'attente, se place en avant. Mon cou s'incline, comme pour un dernier salut d'homme à hommes. Et je frappe. Deux fois. Au cœur. Le vizir d'abord, le général ensuite. Le premier n'a pas cillé, même pas levé les yeux vers moi. Le second, en revanche, a esquissé un geste, comme s'il avait cru pouvoir, un instant, échapper à ma morsure. Mais, ce geste, ce mouvement de l'épaule droite, il ne l'a pas achevé. Il l'a stoppé avant même que ma lame ne pénètre dans son ventricule gauche. Il sait. Il veut mourir en soldat. Je ne l'admire pas, mais le respecte. Ifthikar m'offre son regard et je lui donne le mien en retour. Je jure devant le Très-Haut qu'il me reconnaît.

Les deux corps glissent au sol, le vizir à ma gauche, le général à ma droite.

Leurs âmes sont déjà en route, et c'est à elles que j'adresse les trois mots que j'ai promis de prononcer.

« Pour Allah Miséricordieux ! »

Si la stratégie des Assassins s'avère efficace, la reconquête de la Syrie sur les Seldjoukides et au détriment des Croisés vient de commencer. Et au lieu de coûter des milliers d'âmes, le sang versé n'excède pas dix litres.

15

Fort Alamut, Chaououal 496 (août 1103)

Alors que point le jour, Alamut, une fois de plus, domine une mer de nuages. La forteresse des Assassins ressemble à un joyau brut posé sur la couronne minérale du monde. Rien de physique ne peut l'atteindre ; en trois années, j'en ai acquis la certitude. D'une certaine manière, elle est comme l'Imâm qu'elle recèle, ou comme le Vieux-sur-la-Montagne qui la gouverne avec tant de sagesse, comme tous les Assassins drapés de noir : elle est cachée, invisible. D'en bas, même pour le regard le plus aiguisé qui soit, il n'y a pas de solution de continuité entre la pierre naturelle et la pierre habitée. Alamut n'existe pas pour les peuples de la vallée profonde que délimitent les contreforts d'Albruz. Ibn Sinâ, qui se fait désormais appeler Hassan ibn al Sabbah auprès des Musulmans de toute l'Anatolie, y a veillé, distillant par la bouche de Nizarites grimés en paysans, des rumeurs si délirantes qu'elles ne peuvent que susciter le plus salutaire des scepticismes. D'en bas, Alamut n'est que l'irrégulière bosse d'un chameau agenouillé, dont le cou repose à terre, la partie graisseuse d'une bête de trait exténuée, allégorie providentielle de la dureté de la vie rurale. Pourtant, telle une vigie aux portes de la Perse, jadis florissante, elle domine, par-delà la crête accidentée des montagnes, le miroir d'argent de la Caspienne, mer close mais à jamais majestueuse, telle une larme d'Allah. Puisse Fort Alamut la sécher, en changeant le monde conformément aux volontés du Très-Haut-Et-Très-Miséricordieux.

Le vent s'engouffre dans les pans de ma robe couleur de nuit. Mais le froid matutinal ne me fait pas frissonner. Il me révèle, au contraire, tous les secrets les mieux gardés de Dieu. J'ai atteint, depuis mon arrivée en ces lieux, une sensibilité au monde et une acuité spirituelle dignes des plus grands saints du christianisme que j'ai reniés. Je ne suis plus Tancrède, mais plutôt le nouvel être qu'il a engendré, par ses souffrances.

Je souris.

Aujourd'hui est une journée particulière.

Un vieil ami est arrivé hier, à la faveur de la nuit. Nous avons rendez-vous dans la Grande Bibliothèque d'Alamut, dans laquelle il vient consulter des ouvrages ou, peut-être, en ajouter de nouveaux. Nous ne nous sommes pas vus depuis près de cinq années et je l'ai cru mort, longtemps. Au contraire de moi, converti au chiisme ismaélien et ayant revêtu la robe noire, il n'a pas renié la Croix. Du moins en apparence. C'est un agent infiltré parmi les Croisés, ce que nous appelons un « Assassin blanc ». Je crois savoir pourquoi il vient et pourquoi l'Imâm Nizar et Ibn Sinâ m'ont prié de le recevoir en personne.

Je me détourne du panaroma qu'offre le Nid d'Aigle, un peu à regret.

Que d'heures ai-je passé ici, en méditation, avant ou après les missions délicates que l'Imâm et le Vieux m'ont confiées, certaines aux côtés de Clorinde, mais la plupart en solitaire. En trois années, j'ai contribué, aux côtés de mes pairs, à la déstabilisation du régime des Abbassides de Baghdad, l'éloignant à jamais de l'époque glorieuse d'Haroun al Rachid. J'ai prélevé exactement douze vies en trois ans. Chaque fois à la dague et sans poison. Ma cible a été le plus souvent un haut dignitaire abbasside, proche du jeune et débonnaire Calife Al Moustazhir Billah, parfois un notable seldjoukide, proche du sultan en place, qui exerçait la réalité du pouvoir. Grâce à l'action occulte des Nizarites, le pouvoir baghdadi a changé de mains huit fois en trente mois. L'alternance rapide des frères turcs Barkyaruq et Mohammed a littéralement miné le pouvoir des Sunnites, leur interdisant toute intervention en Syrie, contre les Croisés ou contre les Chiites, qu'ils soient duodécimains ou septiménains. La désorganisation de la Syrie et de l'Égypte au nom de l'Imâm Caché s'est donc faite au profit indirect des « polythéistes » auxquels j'ai autrefois appartenu. D'après le sage Ibn Sinâ, ils représentent un moindre danger que les tenants de la Sunna. J'ai contribué à enraciner le chaos à l'ouest sans jamais frapper à plus de cent cinquante kilomètres d'Alamut. Jamais l'Imâm ne m'a demandé de revenir à Jérusalem ou au Caire, ou même à Antioche. Jamais Ibn Sinâ ne me l'a permis, à dire vrai. Et j'ai été laissé dans l'ignorance de ce qui s'y déroulait, car telle n'était pas ma mission. Je n'ai jamais eu pour cible des soldats du Christ, fussent-ils renégats. J'ai obéi, aveuglément, aidé en cela par Clorinde, qui ne m'a jamais été enlevée. Notre couple s'est trempé dans le sang des mécréants. Parfois, de longs mois de préparation et de voyage précédaient une exécution qui, elle, ne requérait que le temps d'un éclair.

Ma précision, mon efficacité dans l'action, sont désormais proverbiales parmi les autres Assassins. Peut-être ma formation militaire initiale, basée sur l'assaut et la puissance plutôt que la ruse et la subtilité, a-t-elle accentué l'impact de mes exécutions, je ne peux en juger. Mais Ibn Sinâ, en puisant dans sa formation médicale, aime à parler de mes « frappes chirurgicales », et les autres Assassins veulent toujours travailler avec moi. Je ne connais rien à la médecine mais je perçois le sens du propos du Vieux : épargner des vies innombrables en supprimant celui qui peut les fédérer en un contre-pouvoir ou une armée. L'effet bénéfique est immédiat. Mes doutes, quant au bien-fondé à long terme d'une telle stratégie des Nizarites, je les ai gardés en mon for intérieur. Mais je pressens qu'il faudra bien, un jour prochain, frapper au cœur, de façon plus... définitive. Et les Croisés peuvent, d'un jour à l'autre, franchir l'Euphrate et le Tigre et venir frapper à la porte d'Alamut après avoir conquis

Baghdad, paradoxalement aidés en cela par notre travail de sape. Oui, l'Imâm et le Vieux jouent à un jeu très dangereux, où l'échec, sans doute, pourrait bien signifier l'installation du Chaos à perpétuelle demeure. Bien sûr, tout est dans l'issue. Et c'est bien là l'un des problèmes avec lesquels se débat ma conscience : les Nizarites veulent-ils vraiment la paix ? Ou souhaitent-ils simplement la victoire du chiisme ismaélien ? Empêcher les Fatimides, il y a trois ans, de prendre le contrôle de Jérusalem, la laissant aux mains des Croisés, répondait auquel de ces deux projets ? Je crois que celui qui m'attend dans la Bibliothèque est le mieux à même de répondre à mes questions et de comprendre mes inquiétudes.

Je redescends les marches de pierre qui s'enroulent contre la muraille intérieure du fort. Dans la cour principale de la forteresse, de jeunes recrues s'entraînent au combat au corps à corps, sous la surveillance d'Assassins confirmés. Il y a des femmes parmi eux. Les Nizarites, plus versés dans l'ésotérisme et la manipulation des puissances temporelles que dans le respect et l'exégèse des préceptes fondamentaux de l'Islam, ne font pas la différence. Ceux ou celles qui prouveront leur résistance physique et leur pureté d'âme seront envoyés en mission. Ceux ou celles qui ne conviendront pas seront égorgés et leurs corps brûlés à la chaux vive, dans les douves d'Alamut. La plupart n'ont pas seize ans et viennent des familles de la vallée ou du littoral. Si celles-ci sont de confession chiite, un dédommagement leur sera envoyé, pour compenser la perte d'un enfant qu'en toute hypothèse elles ne reverront jamais. Mais certaines recrues, comme moi, arrivent de beaucoup plus loin. Je repense à mon parcours, en marchant le long de leur périmètre d'entraînement. Je reconstitue le cheminement qu'il m'a fallu faire pour arriver jusqu'ici. Ma carrière de Croisé, je l'ai oubliée. Elle ne me revient que par éclats fugitifs, tous couleur de sang. Maara, Antioche, Jérusalem, autant de massacres que je n'ai pas su éviter. L'Assassin que je suis devenu est plus avisé. Il exécute sa cible et évite les morts innocentes. Il tue, sans massacrer. Je crois que, au-delà de l'amour de Clorinde, au-delà de la rencontre avec Ibn Sinâ, au-delà de la confession d'une nouvelle Foi, c'est cela qui m'a facilité le choix qui s'imposait à moi, à l'ombre des pyramides : mourir ou accepter de tuer pour vivre.

J'entre dans la Bibliothèque par la porte nord, la moins usitée.

L'homme que je suis venu accueillir me tourne le dos, penché sur d'épais volumes au parfum de siècles. Il n'est pas méfiant. Il devrait l'être pourtant. Arborer en ces murs la croix écarlate et la vêture immaculée des soldats du Christ équivaut à un appel à l'assassinat. Je remarque que son écu et son épée reposent, loin de ses mains, sur l'une des tables de consultation proches de l'entrée principale. Il s'est démuni, délibérément. Comme s'il cherchait, de façon très ostensible, à provoquer l'ire des jeunes recrues, à éprouver l'auto-contrôle des Nizarites confirmés, à narguer le doigt de Dieu qui peut frapper à chaque instant.

Je fais un seul pas et, en dépit d'une discrétion qui m'est devenue une seconde nature, il m'entend.

« Tancrède, enfin », dit-il, sans se retourner.

Malgré moi, je sens un sanglot me nouer la gorge.

Je fais un autre pas et il se lève, me dominant largement, aussi bien en taille qu'en largeur d'épaules. Il éclipse presque la seule source de lumière de la salle, cette ouverture pourtant généreuse qui, en forme de double croissant de Lune interpolé, pointe droit vers le sud, focalisant les rais de l'astre du jour vers les tables patinées de la salle de consultation principale.

« Gaston », dis-je simplement.

Il se retourne et, sans transition, me serre dans ses bras.

« Mon frère », me murmure-t-il à l'oreille.

Une vague de nostalgie, presque douloureuse, me submerge. J'avais oublié à quel point le Croisé est différent de l'Arabe. Il est lourd, lent, terriblement facile à frapper. Mais sa force physique est proprement terrifiante en regard de la mienne. Mes muscles ont fondu, se sont adaptés aux qualités que l'on attend d'un Assassin. Ils sont fluides, vifs, mais fragiles aussi, se fatiguant bien plus vite qu'avant. Les siens, du cou aux cuisses, en passant par les épaules, ont tout de l'inaltérabilité du Titan. À bien des égards, il est mon contraire. Pourtant, jamais je ne me suis senti aussi proche de quelqu'un.

« Je t'ai cru mort, Gaston. »

Il n'y a pas vraiment de reproche dans ma voix, ou alors inconscient. Il me relâche et fait le tour de la table, repositionnant amoureusement l'un des feuillets sur lesquels il travaille.

« Oui, je le sais. Alors que moi, j'ai su que tu avais survécu moins d'une semaine après que ton cheval t'eut entraîné dans le désert égyptien. Ce n'est peut-être pas juste, Tancrède, mais cela était absolument nécessaire. Nous servons peut-être les mêmes maîtres mais il n'était pas dans notre destin de le faire côte à côte, tout simplement. Et puis, j'ai toujours su que nous nous reverrions un jour ou l'autre. »

Sa voix a très légèrement hésité sur le mot « maîtres » et je sais que c'est délibéré. Plus rapidement encore que je ne l'avais espéré, notre rencontre se déploie sur plusieurs plans, dont l'un au moins, je l'espère, n'est qu'à nous perceptible. Je me retiens de sourire, mais le regard que nous échangeons est éloquent. Il ressemble à celui que nous avons échangé au Mont des Oliviers, en une autre vie. Comme moi, il me montre qu'il n'a pas aliéné sa liberté, qu'il reste des plus vigilants, qu'il ne sert qu'un seul maître, lui-même.

« Quelles nouvelles apportes-tu ? »

La question a jailli avant que j'en ai eu conscience. Sans doute, le besoin de savoir ce qui s'est passé du côté des Croisés est devenu irrépressible au contact de celui qui, depuis quatre années, a continué à les côtoyer.

C'est à son tour de sourire.

« Le Vieux n'a-t-il rien dit au sujet de cela ? Puis-je sans risquer sa colère t'informer des moindres détails ? Cela ne perturbera-t-il pas ton efficacité d'Assassin dévoué ? »

Je ne réponds pas, je sais que ce n'est qu'une posture de sa part.

« Non, je ne me souviens pas de cela. Mais, ma mémoire est parfois défaillante, mon vieil ami. Je ne puis te garantir l'exactitude des renseignements que je vais te fournir. Mais, assieds-toi, je t'en prie, car cela risque de prendre un certain temps. Il s'en est passé de belles, crois-moi. Et l'Ordre Divin est loin de régner comme tu t'en doutes. »

Pour toute réponse, je m'appuie sur un coin de table, à fleur de manuscrit, et croise les bras.

« La prise de Jérusalem aurait dû marquer la fin de la Croisade. Nous aurions dû simplement garantir le libre accès au Tombeau du Christ pour tous les pélerins et repartir. Or, c'est presque le contraire qui s'est passé, en dépit du départ de Raymond de Saint-Gilles, qui m'a laissé le commandement d'une partie de son armée. Dans le chaos d'après l'assaut, dans l'euphorie de la victoire, il m'a pardonné, Tancrède, et, bien que je me sois dressé contre lui, a interdit que l'on me fasse payer ma trahison. Je crois qu'il voyait en moi ce qu'il aurait dû être, s'il en avait eu le courage et la pureté. Mais il a été déçu par les retombées temporelles de la conquête d'Al Qods, grâce auxquelles il espérait se consoler de l'impossibilité d'acquérir Tripoli. Finalement, il a quitté le Krak des Chevaliers et s'est replié à la Cour de Constantinople, auprès du Comnène, ou plutôt de sa fille, Anne. Et puis, de toutes façons, son regard avait définitivement changé depuis la déplorable qualité de la nourriture ingurgitée à Maara. Je crois que s'il était resté, il s'en serait pris aux autres chefs. Les Croisés, bien trop occupés à se disputer les richesses et les terres autour de Jérusalem, comme des hyènes assoiffées, ont oublié la vengeance qu'ils avaient espéré prendre sur moi. »

Gaston fait une grimace sans joie.

« Puis, Godefroy de Bouillon est mort », reprend-il, un rien sinistre.

Mes bras tombent, mon visage trahit le choc d'une telle nouvelle. Godefroy était le meilleur d'entre tous les Croisés. Le seul que j'avais vraiment respecté. Le seul animé d'une foi vibrante. Le seul dont j'avais toujours regretté la compagnie, hormis le Béarnais qui me relatait sa mort, survenue durant le siège d'Acre. Je ressens une colère, pas totalement infondée. Ibn Sinâ aurait dû m'informer de cela.

« La disparition de Godefroy, bien plus que le départ précipité de Saint-Gilles, a été le point de départ d'une crise généralisée du côté des Croisés, continue Gaston. L'un des plus tenaces chefs seldjoukides, Danishmend, a repris Antioche peu de temps après. Et je crois sincèrement, Tancrède, que ton oncle Bohémond n'aurait pas survécu à son assaut. »

Bohémond… Mon premier, et fort maladroit, meurtre de sang-froid.

Toutefois quelque chose m'étonne, voire m'irrite.

« Danishmend ? Pourquoi lui ? Pourquoi pas

plutôt Doukak, Redwan, ou même Jalal ? Cela aurait consolidé nos positions à l'ouest. Le Vieux a-t-il perdu son acuité politique ? »

Sans doute me suis-je exprimé trop haut. Une recrue qui venait d'entrer dans la Bibliothèque, les bras chargés de livres, en ressort précipitamment, sans prendre la peine de ramasser l'un des ouvrages qu'elle a fait tomber. Gaston, toutefois, n'a pas l'air de s'en inquiéter.

« Je ne peux en être sûr, Tancrède, mais je ne crois pas qu'il s'agisse d'une erreur. Rappelle-toi que l'un des buts que nous poursuivons est de mettre face à face, aussi souvent que possible nos deux ennemis, les Turcs et les Croisés. Antioche ne devait pas rester longtemps entre les mains de Danishmend. S'il te plaît, laisse-moi poursuivre. »

J'acquiesce, gardant toutefois un œil sur les entrées de la Bibliothèque.

« Le frère de Godefroy est devenu le maître d'Al Qods, Baudouin ! Ce porc mange sur le Tombeau du Christ, Tancrède ! Cela, plus que tout autre événement de la Croisade, à laquelle je suis obligé d'emboîter le pas pour accomplir ma propre mission, m'est insupportable. Tu imagines que cela ne s'est pas fait sans heurts. Nombreux sont les chefs de la Croisade à lui contester sa prééminence. Mais sa brutalité, comme tu t'en doutes, ne s'exerce pas qu'à l'égard des Musulmans. Il règne par la Terreur. Pourtant, cela fait partie des plans du Vieux, précisément. Je crois qu'il veut discréditer définitivement les Francs, afin de susciter un mouvement d'insurrection générale parmi les Arabes… »

Je fronce les sourcils, l'interrompant malgré moi.

« Comment peux-tu en être certain, Gaston ? T'a-t-il donné des directives claires ? Je ne comprends pas, il n'a pas bougé d'Alamut depuis près de trois ans. »

Gaston, à son tour, semble désappointé.

« Tu n'es vraiment au courant de rien ? »

Je confirme, en silence.

Lui aussi réalise à quel point nous sommes, ici aussi, des instruments.

« En marchant sur Jérusalem depuis Edesse, Baudouin devait subir une embuscade de Doukak, à la hauteur de Beyrouth, près de l'embouchure du "Fleuve du Chien", le Nahr-el-Kalb. Cette embuscade aurait pu aisément réussir et laisser Al Qods sans maître. Au dernier moment, Doukak y a renoncé. C'est l'œuvre de Siméon, bien sûr. Il est toujours en mission auprès des deux frères. Le marionnettiste de Damas, c'est toujours lui. Et, autant que tu le saches, Jalal est mort. Tripoli est désormais entre les mains de son frère, Fakhr. »

J'enregistre en silence, notant la parfaite cohérence de la politique du Vieux et regrettant mes paroles hâtives de tantôt. Un autre point important m'est confirmé : la vie d'un agent dépend de son utilité. Sans doute, le très cultivé Jalal avait-il commencé à s'agiter un peu trop. Je rêve, le temps d'un souffle, à la situation qu'aurait pu donner une alliance multiple entre Gaston et moi, d'une part, et Jalal, Doukak et Redwan, d'autre part. Nul doute, que nous aurions tous été rapidement assassinés.

« Bien sûr, la volte-face de Doukak est passée pour une trahison qui a accentué, encore, la désorganisation des Seldjoukides et des Sunnites face à l'occupant chrétien. Ainsi, Baudouin a pu faire ce que toi et moi avions craint, jadis, chacun de notre côté. Il a transformé la Ville Sacrée en État. Le premier État latin d'Orient, sur lequel il exerce son autorité et qu'il peut pressurer à volonté. Tancrède, la lie de la Croisade règne aujourd'hui sur la merveille du Jourdain, dans l'antithèse de l'élan qui nous avait menés ici. »

Je fais quelques pas, les poings serrés. Gaston, lui, se masse la nuque, en silence. J'ai l'impression que ma rage ne peut plus être contenue, à ceci près que je ne suis pas sûr de savoir contre qui je dois la diriger : mes anciens compagnons de croisade assoiffés de pouvoir ou mes nouveaux maîtres ismaéliens sans scrupules ? À moins que sa seule cible légitime ne soit moi-même, lâche au point de me laisser manipuler, par deux fois, au nom de la déception d'un idéalisme qui ne peut, en aucun cas, être une excuse au regard de Dieu. Un rictus haineux déforme mon visage, mais la main de Gaston qui se pose fermement sur mon épaule droite, me calme instantanément. D'une pression discrète, elle me signifie que je ne suis pas seul à mener un combat contre moi-même et contre les contingences.

Je me retourne et croise le regard grave de Gaston.

« Je n'ai pas fini, mon frère. Le pire est à venir. Nous n'aurons peut-être plus jamais l'occasion de faire le point sur nos années sombres. Écoute-moi. »

Je me repositionne, non pas docilement, mais parce que le narrateur mérite mon plus grand respect. Toutefois, il devient clair pour moi qu'il va me falloir avoir une entrevue avec Ibn Sinâ, ou peut-être même Nizar. Encore que ce dernier soit vraisemblablement le jouet le plus abouti du Vieux-Sur-la-Montagne.

« En 1101, selon le comput chrétien, que tu m'excuseras d'encore employer, Jérusalem était devenue l'enfer sur terre. L'enfer, Tancrède ! C'est alors que deux événements, en apparence contradictoires, sont venus encore aggraver la situation. L'un d'eux, je te préviens, va te toucher directement et, sans doute, réveiller une vieille douleur. »

Je ne réagis pas, puisant dans ma formation d'Assassin les racines de l'immobilité.

« Raymond de Saint-Gilles a franchi le Bosphore avec un ost mêlant Francs et Grecs. Sans doute était-il en service commandé pour son égérie, avec la mission expresse de rétablir l'ordre en Terre Sainte. Son nouveau bras droit était un Sicilien tout récemment anobli, inconnu de tous, mais réputé pour être l'un des rares survivants de Maara. Il avait au préalable servi Robert de Flandre, mais l'avait trahi à la demande de Raymond, en échange de la promesse d'un anoblissement. Il t'a servi, jadis. »

Diogène !

Il me laisse le temps d'encaisser et reprend :

« Le sultan Kilij Arslan, de son côté, ayant sans doute gagné en technique et en maturité, semblait avoir décidé, lui aussi, qu'il était temps pour les Seldjoukides de réagir de façon plus significative. La rencontre entre les deux armées, vexation suprême pour ces Croisés de la deuxième vague, a eu lieu bien loin d'Al Qods, dans la vaste plaine qui s'étend entre Héraklée et Antioche, bordée par le bras de l'Oronte. Et, bien qu'il ait eu, en guise d'étendard, la Sainte Lance, Raymond de Saint-Gilles a vu son élan vengeur brisé net. Je n'étais pas présent, j'avais été prévenu par Siméon. Mais, les rares survivants à avoir atteint Jérusalem ont parlé d'une véritable boucherie, et... »

Son interruption n'augure rien de bon.

« Diogène », dis-je, dans un murmure, dérouté par la douleur qui m'étreint déjà le cœur.

« Une deuxième vague d'assaut venue de Byzance l'a retrouvé, tel un trophée au milieu du pont sur l'Oronte. Il agonisait et ses hurlements, m'a-t-on dit, résonnaient jusqu'aux portes d'Héraklée où les restes de l'ost de Saint-Gilles avaient trouvé un refuge provisoire. Tancrède, je... »

Sa voix se brise.

« Parle ! »

J'ai presque crié. L'écho de ma voix résonne dans la bibliothèque.

« Diogène avait été écorché vif, on lui avait coupé les mains, les pieds et le nez, crevé les deux yeux, ne lui laissant que la langue. Et... pardonne-moi. Les Turcs l'avaient empalé sur la Sainte

Lance. Aucun Chrétien n'a jamais dû souffrir comme cela. Quand les Grecs ont mis le pied sur le pont, ils ont prétendu qu'il priait. Non pas le Dieu des Chrétiens, mon frère. Il priait Allah. Il a expiré avant qu'ils ne le touchent. »

J'inspire de toutes mes forces et mon tremblement se calme.

J'ai renié ma Foi pour la sauvagerie qu'elle suscitait. Et voici que les Turcs qui, jusque là avaient plutôt subi la violence et les outrages, me prouvaient que mon sacrifice avait été un non-sens.

« Il y a pire encore, Tancrède. Je dois te le dire. Un "Assassin blanc" de Siméon était présent dans l'armée de Kilij Arslan. Il n'a rien fait pour prévenir le martyre de Diogène. Peut-être même l'a-t-il suggéré, afin de marquer au fer rouge les esprits des Grecs, d'avertir Constantinople qu'il valait bien mieux qu'elle reste sur ses terres d'élection. Une telle interprétation me semble juste, Tancrède. J'y ai beaucoup réfléchi. Nos maîtres nizarites, aussi ascétiques soient-ils, ne me paraissent pas moins cyniques que d'autres. »

Inconsciemment, je jette un coup d'œil vers les armes de Gaston, bien trop loin de lui. Et, une autre partie de mon esprit se pose inlassablement la question : s'il savait que Gaston allait m'apprendre tout cela, pourquoi donc Ibn Sinâ m'a demandé, expressément, de venir l'accueillir ? Et, si tout ce que me dit mon frère béarnais est la vérité, je m'explique mal comment lui-même accepte encore de tenir son rôle d'agent infiltré. Je dois puiser au plus profond de ma volonté pour demeurer sans réaction, mais mon bouillonnement intérieur doit pourtant transparaître dans mon regard, car Gaston, pour la première fois, semble perdre le fil de son récit.

« J'ai prié pour Diogène, Tancrède. Je l'ai fait durant de longues nuits. J'ai… ordonné de brûler la Sainte Lance avec son corps. Elle était si souillée. L'odeur était… »

Je lève la main, il se tait.

« Continue, plutôt, mon frère, car il manque encore deux années à ta relation des événements de l'Ouest. »

Son regard se voile d'une ire à peine contrôlée. Mais sa voix, lorsqu'il reprend, ne tremble pas. Je crois que, pour la première fois, il prend conscience qu'il n'a pas ses armes sur lui. À moins que, tout comme moi, il réalise que cette situation est précisément le fruit d'une volonté délibérée du Vieux.

« Ainsi, tardivement, Kilij Arslan a-t-il prouvé sa valeur et verrouillé la porte de la Syrie, ôtant, pour un temps considérable, Constantinople de l'équation territoriale. Mais, l'effet pervers en a été immédiatement perceptible : les Croisés présents en Terre Sainte sont devenus inexpugnables. Les forteresses ont hérissé le littoral, Tancrède, aidées en cela par l'indolence relative des Turcs qui se sont endormis sur leur victoire. »

Il manque un rouage dans la description méticuleuse que me fait Gaston de la situation : les Fatimides.

« Alors les Égyptiens ont tenté une reconquête, dit-il avec un regard malicieux, comme s'il avait lu dans ma pensée. Mais l'assassinat du vizir Al Afdal et de son général Ifthikar, l'année précédente avait laissé Le Caire en proie à des luttes politiques intestines qui avaient considérablement affaibli sa capacité d'action. »

Je ne peux m'empêcher d'accrocher son regard.

« Voilà une chose que tu ne sais pas, Gaston : Al Afdal et Ifthikar ont été mes premières cibles. »

Il sourit, pour la première fois, depuis l'épisode évoquant Diogène.

« Un coup de maître, alors. Car la tentative de percée du Calife Musta'li a été un cruel échec et l'assaut de son armée, mal dirigée, s'est brisé sur la Jérusalem de Baudouin. Les monstres sanguinaires qui furent nos frères ont dévoré la cavalerie égyptienne. Hommes et chevaux, sans distinction. Le repli a été instantané. Et s'appuyant sur une réputation de plus en plus paralysante pour ses ennemis, le frère de Godefroy a conquis, presque sans coup férir, la ville d'Acre, lui ouvrant la voie maritime, par laquelle il peut désormais ravitailler la Ville Sainte et la tenir presque indéfiniment. »

Je sens que nous en arrivons à la conclusion. Je la devance.

« Et toi, Gaston ? Quelle est ta place ? Es-tu le valet de Baudouin, prêt à le frapper dans le dos à la faveur de la nuit ? Ou as-tu reconquis Antioche contre Danishmend, simulant ainsi un rééquilibrage des forces en présence ? »

Il sourit. Manifestement, je suis tombé juste.

« Je suis le nouveau maître d'Antioche, depuis quelques mois. Ainsi, deux principales places-fortes chrétiennes, Antioche au nord et Jérusalem au sud, semblent tenir tête à une soldatesque turque de plus en plus désorganisée, incapable de s'entendre sur la moindre stratégie. Kilij Arslan agit pour son seul intérêt et, aux dernières nouvelles, aurait négocié avec Danishmend une alliance des plus conjoncturelles. Les maîtres d'Alep, de Tripoli et de Damas sont sous le contrôle indirect des Assassins, les Fatimides d'Égypte ne savent plus s'ils doivent frapper ou se retrancher en attendant une issue favorable. Et moi, vois-tu, je suis au milieu de ce nid de vipères et j'attends des ordres. D'ailleurs, pour être plus exact, je suis venu les chercher, car comme le dit le proverbe : si tu ne vas pas à la Montagne, la Montagne viendra à toi. »

Je réprime un éclat de rire nerveux.

Voilà donc où nous en sommes lui et moi. Deux rouages sur le point de gripper. Je n'ose formuler l'alternative qui pourrait s'offrir à nous, si nous choisissions la désobéissance. Car que pourrions-nous faire qui soit utile à Dieu ou au Monde, si nous étions sans Foi ni Maîtres, sans armes, sans armée, sans étroits liens avec les acteurs en présence ?

16

Fort Alamut, Chaououal 496 (août 1103)

« Rien, mes enfants. »

Je tourne la tête de concert avec Gaston.

Ibn Sinâ vient de pénétrer dans la bibliothèque, aux côtés de l'Imâm Nizar.

Étrangement, le Vieux a l'air plus alerte que l'Imâm.

« Vous ne pourriez absolument rien faire, je vous demande de bien vouloir le croire », reprend-il.

L'effet de surprise passé, je sens ma colère qui renaît, telle la braise sous le vent de ses paroles. Gaston, lui, a esquissé un pas vers ses armes.

La minute suivante, sur un geste de Nizar, douze Assassins font irruption dans la pièce. Gaston ne peut pas le savoir, mais ce sont les meilleurs des lieutenants d'Alamut. Si confrontation il devait y avoir, là, sous le regard des manuscrits ancestraux, elle ne durerait guère plus de dix souffles. Gaston pourrait bien parvenir à tuer le Vieux, voire l'Imâm (malgré moi, mon nouveau conditionnement culturel me pousse à frémir à cette seule hypothèse), mais il tomberait avant moi. Quant à moi, je pourrais survivre, m'enfuir, mais pour aller où ?

« Tu vois, ô Nizar ? C'est comme je te l'avais dit. Il leur reste encore l'habitus de leur première vie. Et celle-ci les pousse à méjuger notre action, avant même de nous avoir prêté attention. Crois-tu que nous devions poursuivre ? »

Sans un mot, l'Imâm acquiesce, l'air ailleurs.

Maintenant que j'y pense, depuis que je séjourne à Alamut et dans les rares occasions où il m'a été donné d'être mis en sa présence, jamais je n'ai ouï le son de sa voix.

Le Vieux, désormais plus proche du fanatique manipulateur que du médecin-philosophe dans la représentation que je m'en fais, s'avance vers nous. Les Assassins ne bougent pas. Ils n'en ont pas vraiment besoin. Je les connais bien. Au moins sept d'entre eux ont été entraînés pour frapper à distance. Gaston n'aurait même pas le temps de finir son geste, s'il l'esquissait. Nous ne bougeons pas. Je ne crois pas qu'ils nous tueront avant d'avoir parlé.

« Bien sûr que non, Ibn Tancrède. Nous ne vous tuerons pas. Ni toi. Ni Gaston. Nous n'avons pas tant investi en vous, agents cruciaux du Croissant, pour dilapider d'un coup de poignard tous ces acquis. Ceci est sans doute, de façon bien plus positive, votre ultime test. Et il n'aurait pu avoir lieu ailleurs qu'à Alamut, ni un autre jour que celui-ci. Il y fallait les circonstances et le temps de la maturation. »

Il marque une pause, jette un coup d'œil rapide

à Nizar, qui semble s'ennuyer, et reporte son attention sur nous.

« Votre analyse de la situation est parfaitement juste. Mais l'interprétation que vous en faites est fausse. Cela était sans doute inévitable, je l'admets. Le contraire m'eut d'ailleurs considérablement étonné de la part d'esprits formés en Occident, avant de subir la marque de l'Orient. Ne le prenez pas comme une insulte, mes frères. Simplement, il est des choses, en ces terres qui courent de la Palestine à la Perse, qui échapperont toujours aux bâtards de Rome. Et c'est précisément pour cela que vous êtes l'atout le plus précieux que nous ayons. Votre regard est différent. Vos actions ont un autre impact. Voici maintenant l'essentiel, Tancrède, Gaston : nous sommes des Nizarites, des Ismaéliens, des Chiites et des Musulmans ; nous sommes des Assassins, nos esprits sont aussi aiguisés que nos poignards, mais jamais nous n'avons entendu œuvrer à la domination sans partage de nos frères en profession et en exécution. Notre but n'est pas l'extermination des Croisés, des Turcs et de tous les Sunnites. Notre seul et unique but est de réaliser la Paix. Pour se faire, il faut d'abord s'assurer que nulle composante de cette mosaïque religieuse, politique, culturelle, et ethnique qu'est l'Orient ne puisse prendre le dessus sur les autres. En cela, nous avons déjà obtenu un résultat encourageant : le Chaos. Car c'est de lui seul que peut venir la Stabilité. »

Je jette un coup d'œil à Gaston.

Lui ne bouge pas un cil.

« Comprenez bien, mes frères : nous n'avons atteint, à ce jour, qu'un résultat intermédiaire, qui n'a nulle vocation à se pérenniser. D'une certaine manière le plus dur commence. Il va falloir convaincre les Croisés, et ce, de façon définitive, qu'ils n'ont pas leur place ici. Ni spirituellement, ni foncièrement. Leur venue est essentiellement le fruit d'une crise interne à l'Occident, consécutive à l'effrondrement de l'Empire. Il leur faudra trouver seuls les chemins de leur rédemption. S'ils n'y parviennent pas, ils continueront à revenir, encore et encore. Or, nous ne devrons jamais leur permettre de s'enraciner. Pour cela, il nous faudra présenter un front uni, et c'est là le premier des deux défis qui s'imposent à nous. »

Il s'interrompt et, d'un signe, congédie tous les Assassins.

Stupéfait, je les regarde, un à un, quitter la salle de consultation, sans broncher.

Ibn Sinâ s'avance vers Nizar, qui n'a pas bougé, et d'un geste très ostensiblement paternel lui caresse le front.

L'Imâm semble n'avoir aucune réaction. Je m'étonne de ne le réaliser que maintenant : il est *drogué*, c'est une évidence.

« Nous devons réunifier l'Islam, reprend le Vieux, comme s'il ne s'était pas interrompu, réconcilier les frères ennemis qui, au lieu de défendre leurs terres et de faire fructifier leurs cultures, s'affaiblissent mutuellement. Oui, Tancrède, Gaston. Sunnites et Chiites, Turcs et Arabes. Il faut les contraindre à s'entraider, à s'aimer les uns les autres. Et cela, mes frères, prendra bien plus longtemps que le temps de vos propres vies. Vous ne verrez jamais le résultat de vos efforts. Pourtant, d'une façon que vous aurez encore du mal à accepter, malgré toutes les épreuves que vous avez déjà subies, c'est entièrement sur vous que repose la réussite de ce projet. Occidentaux transfigurés, vous n'êtes plus d'aucun parti, d'aucun culte ; malléables en apparence, mais esprits libres par essence. Convertis par nécessité, vous n'avez pas abdiqué la foi la plus profonde qui fait battre vos cœurs. Il est inutile de le nier. Pour deux excellentes raisons : je vous ai voulu tels et je suis comme vous. Pire que vous, n'en doutez pas. Il y a longtemps que mon âme a été vendue à des puissances dont vous n'avez pas idée. »

L'Imâm Nizar s'agite un peu ; il semble sur le point de dire quelque chose. Mais, avant que Gaston ou moi-même ayons pu nous enquérir de ce qu'il veut, Ibn Sinâ se précipite sur lui et le force à inhaler le contenu d'une fiole aux reflets verdâtres. À la quatrième inspiration, le chef spirituel d'Alamut retombe dans l'apathie. Un fin sourire glisse sur son visage, comme l'ombre portée d'un nuage solitaire jouant avec les dunes du désert profond.

« Nous approchons de la fin, dit Ibn Sinâ, d'un ton solennel qu'il n'avait jamais employé jusqu'ici en ma présence. Plus précisément, c'est moi qui atteins, enfin, le bout de ma route, après quelques cent vingt années d'une vie démesurée. Nul ne peut indéfiniment échapper à la mort. Mais, avant de rendre ce qui me reste d'âme, je dois encore vous voler, pour le plus grand bien, ce que vous avez de plus cher. Pour toutes les âmes qui viendront éclore en ce monde, pour les générations qui ne sauront jamais, soyez-en sûrs, le rôle que vous aurez joué, vous allez faire ce que je vous demande. »

Sa voix est plus hiératique que jamais.

« C'est là une absolue nécessité. »

Il pose la fiole qu'il avait gardée entre les mains sur la table de consultation, juste sur le manuscrit que Gaston était en train de consulter lorsque je suis arrivé.

« Ceci est la drogue de l'oubli et de la passivité. On l'appelle le “haschish”. Vous trouverez, dans l'aile est de la forteresse, interdite à tous les Assassins, des plants en nombre suffisant pour s'assurer que, sa vie durant, l'Imâm Nizar restera dans l'état dans lequel vous le voyez. Il faut lui en donner beaucoup, et sous différentes formes : tisanes, inhalations, gâteaux, etc. Vous ne devrez jamais en consommer vous-mêmes, ni en donner à aucun de vos Assassins. Encore moins en user sur vos ennemis. Cette drogue est pour l'Imâm seul. Elle doit subjuguer Nizar jusqu'au jour de son dernier souffle. Vous trouverez peut-être cela cruel au début, de maintenir ainsi un homme, son corps et son esprit, dans les limbes inhabitées entre la veille et le sommeil. Mais, c'est là, comme je le disais, une absolue nécessité. Car, voyez-vous, un symbole ne doit pas être en mesure de se penser lui-même. »

Il marque une nouvelle pause et son regard est plus perçant que jamais.

« Nizar est un instrument et je vous le transmets. Faites-en bon usage. Oh, je pense que vous l'avez compris, déjà, mais c'est moi-même qui ai orchestré sa mise à l'écart du pouvoir Fatimide, à la faveur de son frère cadet, Musta'li, reproduisant la légende d'Ismaël, l'Aîné Dissimulé, afin de justifier la création des Assassins. C'est moi qui ai poussé Al Afdal à s'emparer du pouvoir. C'est moi qui ai permis la naissance de cette énième branche du chiisme, entée sur toutes les réformes précédentes. C'est moi qui ai donné Alamut aux Assassins, après l'avoir conquise sous le nom de Hassan. Pour que, même en cas d'échec, ils aient toujours un socle à partir duquel ils pourront recommencer à modifier le déroulement normal des choses. C'est moi qui ai donné naissance à Siméon, et à ses premiers frères. J'ai choisi les mères avec le plus grand soin. Toutes sont mortes après la délivrance, et je les ai longuement priées. Et vous êtes, tous les deux, mon dernier acte d'importance. Votre sécession, le caractère radicalement divergent de vos parcours, au lendemain de la bataille pour Jérusalem, a été un calcul délibéré. Vos retrouvailles, également. Un jour, probablement peu de temps avant que la mort ne vienne vous prendre, à votre tour, vous comprendrez mieux mes raisons. Pour l'heure, je ne vous demande que de suivre le chemin que je vous ai indiqué. »

Sa main plonge vers son cœur, drapé de noir.

Avant que je n'aie pu esquisser le moindre geste,

il tombe à genoux et crache un long jet de sang, noir et grumeleux. Gaston s'agenouille et le retient alors qu'il bascule en avant. Son visage est un masque de souffrance. J'écarte sa main de laquelle tombe un fin poignard à la lame poisseuse. L'odeur ne trompe pas. Le poison est fatal et rapide. Le Vieux lève sur nous un regard qui se voile.

« Il reste… une dernière chose : les livres qui sont ici sont pour vous. Le savoir qu'ils… »

Une quinte de toux le coupe en deux. Il s'est mordu la langue jusqu'au sang. Je lui maintiens la mâchoire, pour l'empêcher de se casser les dents.

« Le savoir que... est... pour Gaston, avant tout. Il y a là de quoi garan… »

Ses yeux révulsent, ses tremblements sont si forts que je dois le lâcher. La dose de poison doit être démentielle.

« Agissez ! » lance-t-il comme un cri de défi.

Et s'éteint.

[MdTH fo 31 ro]

Voilà près de trois mois que Gaston est enfermé dans la bibliothèque d'Alamut. Bien que je sache qu'il risque de perdre Antioche, susceptible, en son absence, de tomber en d'autres mains, turques ou croisées, je n'ai pas pu me résoudre à lui imposer le départ. Il est fébrile, il semble avoir trouvé quelque chose dans les ouvrages innombrables que le Vieux avait accumulés dans le Nid d'Aigle. De mon côté, et sans que nous l'ayons vraiment décidé, j'ai assumé le rôle de Maître des Assassins. Je suis encore un peu jeune pour être le « Vieux-sur-la-Montagne », mais en revanche, je peux parfaitement assumer l'identité de Hassan ibn al Sabbah pour tous les Assassins qui ne résident pas à Alamut. Les autres, les lieutenants d'Ibn Sinâ m'ont spontanément juré fidélité. Je pense que le Vieux les avait convenablement endoctrinés pour cela. Je n'ai pas voulu savoir de quelle manière il s'y était pris.

Je m'occupe seul de Nizar et, si cela m'a été difficile au début, je dois reconnaître que mes états d'âme se sont vite dissipés. J'ai tant de choses à faire, de missions à donner, d'impacts à orchestrer. Et puis, il y a Clorinde. Pendant un moment, lorsque, juste avant de se donner la mort, Ibn Sinâ avait parlé de nous prendre ce qui nous était le plus cher, j'ai cru qu'il avait fait exécuter la princesse rebelle. Heureusement, je m'étais trompé sur ce qui m'était réellement le plus cher. Après tout, quel homme peut affirmer qu'il se connaît vraiment ? Clorinde est donc toujours à mes côtés et, avec mes nouvelles responsabilités, notre amour s'est fortifié. Elle m'a demandé, avant-hier, si je voulais qu'elle me donne un fils.

« Cela me semble prématuré, mon amour, me suis-je entendu lui répondre, alors que nous contemplions le crépuscule embraser la Caspienne. Il nous reste tant à faire, tu le sais bien. L'héritage d'Alamut ne saurait être transmis avant que d'être consolidé. Un autre défi nous attend, avant cela. »

Elle avait baissé la tête.

« Je sais. »

Nous nous sommes compris sans qu'il soit nécessaire d'aller plus loin. Elle ne peut ignorer que l'étape suivante sur le chemin qui mène à la pacification de tous les Musulmans, c'est la prise de contrôle définitive de Baghdad. Nous devons en extirper les Abbassides, dont le sunnisme indolent et conservateur ne peut que nuire à la reconquête d'une identité collective. Elle sait, ma princesse, qu'il lui faudra agir contre son père, peut-être même l'assassiner de sa propre main, afin de s'asseoir sur le trône de l'Antique Babylone et en réveiller les mânes qui ensemenceront le Nouvel Orient rêvé par le Vieux-sur-la-Montagne. Plus j'y pense, plus je me dis que je lui demanderai d'être la main qui plongera dans le cœur du Calife. Je le lui dois, car la souffrance qui en résultera, lui servira à magnifier le sens de l'engagement qu'elle a pris, à l'égard des Nizarites.

À mon égard.

[MdTH fo 31 vo]

D'une certaine manière, assez troublante, je suis déjà devenu le double d'Ibn Sinâ. J'ai sa détermination, sa froideur logique. Il me manque son érudition, son amour de la science. Mais cela, c'est Gaston qui en porte la responsabilité. Oh, nous avons été bien choisis, parfaitement formés. Même notre capacité critique a été évaluée, afin qu'elle nous serve de garde-fou. Nul n'a mieux compris le cœur des hommes que le Vieux. Puisse son héritage traverser les siècles. Puisse l'Occident trouver la force, à son tour, d'enfanter, dans un, deux ou trois siècles, le penseur qui saura, avec la même clarté, la même efficacité, permettre à la société chrétienne de parturier un État digne de ce nom.

J'ai décidé d'accélérer les choses.

J'ai convoqué tous les lieutenants d'Alamut, ce matin même. Ils devront tenir le Fort durant mon absence. Celle-ci pourrait être longue de plusieurs mois. Je pars, avec Clorinde, à Baghdad et ne reviendrai que lorsque le Califat abbasside aura été définitivement évincé. Baghdad doit devenir un nouveau pôle d'attraction pour tous les Chiites à l'est des Deux-Fleuves. Lorsque cela sera fait, je pourrai tracer une ligne, sur la carte que j'ai sous les yeux, sur mon bureau de la plus haute tour de garde d'Alamut, qui reliera Le Caire à Baghdad, les Chiites de l'Ouest à ceux de l'Est, en gommant leurs divergences superficielles, en les rassemblant sous la bannière de l'Imâm Caché. Fatimides et Abbassides tiendront alors tout le Sud, barrant définitivement la route à la Croisade essouflée. Il nous suffira de refermer les mâchoires du piège. La prise de Jérusalem, si nous réussissons, n'est plus qu'une question d'années.

Et, en ce jour, je crois sincèrement que je la vivrai.

On frappe à ma porte, trois coups brefs.

« Entre, Gaston, mon frère. »

Le Béarnais fait irruption dans la pièce, sans lever la tête, le nez plongé dans un livre dont certaines pages s'envolent dans le courant d'air. Son pas alerte le porte jusqu'à ma table et, sans ménagement, il pose son ouvrage sur la carte dans l'observation de laquelle je m'étais plongé, interrompant ma rêverie prospective et me coupant aussi des notes griffonnées par Ibn Sinâ qui me servent de source d'inspiration.

L'irritation que je ressens est de courte durée.

« Explique-toi. »

Il joint ses mains sur le sommet de sa tête, dont la chevelure, jadis au bol, a grandement perdu de sa superbe blondeur. D'un geste que je lui connais bien, et qui prouve sa grande concentration, il tire ses cheveux de ses doigts entrecroisés et me dévisage d'un regard un peu fou. Puis, sans transition, il contourne la table, me saisit aux épaules, et d'un doigt légèrement tremblant, me montre le livre qu'il a entraîné dans son sillage.

« Tancrède, mon frère. Tout est là. La clef de notre victoire ! La clef qui nous ouvre les portes d'un nouvel ordre oriental, sinon mondial. Par tous les Dieux auxquels nous avons jamais crus, mon frère. Par toutes les idôles que nous avons foulées aux pieds, Tancrède. Je te le dis : tout est là. Et je peux le comprendre. Je peux l'appliquer. Oh, il me faudra du temps, certes. Mais, je puis d'ores et déjà te promettre, ô Maître des Assassins, qu'avant que deux fois trois ans ne se soient écoulés, je mettrai à ta disposition la puissance la plus invincible que le Monde ait pu connaître. Les princes et les prêtres te mangeront dans la main. Crois-moi, je... »

La main que j'ai levée, encore un geste hérité du Vieux, le calme bien mieux que le regard troublé que je lui jetais depuis une minute.

« Gaston, je suis désolé. Je ne comprends pas. De quoi parles-tu ? Tu sais que jamais les Assassins n'ont prétendu agir autrement que par la ruse, la dissimulation et la suppression de cibles judicieusement choisies. Je ne vois pas ce que nous pourrions faire de la puissance de frappe dont tu parles. »

Il ne semble pas m'avoir entendu.

« Tancrède, je dois aller à Alexandrie. Je vais partir sans tarder. Je m'appuierai sur les agents que nous avons placés au sein des Fatimides. J'ai besoin de voir ce qu'il reste de la Grande Bibliothèque que le plus grand conquérant du monde antique a laissée derrière lui. J'emporte avec moi une trentaine d'ouvrages, pour établir des recoupements. Fais-moi confiance. »

Je perds patience.

« Silence ! »

Il s'interrompt et, dans son regard, je vois renaître la férocité de l'ancien chef de guerre. Je pense qu'en cet instant il est tout à fait capable de m'égorger avec les dents.

« Tu ne m'écoutes pas, mon frère », dit-il froidement, en détachant soigneusement chaque mot, chaque syllabe.

Peut-être a-t-il raison, en définitive, alors que j'ai cru que l'inverse se produisait.

« Que fais-tu d'Antioche ? Nous ne pouvons nous

permettre de la laisser retomber entre des mains ennemies. »

D'un geste, il écarte le problème comme s'il s'agissait d'un insecte bourdonnant.

« Antioche n'est rien, Tancrède. Rien. De toutes façons, elle est très probablement déjà conquise. Mes Béarnais sont vaillants, certes, mais leur nombre est ridicule face aux armées que Danishmend, Kilij Arslan, ou Baudouin peuvent lever. Je le savais en venant à Alamut, mon frère. Je l'avais soupesé. D'ailleurs, selon moi, mais je ne doute pas que tu l'apprendras bientôt, c'est l'un des lieutenants de Baudouin qui l'a déjà récupérée, au nom du Prince de Jérusalem, peut-être même son cousin qui lui lèche le cul depuis qu'il est devenu roi. Crois-moi, cela n'a aucune importance, car nous la reprendrons facilement, ainsi qu'Al Qods… si, bien sûr, tu me laisses aller à Alexandrie. Entends-moi ! »

J'ai tourné la tête vers la meurtrière, haute de plus de deux mètres, qui, verticalisant l'extérieur, donne à voir un dégradé du réel, depuis le bleu aveuglant du ciel, jusqu'au gris inaltérable des montagnes, en passant par mille nuances. Cette carotte chatoyante m'est soudain une révélation. J'ai ce spectacle sous les yeux, mais cela fait longtemps que je ne l'ai pas accueilli dans mon regard comme une bénédiction du Très-Haut. À force d'avoir la tête penchée sur les cartes, j'en ai oublié le territoire. À force de vouloir manipuler les puissances politiques, j'en ai oublié les hommes qui les animent. Je crois qu'il y a une leçon à retirer de tout cela. Et il me faut le faire immédiatement.

« Qu'y a-t-il de si important à Alexandrie, mon ami ? »

Gaston sourit.

« As-tu jamais entendu parler de Héron ? »

Je lui répond par la négative.

« C'est un sage, un philosophe, un savant, un des Anciens Grecs. Il avait identifié une force qui naît de la chaleur et qui peut propulser machines, navires et projectiles, en se basant sur la compression de l'air. Il a fondé une science, oubliée depuis : la Pneumatique. Je crois pouvoir réaliser les machines qu'il avait en tête. Mais il me faut ses notes. Il me les FAUT, Tancrède. »

Soit il est devenu fou, soit j'ai devant moi l'esprit qui, effectivement, changera la face du monde et à côté duquel je ne serai moi-même qu'une ligne dans les futures histoires de l'Orient. Subitement, je ressens une indescriptible fierté.

« Va et prends tous les Assassins dont tu auras besoin. »

Il me saisit à nouveau et plante son regard dans le mien.

« Nous nous reverrons dans un an, peut-être deux, Tancrède. D'ici là, agis ! »

Le clin d'œil aux derniers mots du Vieux est transparent, mais je l'accueille sans ironie. Sa ferveur, je l'admets, m'a contaminé.

Alors qu'il quitte mon bureau sans se retourner, emportant dans une bourrasque chamarrée le malheureux livre qu'il a martyrisé, je ressens un manque physique que je n'avais plus éprouvé depuis des mois. J'ai besoin, brutalement, de me sentir aussi vivant, aussi libre, aussi fougueux que lui.

J'ai besoin de faire l'amour à Clorinde. De pénétrer à nouveau en cet autre monde, purement sensoriel, où rien ne compte sinon le battement coordonné des cœurs.

En sortant, je jette un dernier coup d'œil à la carte. J'y vois, mentalement se dérouler une courbe parfaite, sensuelle plus que politique, qui lie Alamut à Alexandrie.

Un jour, vous comprendrez mieux mes raisons.

Ainsi avait dit le Vieux.

17

Mossoul, Djoumada-t-Tania 501 (février 1108)

[MdTH fo 32 ro]

Nizar est mort prématurément.

N'ayant pas les connaissances que possédait Ibn Sinâ en médecine, ni l'assistance de Gaston, toujours exilé à Alexandrie, je n'ai pas pu faire grand-chose. Il n'y avait pas de signe d'infection sur sa peau, ni de sang dans ses urines ; il n'avait aucun symptôme de maladie, sinon une maigreur de plus en plus marquée et ce regard vague, perdu dans les brumes du haschish, dont les doses ont augmenté au fur et à mesure, à sa demande. Un matin de décembre, je suis entré dans la chambre somptueuse qui lui était réservée dans l'aile ouest d'Alamut. Il se tenait agenouillé devant son lit aux tentures purpurines, le dos droit, les mains posées de part et d'autre de ses cuisses, paumes vers le ciel, comme en prière. En dépit de la mort, ou peut-être grâce à la rigidité d'icelle, sa nuque n'avait pas fléchi, ses yeux étaient restés ouverts, plus grands qu'ils ne l'avaient jamais été. Son regard portait sur l'horizon, en direction de l'Égypte à laquelle il avait été arraché par les manigances d'un Ismaélien trop ambitieux. J'aurais dû savoir que le Fatimide, enfant du Nil et d'Allah, n'aurait pu survivre longtemps sans les crues nourricières de l'un, ou la libre dévotion à l'autre. Nous avons, et j'en suis complice, enfermé son esprit dans un rêve sans fin. Nous avons plongé son âme dans la confusion, délibérément, au nom d'une très hypothétique victoire de la lumière de Dieu dont il aurait été le prisme directeur. Il a emprunté la seule issue qu'il lui restait. Le Prince des Deux-Terres s'en est allé, laissant derrière lui, son corps décharné, les montagnes hallucinées et cette mer close qu'il a dû haïr, sans doute, dès le premier jour.

Je ne comprends pas comment il a pu se tuer avec autant d'élégance, autant de parcimonie. Il a dû forcer son cœur à s'arrêter. Son cadavre ne portait aucun stigmate. Je l'ai fait porter au sous-sol d'Alamut, au plus près des fondations qui plongent au cœur de la montagne, aspirant sa fraîcheur minérale. Je l'ai fait déshabiller par les serviteurs que je lui avais attribués, avant de les égorger, laissant les pierres millénaires boire leur sang, comme une offrande païenne aux dieux chtoniens qui, il y a des éons, faisaient s'entrechoquer les continents plutôt que les hommes. C'est moi qui l'ai lavé, seul, soigneusement, avec de l'eau parfumée de myrte sauvage, avant de le revêtir de ses plus beaux atours princiers, ceux qu'il aurait dû porter chaque jour, à la Cour du Caire. Je n'ai pas pleuré, j'ai prié. Enfin, j'ai enseveli son cadavre dans une ouverture pratiquée entre deux énormes blocs de pierre taillés à même la montagne. C'est le Vieux qui m'avait montré l'endroit, il y a de cela cinq ans. S'il me voyait, aujourd'hui, il dirait que j'ai bien mal protégé son héritage. Et pourtant…

[MdTH fo 32 vo]

Nizar est ainsi devenu le socle d'Alamut, au sens le plus littéral du terme. Et sur le plan spirituel, l'Imâm Caché est désormais immortel, non moins littéralement. J'ai désigné de nouveaux serviteurs, recrutés parmi les meilleurs Assassins n'ayant rempli qu'une seule mission. Je leur ai fait couper la langue, les parties et un pied. Leur mission sera double : faire prospérer les plants de haschish sans jamais en consommer, brûlant récolte après récolte, dans l'âtre de la chambre de Nizar, et entretenir l'aile ouest d'Alamut pour qu'elle paraisse toujours « habitée », dans tous les sens du terme. Ils ne devront jamais sortir. J'ai fait sceller la lourde porte de bois ferré qui marque l'entrée de cette partie de la forteresse, ne laissant qu'un passage secret, par les combles, que je suis le seul à connaître.

Clorinde ne sait rien, même si elle soupçonne beaucoup.

Depuis la chute de Baghdad, nos rapports ont considérablement changé.

Peut-être est-ce l'assassinat de son père, bien qu'elle ait su qu'il était inévitable ; ou le fait qu'elle n'ait pu, comme nous l'avions prévu, au départ, assumer le pouvoir suprême dans le nouveau califat chiite que nous avons mis en place. D'une certaine manière, la froideur de ma logique l'a brusquement heurtée. Elle ne m'a jamais contraint à lui révéler quoi que ce soit au sujet de Nizar, conservant une réserve exemplaire, mais je suis convaincu qu'elle éprouve une sorte de pitié pour le Fatimide. Leurs exils se rejoignent dans la privation d'un trône qui leur était destiné. Tout cela, je ne le sais que par déduction, car elle ne m'a rien confié. Pour elle aussi, et je crois que c'est là le véritable début de ma malédiction, du sacrifice que je dois consentir et dont Ibn Sinâ m'avait parlé, je suis devenu un maître, plus qu'un amant ou un compagnon.

Le regard qu'elle pose sur moi, le matin, n'est plus le même.

Lorsque je la prends, elle s'abandonne moins par amour que par dévotion.

Je crois qu'en définitive nous n'aurons jamais de descendance. Notre amour, aussi fort soit-il, ne peut aller à l'encontre de la gloire d'Allah. Je ne peux plus lui confier mes doutes, car cela la détruirait. Son effroi me serait insupportable. Bientôt, dans une décennie, peut-être moins, je serai aussi seul que l'a été Nizar, la lucidité en plus. J'aimerais pouvoir me perdre dans la drogue car je réalise à quel point tout libre arbitre m'est désormais interdit. Le Vieux-sur-la-Montagne n'est pas mort, en définitive. Et le culte du secret effacera le hiatus qui a existé entre Ibn Sinâ et moi. Entre Tancrède et Hassan.

« Ce que vous avez de plus cher », avait dit Ibn Sinâ.

Il n'a pas menti.

Chaque jour qui passe, je perds un peu plus ma Clorinde.

Je me demande ce que Gaston de Béarn, lui, a dû abandonner.

[MdTH fo 33 ro]

Hier soir, nous avons conquis Mossoul, la plus haute des cités sur le Tigre, au nord-ouest d'Alamut.

C'est Clorinde qui a mené la danse, déguisée en aventurier turc, arriviste et raffiné. Le peu avisé sultan Jekermich n'a rien soupçonné lorsque, il y a deux mois, lui sont parvenues les rumeurs d'un raid conjoint des Croisés d'Edesse et d'Antioche montant à l'assaut de sa cité fluviale, afin de consolider leurs positions par le nord de l'Anatolie. Son réseau de renseignements avait été noyauté depuis près d'un an par mes « Assassins blancs ». Très isolé depuis que les Abbassides de Baghdad ont été évincés, à la recherche désespérée d'un allié le long du Tigre, il a immédiatement accepté la proposition du mercenaire turc Jawali qui s'est présenté à lui, bien qu'elle fût, évidemment, fort intéressée.

J'imagine aisément l'effet qu'a dû avoir sur Jekermich l'apparition, trompeusement providentielle, de ce maître de guerre atypique, l'air frêle sous sa longue robe aux manches brodées, sans cotte de maille, comme pour mieux arborer la puissance de ses deux mille mercenaires, répartis en trois bataillons lourdement armés. Son androgynie maniérée a dû considérablement accentuer le trouble d'un émir depuis trop longtemps privé d'un harem digne de ce nom, et bien loin de ses terres natales. Le prix avancé par Clorinde-Jawali, nous l'avions calculé ensemble : trente mille dinars-or, pour prendre part à la défense de Mossoul. Assez indécent pour être crédible sans mettre complètement Jekermich à l'agonie. Comme je l'avais prévu, il a accepté tout de suite.

Les mercenaires de Jawali se sont installés dans les plus belles demeures des bords du Tigre, au prétexte d'en défendre les richesses, et ont commencé à en jouir tout en feignant de se préparer à une bataille que tous savaient factice. Ils se sont entraînés avec l'armée de Jekermich, se liant d'amitié avec les hommes les plus aguerris, les lieutenants les plus efficients du Calife, se couvrant les uns les autres, quand des abus, savamment orchestrés par mes « Assassins blancs », étaient commis dans la Ville-Basse, ou, plus rarement, sur les balcons les mieux fréquentés, et qu'il fallait faire disparaître les corps meurtris ou sauvagement mutilés. Jawali a déployé tous ses atouts ambigus pour gagner la confiance de Jekermich, apportant à son quotidien, terne et menacé, mille nouvelles merveilles, mille informations exotiques, soi-disant glanées dans ses campagnes précédentes, de part et d'autre des Deux-Fleuves. Imperceptiblement, Jekermich s'est laissé subvertir, s'éloignant de la prière comme de la frugalité de mœurs qu'il s'était jusque là imposée, au nom du Très-Haut. Une manière, fort subtile et suggérée par Clorinde elle-même, de justifier a priori l'échec cruel et la mort violente qui attendaient l'émir de Mossoul.

« Son âme souffrira moins et Allah lui pardonnera », m'avait sussurré mon épouse dans l'une des dernières périodes d'intimité que nous avions encore, la veille de son départ pour la ville de Jekermich, grimée comme un comédien aux mœurs dégénérées. Son manque de piété, le cynisme que soustendait ses propos m'avaient, je l'avoue, troublé.

[MdTH fo 33 vo]

Ce manège, ce rôle à plein temps a duré un mois, soutenu par des nouvelles venant de l'ouest et évoquant la proximité d'une attaque-éclair, parfois retardée par les vicissitudes propres aux rives de l'Oronte et impossibles à vérifier pour Jekermich, Puis, hier matin, un espion, savamment mutilé pour que ses blessures soient presque insoutenables au regard, a fait son apparition devant l'émir et a annoncé que Baudouin II, le cousin du roi de Jérusalem, chevauchait à la tête d'un ost de trois mille Croisés, à trente lieux des murailles de la Cité. Tout était prêt dans les murs. L'armée de Jekermich et les mercenaires de Jawali avaient si bien sympathisé qu'ils avaient décidé de combattre côte à côte, comme un seul et même corps.

Tous prièrent main dans la main, puis sortirent de Mossoul pour se porter au devant de l'ennemi.

Clorinde-Jawali proposa alors à Jekermich de mener les troupes au combat à ses côtés. Son acceptation, à peine teintée d'appréhension, a scellé son Destin. À la vue du nuage de poussière soulevé à l'horizon ouest par le soi-disant ost des Croisés, Jawali a défouraillé son sabre et tranché la tête de Jekermich, d'un coup que seul un Assassin d'Alamut peut réussir. Le signal donné, tous les mercenaires se sont retournés contre les soldats de Mossoul. Il leur fallait en abattre plus de quinze chacun, en usant, je l'avais expressément demandé, uniquement de leurs armes d'Assassins. Ils ont réussi, même si certains l'ont payé de leur vie. Les deux tiers des soldats de Jekermich étaient tombés lorsque quelque trois cents autres Assassins simplement accompagnés d'un bon millier de roncins dociles, ployant sous le poids imaginaire de polythéistes déments, ont rejoint la bataille, venant de l'ouest.

Jawali, à peine égratigné, est rentré à Mossoul avec une histoire que le peuple n'était pas en mesure de critiquer. En effet, ses principaux porte-paroles, nobles lettrés et susceptibles de percevoir le subterfuge avaient eu une série d'accidents malheureux, s'étranglant avec leurs dattes matutinales, ou s'étouffant dans leurs draps souillés. Et, le jour même, les principaux lieutenants de Jekermich qui avaient survécu sont devenus les fleurons de la nouvelle noblesse de cour dont l'Émir Jawali entend s'entourer afin d'œuvrer, au nom du regretté et impavide Jekermich, à la restauration de la gloire passée de Mossoul.

À compter de ce jour glorieux, il ne me reste plus qu'à réellement affronter les deux derniers princes chrétiens les plus intraitables : les Baudouin. L'un au nord, maître d'Edesse et d'Antioche probablement, l'autre au sud, roi de Jérusalem. Une fois écrasés, et même si de nouvelles arrivées de Croisés sont susceptibles de passer par le Bosphore, ma victoire sera indiscutable. Et la construction d'un nouveau monde, délimité par trois mers et un océan, pourra enfin commencer.

18

Tell Bacher, Rabi'-oul-Aououal 502
(octobre 1108)

[MdTH fo 34 ro]

La bataille pour l'unité de la Terre d'Islam a commencé.

Et son déroulement, jusque dans les moindres détails, a été planifié.

Je crois que, s'il était là, Ibn Sinâ lui-même en serait impressionné, quoi que je n'en tire aucune fierté. Beaucoup d'hommes vont mourir aujourd'hui. Cela aurait pu être évité par un disciple meilleur que moi, j'en suis certain. Mais, il ne sert à rien de se flageller avec l'idée que les choses auraient pu être ce qu'elles ne sont pas. C'est une attitude indigne d'un homme. Confronté avec la certitude que le sang va couler au point de créer de nouveaux fleuves aux sources saccadées, je n'ai qu'une seule priorité : que cela ne soit pas vain. Et, autant que ce soit l'une des dernières fois. Le soleil ne s'est pas encore levé sur les remparts, je réassemble mentalement sur le papier les pièces du puzzle que je me suis engagé à terminer.

Le lieu : Tell Bacher, forteresse ancestrale, hantée peut-être, entre Antioche et Edesse.

La date : l'année 502 de l'Hégire, plus de huit mois après la mort de Nizar et la prise de Mossoul.

Les belligérants : c'est la plus grande originalité, et sans doute, l'aboutissement de la manipulation que les Assassins ont érigée en art. En comparaison, le subterfuge de Clorinde lui ayant permis de prendre Mossoul presque sans coup férir est d'une simplicité enfantine.

Je m'explique.

D'une part, forte de quelque dix mille chevaliers, arborant la Croix ou le Croissant, se trouve l'armée composite défendant les possessions territoriales croisées et turques de Syrie et de Palestine, autant dire les nouveaux États d'Orient, nés de la Croisade et flattant aussi bien le désir de suzeraineté des princes chrétiens que la vénalité des Seldjoukides. À sa tête, quatre généraux : le roi de Jérusalem, Baudouin, son cousin, le prince d'Antioche et d'Edesse, Baudouin II, et les deux frères jadis réconciliés par mes soins, Redwan d'Alep et Doukak de Damas. J'en déduis que leur reconnaissance n'était que conjoncturelle, ce qui n'a rien d'étonnant. Le « rappel » de Siméon, appelé à d'autres missions, explique largement une telle prise de position. À dire vrai, ils ne savent pas qui ils ont accepté de combattre.

D'autre part, venant du Levant et d'Alamut, ayant franchi l'Euphrate à gué, s'avance mon armée qui, bien entendu, ne se compose pas uniquement d'Assassins, car la guerre n'est pas leur métier. Je ne la conduirai pas, d'ailleurs, ayant préféré l'incognito pratique qu'offre le rôle de scribe au service de Jawali. Ainsi, je garde un œil sur ma princesse apatride, Clorinde, bien que je sache qu'elle est parfaitement capable de se débrouiller toute seule. Forte de sept mille cavaliers et cinq mille fantassins légèrement armés, parmi lesquels se sont glissés près de deux cents Assassins, mon armée est placée sous le commandement apparent d'un seul et unique chef, le nouveau Calife de Baghdad, construit de toutes pièces, un activiste galvanisé, recruté à Tripoli cinq années auparavant, alors qu'il y postulait au titre de cadi : Ibn al Khachab. Il faut savoir, je l'ai noté en observant Ibn Sinâ, déplacer ses pièces en prévision d'une utilisation ultérieure plus... explosive. Sous la bannière du Calife, se rangent les princes mineurs de Mossoul et de Basra, dont les forces, pour peu nombreuses qu'elles soient, ont été convenablement formées. Du Caire, les fantomatiques Fatimides n'ont pas envoyé un soutien significatif en hommes et en chevaux, quelques centaines tout au plus, et sans doute, très entamés par la traversée périlleuse de la Palestine, cœur de la puissance croisée. Cela pourrait passer pour une faiblesse de ma stratégie, je le conçois. Mais, depuis l'assassinat d'Al Afdal et d'Ifthikar, le chiisme égyptien est resté sous le tutorat de mes « Assassins blancs », en qui j'ai toute confiance. Les fruits seront tardifs, mais durables.

[MdTH fo 34 vo]

Le grand absent de cette journée décisive est Fakhr el Moulk, l'actuel cadi de Tripoli. Depuis la mort de son père, le sage Jalal, il a adopté une neutralité calculée. C'est un peu décevant, mais c'est aussi une bonne nouvelle, et pour lui et pour moi, car je n'aurais jamais pu me résoudre à brûler sa si belle cité et à mettre en péril sa si précieuse bibliothèque. D'autant plus que Gaston, dont j'ai reçu un courrier pour le moins elliptique (il semble avoir définitivement perdu tout sens commun et oublié le but que nous a fixé le Vieux-sur-la-Montagne), m'a annoncé qu'il s'y rendrait à la fin du mois, pour consulter l'ouvrage d'un Arabe réputé dément. J'aurais préféré qu'il me rejoigne à la tête d'un ost conséquent.

Il me reste à exposer la Crainte et l'Atout que j'ai dissimulés à tout autre et qui pourraient bien renverser l'issue de la bataille.

L'arrivée massive de nouveaux Croisés, telle est ma crainte. Une sorte de troisième vague, après la tentative infructueuse de Raymond de Saint Gilles. J'envisage le pire depuis des semaines : elle pourrait être encadrée et soutenue par une armée impériale bien décidée à reconquérir le territoire des anciens théodosiens. Cinq mille, dix mille hommes, pourraient alors venir grossir l'ost qui m'attend au pied des fortifications de Tell Bacher, ou pire, l'alimenter jour après jour alors que mes propres forces s'essouffleront. Malgré tous mes efforts, ce qui se trame de l'autre côté de la Méditerranée, à Rome, cœur palpitant de la puissance chrétienne qui prétend à l'universalité, m'échappe. Rien d'étonnant, les Croisés eux-mêmes, et depuis près de dix années, ont la bride sur le cou.

Mon Atout, lui, est bien plus concret, mais ne sera révélé qu'après les premières heures de la bataille. Gaston m'a envoyé deux mécanismes, forts étranges, qui ressemblent à des mangonneaux ou des catapultes. Il les appelle, dans son courrier scellé, écrit en un latin codé indéchiffrable pour qui ne dispose pas de la clef, ses « Machines-de-Héron ». Plus lourde chacune que dix bœufs, il faut deux fois trois hommes pour les manipuler et douze chevaux, ou chameaux, pour les tracter. Elles font un bruit démentiel une fois qu'on les met en branle et fument comme les portes de l'enfer. D'après ce que m'ont dit les émissaires de Gaston, qui se désignent eux-mêmes du nom « d'Ingénieurs », ces « Machines-de-Héron » ont besoin de beaucoup de bois pour fonctionner, mais leur puissance de frappe peut dissiper n'importe quel obstacle et immobiliser n'importe quelle armée. Il m'a donc fallu déléguer, en urgence, une vingtaine de cavaliers supplémentaires, et la moitié de fantassins, à la mise en place d'une réserve mobile de combustible, suivant les machines et les protégeant des déprédations. J'ai nommé ce nouveau corps d'attaque les « Volutes d'Allah ».

[MdTH fo 35 ro]

Tout est clair, à présent. Je sais que je ne peux pas reculer. Il me faut gagner, déverrouiller une fois pour toutes les routes de l'Ouest, pour espérer unifier l'Orient. Il ne reste plus qu'à donner le signal.

Il y a encore quelques mois, j'aurai prié avant de le faire. Aujourd'hui, certains de mes hommes murmurent mon nom avant d'aller au combat, comme pour se prémunir des assauts du Démon. Prier quelque dieu que ce soit aurait été obscène. Un symbole ne doit pas se penser lui-même, avait dit le Vieux. Un chef capable de rassembler des milliers d'hommes sous sa bannière, et de les galvaniser au point qu'ils accueillent la mort comme une récompense de leur piété et de leur ferveur meurtrière, ne doit pas s'en remettre au divin. Il doit tout prendre sous sa seule responsabilité. Chaque âme que je vais envoyer à la rencontre de son Créateur doit pouvoir désigner un coupable.

Je me tourne vers Clorinde-Jawali, comme pour noter ses remarques, alors que c'est de moi qu'elle prend l'ordre d'attaquer, bien sûr. Je lui souris et hoche la tête, en silence. Elle ne me sourit pas. Elle ne commente pas. Elle tourne bride et fait un signe à ses généraux, dont les propres estafettes s'égayent pour communiquer l'ordre de bataille.

Le soleil vient de quitter l'horizon, dans notre dos.

Nos ombres démesurées effrayeront l'ennemi.

Le soleil dévore Tell Bacher. Le bruit et la fureur sont indescriptibles. La poussière occulte tout, brûle la gorge et les yeux, rendant incertaine toute frappe, qu'elle soit d'estoc ou de taille. Quant aux esquives, deux sur trois répondent à des coups imaginaires, ombres portées de frappes qui, à quelques mètres de là, déchirent muscles et tendons. Les illusions d'optique, les aberrations auditives, sont si nombreuses que lorsque, brutalement, vous sentez vraiment le tranchant d'un sabre courbe s'immiscer entre votre cotte de maille et vos côtes décalcifiées, lorsque vous observez, avec un étrange détachement, votre propre sang gicler là où se trouvait une épaule, une main ou un pied, alors même que la douleur vous submerge, vous avez encore du mal à réaliser. On loue souvent la précision des combattants arabes, la férocité des Croisés est proverbiale ; des deux côtés, cette soif de corps à dépecer, ennemis malheureux ou amis maladroits, paraît intarissable. Les histoires de guerrier impavide qui, seul contre cent, réussit à abattre quarante de ses ennemis avant de succomber, peuplent les sagas héroïques sur toutes les rives de la Méditerranée. Mais ces légendes masquent une vérité que seul connaît le soldat qui s'est trouvé au cœur de la bataille et en est sorti, comme d'un Charybde ou d'un Scylla. Cette vérité, la voici : la conscience se dissout dans le sang. Et, à dire vrai, celui qui prétend avoir bien combattu est un menteur éhonté et devrait craindre la colère de Dieu, aussi miséricordieux soit-il. Jamais, même lorsque j'étais un tout jeune combattant, bien déterminé à me couvrir de gloire, je n'ai gardé le souvenir clair du cœur sanglant d'une bataille digne de ce nom. J'ai encore en mémoire ce jour de pluies torrentielles durant lequel j'ai participé à l'assaut d'Amalfi, aux côtés de mon oncle. Je me souviens de la masse des cavaliers amalfitains se portant à ma rencontre. J'ai en tête le cri de mon épée défouraillée et son poids, bien spécifique, dans ma main droite, gantée d'acier bleui. Je vois, comme si j'y étais, le balancement rythmé de la tête caparaçonnée de mon destrier. J'entends le souffle de ses naseaux puissants, la fumée surchargée d'humidité qui en montait et s'épanouissait dans le vent froid. Tout cela est très net en ma mémoire. Mais, je le jure devant Dieu, la seule chose que je puisse dire avec certitude, c'est que j'ai survécu. Et il en est allé de même de chacune de mes batailles. Plus elles furent âpres et sanglantes, plus elles ont vu combattre *l'autre*, cet inconnu en moi qui prend le relais et m'envoie *ad patres*. La conscience se dissout dans le sang, comme les larmes dans la pluie. La vue, l'odeur et le goût du sang ne déclenchent pas la volonté d'exterminer, mais l'oubli de soi.

Aujourd'hui, il aurait pu en aller différemment.

Dans mon rôle de scribe, je ne suis guère censé agir, mais plutôt rester aux côtés de mon maître, Jawali qui, en tant que général, doit éviter de désorganiser l'armée qu'il commande en se laissant tuer inutilement par un quelconque fantassin. Cela me va très bien, comme je l'ai déjà dit, tant il est vrai que mes muscles et mes réflexes de Maître des Assassins ne sont pas de ceux qui permettent de survivre en labourant la chair à grands coups d'épée au jugé, mais, au contraire, de frapper avec application, d'un fin poignard d'argent. Las, ma Clorinde n'est pas de la trempe des généraux et des princes. Elle n'a que faire de laisser sa trace dans l'histoire, à défauts d'enfants, de propriétés et de visages regrettés.

Elle s'est jetée au cœur de la bataille.

Et moi avec.

Je pare, pare, et pare encore. Tout va si vite que je ne peux guère me servir de mes armes d'Assassin. D'une certaine manière, je crois que le Tancrède qui a débarqué en Terre Sainte, il y a près de douze ans, était mieux armé que moi pour survivre. En apprenant à m'approcher dans le plus parfait silence et à tuer d'une morsure, tel un serpent, j'ai perdu l'art de me défendre en tant qu'homme. Pour la première fois depuis très longtemps, j'ai l'impression que je ne survivrai pas. J'étais prêt à accueillir la mort toutes les fois qu'elle s'est présentée à moi jusqu'ici, mais pas aujourd'hui…

Je frappe, sans y penser, et le soldat qui s'était jeté sur moi, tombe sur le côté, égorgé avec une précision totalement inutile. D'un coup d'œil, je repère Clorinde-Jawali. Elle est toujours à cheval, mais semble en difficulté. Je me précipite vers elle et une douleur terrible me jette à terre. Je baisse les yeux : une lance m'a transpercé le mollet droit, près du talon. Elle se retire d'elle-même et mon regard, en même temps que mon cri de douleur, est aspiré vers le haut. Le soleil roule sur le métal qui tourne légèrement sur lui-même dans un ballet irréel. Faisant un angle droit avec la hampe de bois qui en prolonge le tranchant, je vois un gantelet terni, un bras solide, une épaulette cuivrée, une tunique blanche, un rectangle rouge, une barbe en désordre, un nez aquilin, et là, juste au-dessus, un regard bleu, déterminé, mais ni glacé ni calculateur. Il brûle d'une ferveur qui le magnifie. Il est beau, jeune, presque enfantin. Celui-là n'a pas dû connaître beaucoup de campagnes en Terre Sainte. Le Croisé inconnu est sur le point de m'achever. Il frappera en plein cœur. Le temps s'étire et je réalise toute l'ironie de la situation : moi, Tancrède le Vieux, traître à mon peuple, à ma foi, à mon monde, transmuté par l'alchimie des événements en Assassin, en Musulman, en Chiite ismaélien, frêle et cultivé, rusé et calculateur, je vais être stoppé par un Croisé galvanisé, preux, pieux, pur comme j'avais cru l'être. Ma lame est hors de portée, je l'ai lâchée en tombant ; mon poignard d'Assassin s'est pris dans les plis de ma tunique compliquée, aussi riche qu'inutile.

Son geste, toujours au ralenti, atteint son apogée et, à la recherche d'un Dieu à supplier, je n'en trouve aucun, et commence à admettre que cela finit ici, sur la terre gorgée de sang qui s'étend autour d'une forteresse dans laquelle je n'ai jamais mis les pieds et qui ne m'est rien, loin de ma Montagne. Je focalise mon regard sur la main du Croisé qui, soudain, se crispe et lâche sa proie adamantine. Un choc sourd, sur le sable, à ma droite, me fait tourner la tête. Le regard bleu est toujours là, mais il s'éteint déjà, voilé par la brume rougeâtre qui monte du cou tranché. Le soleil disparaît, éclipsé par une masse basculant en avant, et, sans que j'ai le temps de me protéger de mes bras, le corps décapité tombe sur moi, m'écrasant de tout son poids et m'inondant le visage, en grands jets saccadés, de ses humeurs ferreuses, libérées par la décapitation. Au loin, j'entends.

« Allah est Grand ! »

Ce pourrait être Clorinde jouant à Jawali, mais je ne puis en jurer.

Alors que, littéralement écrasé, j'éprouve de plus en plus de mal à respirer, un bruit énorme déchire l'air. C'est comme si la Terre Sainte venait de s'ouvrir en deux, pour cracher, d'un seul coup, l'ost de tous les Anges Déchus qu'elle recèle. Je suis soulevé du sol, tel un fétu de paille, avec mon chargement chrétien qui se colle à moi de façon obscène. Je tourne dans l'air et retombe, quelque dix mètres plus loin, passant à une main d'une pierre saillante qui m'aurait déchiqueté la poitrine. Le cadavre du Croisé lui, s'y empale, et, sous la violence de l'impact, se coupe en deux. La partie supérieure, tronc et bras, s'envole à nouveau, en tournoyant follement, et disparaît à ma vue. Les jambes, elles, serviront de dîner aux chiens. Le soldat du Christ n'aura pas de sépulture.

J'essaie de me relever, je n'y parviens pas. Tout tourne autour de moi, je ne comprends pas ce qui arrive. Je me mets à genoux et lève la tête, péniblement. Vers l'ouest, je vois une douzaine de Croisés, encore à cheval, charger dans ma direction, sabre au clair, tuniques battant le vent. Puis, une nouvelle détonation monstrueuse déchire mes tympans. Avant de retomber, je vois la main de Dieu moissonner les cavaliers croisés. D'un invisible mouvement de droite à gauche, elle se referme sur l'ost et le broie. Les pattes des chevaux se brisent, les heaumes s'écrasent sur les visages. Littéralement, l'équipage est plié en deux, sans qu'un seul cri n'ait le temps de s'en échapper. Je vois un sabot arraché se planter dans le front d'un Croisé, dont la lance, ramenée vers son propriétaire par une force invincible, transperce la cuisse de l'homme et l'encolure de sa monture. En un instant, il ne reste rien de vivant.

Le souffle retombe et ma tête frappe à nouveau le sol et le sable s'immisce dans mes narines, dans mes yeux, où la sueur l'agglutine en paquets. Et là, au moment où, enfin j'accepte d'être vaincu, de laisser la nuit, l'inconscience, l'autre, s'emparer définitivement de moi, je la vois.

À moins de quinze mètres de mon bras gauche. Clorinde est à terre, sur le dos, une jambe repliée sous elle, cassée probablement. Et un sabre court, courbe, sale, typiquement seldjoukide, est planté dans son épaule gauche, près du cœur. Elle respire encore, mais, autour d'elle, le sable renonce à briller.

Je croise son regard.

Cette fois, c'est elle qui sourit.

Mon rictus, lui, doit être répugnant.

19

Tripoli, Djoumada-l-Oula 502
(décembre 1108)

Je m'éveille dans la lumière et l'odeur de l'encens. Et la première chose que je vois, c'est le visage de Gaston qui me sourit.

« Tu as gagné, mon frère. »

Dans un premier temps, je ne comprends pas qu'il me parle de la Bataille de Tell Bacher, qui, je le sais aujourd'hui, restera à jamais dans l'Histoire. Je crois qu'il ironise, se moque de moi, de mes prétentions à contrôler le monde des hommes, quand c'est déjà si difficile de comprendre l'univers des choses. J'essaie de me redresser, mais il m'en empêche, d'un bras aussi velu et aussi large que s'il appartenait à l'un de ces géants dont parlent les légendes pré-chrétiennes, là-bas, dans le lointain Septentrion. Sans un mot, d'un simple regard de ses yeux bleus, il me convainc de rester à l'horizontale. Et j'obtempère. La douleur est vaincue par quelques drogues dont il doit avoir le secret, mais les meurtrissures qui la provoquent sont, elles, toujours palpables. Je jette un coup d'œil autour de moi. La chambre est fraîche.

« Où sommes-nous, Gaston ? »

Il sourit, une nouvelle fois, manifestement très fier de lui.

« À Tripoli, Tancrède. Tu vois, je suis venu un peu plus tôt que prévu. Le nouveau cadi est l'un de mes amis. Je lui ai rappelé quels étaient les liens qui t'unissaient à son père, Jalal, et il n'a pas ménagé ses efforts pour accueillir ton armée fatiguée en ses murs, et soigner les blessures de tes hommes et de tes lieutenants. Au moment où je te parle, Fakhr el Moulk est même en train de discuter avec Ibn al Khachab, dans l'oliveraie de la Bibliothèque. »

Je fronce les sourcils. La douleur dans ma tête augmente. Je dois être plus grièvement blessé que ce que la drogue me laisse l'éprouver.

« Es-tu en train de me dire que le Cadi et le Calife de Baghdad... ?

— Oui, Tancrède. Le Turc sunnite et l'Arabe chiite. Ils sont en train de conclure un pacte de non-agression et une alliance pour la défense des Terres du Nord, et la reconquête prochaine de Jérusalem. Ton armée a mis celle des frères Baudouin en déroute. Doukak est mort et Redwan s'est replié à Alep. Tripoli, comme par le passé, a su choisir intelligemment le vainqueur et la voie qui mène au meilleur futur possible. Certes, j'ai un peu aidé Fakhr el Moulk en lui faisant une proposition qu'il ne pouvait pas refuser, car elle garantit à sa fragile cité une défense qui vaut mieux que mille murailles. L'homme est un lettré, Tancrède. Il comprend ce que je suis en train de créer. Tu l'apprécieras, j'en suis sûr. »

J'en reste bouche bée et le sourire de Gaston s'élargit encore.

« Quand je te dis que *tu* as gagné, Maître des Assassins, je mens un peu : en fait, nous avons gagné et c'est même un triomphe qui nous attend si les deux princes musulmans, là dehors, se mettent vraiment d'accord. Le Vieux, où qu'il se trouve aujourd'hui, peut se féliciter, car tous les espoirs d'unité sont permis. Ses élèves ont bien œuvré, même si cela a été loin l'un de l'autre et dans des champs différents. Peut-être était-ce là le sacrifice dont il nous parlait... »

Je peux lui répondre sur ce point, mais pas maintenant.

« Depuis combien de temps suis-je alité ?

— Tu es à Tripoli depuis près d'une semaine. Hier, tu délirais encore. »

Une semaine ?

« Gaston, raconte-moi ce qui s'est passé, avant que je ne te fasse égorger par mes meilleurs Assassins. C'était le Chaos, j'ai cru mourir, et puis il y a eu ce bruit énorme...

— Les Machines-de-Héron. »

Je me sens stupide.

« Oui, bien sûr. C'était le chant des Machines-de-Héron.

— Manifestement, elles ont fonctionné mieux encore que je ne l'espérais. Les dégâts ont, semble-t-il, été considérables. Ce n'étaient que des prototypes. Mais, il s'est avéré que leur souffle d'air, comprimé par de l'eau puis rendu brûlant par le feu, était aussi efficace en impact direct que périphérique. Les assauts de la cavalerie ont été brisés et les piétons alentour s'évanouissaient sous le choc sonore. Aussi invisible qu'invincible. J'ai déjà amélioré leur fonctionnement, à Alexandrie. Je pense pouvoir en livrer deux supplémentaires dans un an. »

Il semble ne pas parvenir à masquer sa fierté, c'est assez irritant. Il ne pense qu'à l'aspect technique.

« Et mes Volutes d'Allah ?

— Beaucoup sont tombés pour interdire à l'ennemi de détruire les Machines, d'après ce que l'on m'a dit. Mais...

— Oui ? »

Il grimace.

« L'un des deux mécanismes a explosé à la troisième salve, tuant les opérateurs qui se trouvaient là. Mais, je crois avoir trouvé pourquoi... et aussi, comment mieux protéger ceux qui doivent faire fonctionner les Pneumatiques.

— Les quoi ?

— Pardon, les Machines, si tu préfères. Tu vois, dit-il en s'aidant de ses mains pour mimer la scène, si on place les ingénieurs derrière un écran en arc de cercle à l'opposé de la « bouche » de la Machine, une sorte de bouclier constitué de bois renforcé de fer, suffisamment épais pour dévier le souffle, alors ils n'auront plus rien à redouter... »

Gaston se gratte le front, comme s'il ne se souvenait plus de ce qu'il allait dire.

« Tu dis que nous avons gagné. Le roi de Jérusalem est-il… ?

— Mort ? Non... Il s'est sorti indemne de la bataille de Tell Bacher. Lui et les restes de son armée sont rentrés à Jérusalem, lorsque sa défaite est apparue indiscutable. Les Assassins m'ont fait leur rapport pendant que tu récupérais de tes blessures. En revanche, son cousin, qui tenait Antioche et Edesse, a succombé. C'est assez ironique, d'ailleurs, parce qu'il semble bien que ce soit de la main même de Redwan. Sans doute le maître d'Alep ne l'avait-il pas reconnu dans la fureur et le bruit de l'assaut ? À moins qu'il ne faille voir là un message à ton intention, Tancrède. Je te laisse seul juge de l'interprétation de son geste. Sache simplement que Doukak a expiré aussi. D'après les Assassins, le roi de Jérusalem n'en a même pas eu connaissance, puisqu'il se trouvait de l'autre côté du terrain. Comment Redwan a-t-il pu commettre une telle erreur ? »

À mon tour d'esquisser un sourire, car Gaston semble avoir oublié ce qu'est la guerre.

« Ce ne serait guère étonnant. Le Chaos était vraiment indescriptible, Gaston. C'était pire encore que la bataille pour Jérusalem. Il est fort possible qu'il s'agisse d'un pur accident. À moins que l'un de mes agents infiltrés, l'un de mes “Assassins blancs” qui tiennent leur rang au sein des ost sunnite et chrétien, ait fait preuve de zèle pour se faire remarquer.

— Ils veulent tous la place du Vieux-sur-la-Montagne, n'est-ce pas ?

— S'ils voyaient le résultat, dis-je, ironique.

— Ne te morigène pas, mon ami. Le “Petit” Baudouin est mort, c’est une bonne chose.

— Mais il reste le “Gros” et il tient encore Al Qods.

— Bah ! Il ne pourra pas nous résister longtemps, il est seul désormais.

— Presque », réponds-je pensif.

J’ai du mal à croire que nous avons réellement gagné cette bataille.

« Tiens, mange ça. »

Gaston me tend un fruit oblong, jaune pâle

« De quoi s’agit-il ?

— Cela s’appelle une banane, c’est plein de sucre, ça va te remettre d’aplomb. »

Je mords dans le fruit, sa chair n’est guère résistante, voire un peu farineuse.

« C’est bon ? »

Je ne réponds pas, occupé à mastiquer.

« Cela vient d’Égypte, dans la région du Delta, Tancrède. Il faut que tu viennes à Alexandrie, j’ai beaucoup à te montrer. Ce que j’ai découvert là-bas peut changer radicalement le visage de l’Orient. Et l’équilibre des forces dans le monde entier, peut-être. Les physiciens alexandrins sont une réserve inépuisable de merveilles. L’hydrostatique d’Archimède, la trigonométrie d’Hipparque, et surtout l’œuvre de Héron l’Ancien, presque tout entière consacrée aux forces pneumatiques qui peuvent, comme tu l’as vu, transformer l’air en projectile, propulser des poids énormes à des distances…

— Plus tard, s’il te plaît, Gaston. »

Je n’ai guère envie de parler de l’Égypte, et ne

possède pas la passion vibrante de Gaston pour la science expérimentale et l'objet technique. Dans mon souvenir, l'Égypte demeure, malgré la rencontre avec Clorinde et Ibn Sinâ, malgré la splendeur intemporelle des Pyramides, une période de réclusion. Un vide entre mes deux existences, celle de Croisé et celle d'Assassin.

« Gaston, je t'en prie, n'en prend pas ombrage. Je mesure l'importance, à long terme, de tes découvertes. Mais, en dépit de tes Machines qui ont permis de briser l'armée ennemie, je sens qu'il nous faut poursuivre, sans attendre, le processus dont Tell Bacher n'est qu'une étape. Il nous faut lancer nos forces à l'assaut d'Al Qods, sans laisser le temps à Baudouin de se reprendre. »

Sans un mot, le Béarnais me retire la peau tigrée de ma banane d'entre les doigts, avec une sollicitude qui ne lui est pas familière. Quelque chose l'empêche d'insister.

De quoi s'agit-il ?

Et, soudain, alors que Gaston, qui semble capable d'anticiper toutes mes réactions, pose ses mains sur les miennes, un éclair me transperce.

« Clorinde ! »

J'ai crié, sans le vouloir.

Le regard de Gaston, pour la première fois depuis que je le connais, se fait fuyant.

« Elle n'a pas survécu », dit-il, d'une voix plus faible que celle d'un vieillard, avant de se masquer les yeux d'une main carrée.

Mon cœur s'arrête.

Et repart, contre ma volonté.

Non ! Non ! Je veux en finir ici.

Mais, encore une fois, contre ma volonté, il bat.

Me voilà enfin confronté à la plénitude du sacrifice qu'avait prévu pour moi Ibn Sinâ, et je la refuse. L'éloignement progressif était encore tolérable. Perdre l'intimité, la complicité avec ma princesse abbasside m'était une souffrance profonde, mais l'espoir d'un avenir plus libre demeurait, après l'accomplissement de l'unité. Mais que Clorinde ne soit plus, c'est…

D'un geste, avant que Gaston n'ait le temps de réagir, je me lève.

Et retombe. Le choc semble me parvenir de très, très loin. Je sens vaguement les mains de mon ami me soutenir, me relever, me remettre dans mon lit. Tout tourne autour de moi. Un voile noir me masque la lumière douce qui m'avait accueilli à mon réveil. Peut-être ai-je rêvé tout cela, peut-être suis-je encore en train d'agoniser, frappé de plein fouet par le souffle invincible des Machines-de-Héron, dans le sable de la plaine qui s'étend devant les remparts de Tell Bacher.

« Non. Ce n'est pas possible, dis-je dans un sanglot, elle souriait, elle souriait… »

Je n'obtiens aucune réponse, sinon celle de la nuit qui m'avale.

[MdTH fo 36 ro]

Cinq semaines ont passé, je suis toujours l'invité du Cadi de Tripoli, et l'assaut de Jérusalem n'a pas été donné. Aucune armée impériale n'a surgi dans le Couchant et si cela était le cas, les seigneurs seldjoukides qui tiennent désormais Antioche, Tell Bacher et Edesse, sauraient bien lui tenir tête. Aux dernières nouvelles, il paraît même que le roi Baudouin se terre dans l'inexpugnable forteresse de Helim, près d'Aqaba, au prétexte de préparer la reconquête du Nord.

J'en prends pleinement conscience aujourd'hui, il eût été prématuré, hasardeux de s'élancer à la reconquête d'Al Qods juste après Tell Bacher. Cela eut éprouvé, bien trop tôt, la fragile alliance qui s'est nouée entre les Sunnites et les Chiites, par l'intermédiaire de Fakhr el Moulk et Ibn Khachab. Le Calife va repartir vers la Perse, dans quelques jours, en emportant avec lui quelques ingénieurs de Gaston chargés de lui construire trois Machines-de-Héron, et avec l'une des trois copies d'un Traité de Paix établissant, pour toute la durée de la guerre contre les Croisés, un pacte entre lui et les sultans turcs fédérés sous la bannière du fils de Jalal. Le ralliement de Redwan d'Alep a été quasi immédiat. Je lui ai exprimé mes regrets pour la mort de Doukak.

Je marche, d'un pas encore mal assuré, dans l'allée principale de l'oliveraie qui jouxte la Bibliothèque tripolitaine, en direction de la tombe blanche de Clorinde. Je marche et je réalise à quel point les traumatismes subis à Tell Bacher avaient altéré ma perception de la politique orientale que je me suis efforcé de mener jusqu'ici. Ma logique n'est pas celle de la force directe, si je peux l'éviter. Mes méthodes sont celles des Assassins, celles d'Ibn Sinâ, celles que j'ai enseignées à mon tour. Elles tiennent en trois mots, telle une sainte trinité des combattants de l'Unité : Dissimulation, Manipulation, Exécution. Et, au fur et à mesure que nous touchons au but, je réalise que leur importance relative change. Si la Manipulation reste le cœur de mon action, les exécutions seront de moins en moins nombreuses, je le pressens. D'assassins, nous deviendrons simplement fossoyeurs d'une certaine manière de concevoir l'Orient, fragmenté, désorganisé, hétérogène. Quant à la dissimulation, je crois qu'il me faut, à titre personnel, y renoncer. J'ai appris, en effet, que pour tous les Musulmans de l'Anatolie, de Syrie et de Palestine, je suis désormais, non pas le Vieux-sur-la-Montagne, le Maître des Assassins, mais « le Grand Émir » qui a entrepris la reconquête de la liberté pour tous les Croyants. Celui qui, ayant tracé une courbe continue, reliant Basra à Tripoli, enserrant les terres islamiques, qu'elles soient sunnites ou chiites, s'apprête à la refermer, tel le Poing du Très-Haut, sur les croisés impurs, retranchés dans Al Qods. Le « Grand Émir », nul n'en doute plus, écrasera l'ennemi et le pressurera tant et si bien qu'il s'écoulera dans la Méditerranée et, à grands cris, nagera à toute vitesse vers des rivages plus cléments, pour ne jamais revenir.

J'approche de la tombe, dont la blancheur mate tranche avec le gris argenté des oliviers et le bleu étincelant du ciel. Elle est d'une grande simplicité, et c'est comme cela, je crois, que Clorinde l'aurait voulue. J'ai rendez-vous avec Gaston, qui continue à passer ses journées penché sur les ouvrages de la Bibliothèque. Nous nous retrouvons presque chaque jour ici. Mais, aujourd'hui, il est en retard.

Je m'agenouille et sourit à la pierre.

Il y a longtemps déjà que je ne pleure plus en sa présence. Le départ de Clorinde, en définitive, a renforcé ma détermination. La Paix que j'entends instaurer dans le monde musulman, je la lui dédie. Elle sera le tout dernier cadeau de l'homme que je n'ai pas eu le droit d'être, de l'amant que j'aurais pu continuer à être, du père que j'aurais dû devenir, du compagnon qu'elle aurait mérité.

« Clorinde, puisse le Très-Haut te garder en sa Miséricorde éternelle »

Je dépose une feuille d'olivier, comme chaque jour. Ce rituel m'est venu sans y penser. Mais la symbolique m'en paraît adéquate : d'un côté, le vert soutenu de la vie, de la chair, de la croissance ; de l'autre, l'argenté des idées, la clarté de l'éternité, l'immortalité de l'Amour. Une brise venue de l'est emporte la feuille qui, tournoyante, se fond dans l'azur. J'aimerais pouvoir la suivre, mais le temps n'est pas encore venu.

« Tancrède, mon frère. »

Je me relève, en m'aidant de ma canne. Il ne fait rien pour m'assister, il sait que je n'aime pas cela. Nos regards s'accrochent. Depuis ce jour où il était à mon chevet, nos routes se sont un peu plus éloignées qu'elles ne l'étaient déjà. Elles divergent presque, à dire vrai. Le deuil de Clorinde, il l'a vécu différemment. Malgré ses efforts, j'ai perçu qu'il ne subissait pas la perte de plein fouet. Quelque chose en lui sonne faux, mais je ne parviens pas, malgré toutes mes techniques d'Assassin, à déterminer ce dont il s'agit. Après tout, nul ne saurait éprouver la même peine que moi.

« J'ai fini mes recherches, Tancrède. Je vais rentrer à Alexandrie.

— Bien, mon frère. Quand penses-tu que tes nouvelles Machines seront prêtes ?

— Comme je te l'ai dit, c'est assez dur à estimer. Dans moins d'un an, si tout va bien. Les Chars Pneumatiques sont encore à l'état d'ébauche. Mes Ingénieurs vont aussi vite qu'ils le peuvent. Nous les construirons à la fois à Alexandrie et à Tripoli, doublant ainsi nos chances. À leurs côtés, les premières Machines auront l'air de jouets.

— Qu'en est-il des, comme tu les appelles déjà, les Éoliens ?

— Les Éolipyles.

— Oui.

— Elles ne sont toujours pas opérationnelles, grimace-t-il. Je suis sûr qu'un jour elles équiperont des navires, leur permettant de traverser la Méditerranée en moins de quatre jours. Mais leur usage terrestre demeure problématique.

— Nous n'avons guère besoin de navires, Gaston.

— Pour l'instant, c'est vrai, mais...

— Mais tu poursuivras tes recherches, n'est-ce pas ? Même si le monde convulse, même si nous échouons... »

Son hésitation ne dure qu'une seconde.

« Oui. »

Il n'en dira pas plus.

« Je te souhaite un bon voyage jusqu'à Alexandrie, mon frère. Puisse ta route se tenir à l'écart de l'ennemi. »

Il me salue, avec une raideur, une dignité qui ne lui est pas coutumière. Je sens, une fois encore, qu'il y a quelque chose qu'il ne me dit pas.

« Nous nous reverrons sans doute au pied des fortifications d'Al Qods, Grand Émir. »

Le titre et l'éloignement qu'il suppose ne sont pas ironiques.

Il me tend son bras, je le prends, à la manière des anciens Romains.

Puis, après un dernier regard à la tombe de Clorinde, il tourne les talons et s'éloigne.

Les oliviers alentour me ramènent, malgré moi, au premier jour de notre rencontre, en un lieu empreint de spiritualité. Je me souviens de la franchise de son regard clair, de sa circonspection, de son courage. Après Clorinde, il est sans doute l'être le plus proche de moi, le seul qui, d'une certaine manière, connaisse le vrai Tancrède. Pas le Vieux-sur-la Montagne, pas le Grand Émir, pas l'instrument du Destin forgé par Ibn Sinâ. Même pas le prince calabrais. Non, juste, le vrai Tancrède, bien dissimulé sous toutes ces identités d'emprunt, plus noires que la toge des Assassins.

Et, lui aussi me laisse seul, car tel est mon sacrifice.

Le sien, je ne le connais toujours pas, mais il

pourrait bien se révéler abominable, surtout s'il vient tard.

Je m'adosse au tronc noueux de l'olivier le plus proche. Je viens de prendre une décision : je ne rentrerai pas à Alamut. Je vais rester là, à Tripoli, dans cette effervescence dont j'ai cru, à tort, pouvoir me préserver. C'est d'ici que j'orchestrerai la reconquête d'Al Qods, symbole ultime de l'Unité de l'Islam. La Montagne et la forteresse qui la coiffe se passeront bien encore de moi pour quelques temps ; l'un de mes lieutenants expédiera les affaires courantes. Peut-être que je finirai par me choisir un successeur, après la reconquête d'Al Qods. Siméon, probablement. Je ne sais si Ibn Sinâ aurait approuvé ma décision. Au fond, peu m'importe.

Ici, je me sens encore vivant.

20

Al Qods, Safar 503
(septembre 1109)

[MdTH fo 37 ro]

Mon frère, que je n'ai pas revu depuis la mort de Clorinde, ne m'a pas abandonné. Gaston d'Alexandrie m'a livré, comme il l'avait promis, dix Chars Pneumatiques. Ils sont arrivés par voie maritime, convoyés par des nefs égyptiennes jusqu'au port de Beyrouth, d'où je prépare l'assaut final sur Al Qods. Les Ingénieurs qu'il m'avait laissés ont, comme cela était aussi prévu, enseigné à mes Volutes d'Allah les rudiments de la science développée par Héron, des interactions de l'Air, de l'Eau et du Feu, afin qu'ils soient prêts à utiliser les Chars. Leur puissance de frappe sera sans doute décisive devant les murailles de la Ville Sainte, même si, désormais, je dois admettre que les Croisés savent à quoi s'attendre et ont eu près d'un an pour se préparer. Le bois nécessaire au bon fonctionnement des Chars Pneumatiques, mes Volutes l'ont prélevé dans l'immense forêt de pins et de cèdres bleus qui ceint la cité au nord-est, par-delà les faubourgs de Mazraat al Arab.

Beyrouth constitue une base arrière idéale.

Même si elle n'a rien des splendeurs raffinées de Tripoli, ses origines romaines lui ont laissé des ruines marmoréennes qui servent de cadre à nos réunions préparatoires et donnent à notre combat des allures de reconquête mythologique. D'autant plus que, d'après les légendes, c'est là, sur la corniche surlignant le port commercial, que l'impavide Saint Georges aurait terrassé le Dragon.

Nous pouvons faire de même, je le sais. Terrasser le dragon de la désunion.

J'ai rassemblé mes alliés autour de moi, en assumant pleinement, cette fois-ci, ma charge de maître de Guerre et le commandement général qui va avec. Le Calife Ibn Khachab est de retour, avec quelques trente mille baghdadis, qui se sont mis en position il y a déjà deux mois de cela. Redwan et ses cavaliers alepins se sont installés à Ras el Nabeh, près de l'ost venu de Mossoul et commandé directement, à ma demande, par Siméon en personne, venu avec une bonne centaine de nouveaux Assassins. Les autres seigneurs, Seldjoukides ou Arabes, Sunnites ou Chiites, ont tous accepté mon autorité de Grand Émir sans rechigner, en espérant que je préserverai leurs possessions territoriales. Qu'ils croient ce qu'ils veulent tant qu'ils m'obéissent ! Quant aux Fatimides, ils ne se sont pas contentés cette fois-ci d'un soutien moral. Al Amir Bi Ahkâm Allah, le nouveau Calife d'Al Qahira, qui a succédé à Al Musta'li, et fait, bien évidemment, profession de foi ismaélienne et nizarite, nous a envoyé un ensemble impressionnant de vingt divisions composées essentiellement de Nubiens et de Libyens, fins archers et conducteurs de char hors pair. Nul doute que les relations africaines de mon ami béarnais ont joué à plein. Avec leur tunique courte, leurs épaules dénudées, leur khôl autour des yeux, leur lance, leur musculature fine, ils semblent tout droit sortis de l'Ancien Empire des Pharaons. Mais je reste surtout fasciné par le présent que le vicomte de Béarn a joint à cet ost inespéré.

Je le regarde encore, le faisant tourner entre mes mains, et l'observant filtrer les rayons de l'astre du jour, tandis que j'écris. L'objet est lourd, mais d'une grande élégance. Gaston appelle cela une « impactite », ou une « tectite ». Elle se présente comme une plaque irrégulière de verre jaune-vert, translucide, qui m'explique-t-il, dans un courrier joint, a été retrouvée dans le désert de Libye. Selon Gaston, c'est simplement du sable qui aurait été vitrifié lors de l'impact d'une météorite. Mais cela s'est passé il y a des millions d'années. Cet objet est si vieux que le dater avec les calendriers chrétien ou musulman ne fait aucune différence. Que sont quelque six cent vingt-deux années en regard de l'éternité ? Je l'observe, à la lumière du soleil montant vers son zénith, sur laquelle il agit comme un prisme. Gaston a fait graver un message à mon intention, en lettres d'or, au centre de l'impactite :

« Agis ! », et rien d'autre.

La devise vient, une nouvelle fois, à point

nommé. Car je compte bien me servir de la puissance évocatrice de cet objet antédiluvien.

L'émissaire de Damas m'attend dans le patio d'une villa qui existait peut-être à l'époque des tout premiers Empereurs de Rome. Il se tient droit, un peu trop à mon goût, dans une livrée d'un gris qui masque mal l'absence réelle de neutralité. Car il s'agit d'un pion de Baudouin, bien entendu. Je congédie les soldats qui m'accompagnaient, assez sèchement afin qu'ils obtempèrent, ne conservant, en guise d'ordonnance, qu'un Assassin. Si l'émissaire tente quoi que ce soit, il mourra. L'homme représente l'autorité du nouveau maître de Damas, l'ancien gouverneur de Jérusalem, Sokman Ibn Artuk qui, après avoir échappé de peu à la mort en raison d'une angine de poitrine, semble avoir tiré le meilleur parti de sa proximité avec le nouvel avatar oriental du roi Très-Chrétien. Aux dires de mes informateurs, le royaume de Damas aurait signé un accord avec Baudouin, il y a six mois, pour l'exploitation agricole des terres fertiles de la vaste plaine qui s'étend entre Damas et Al Qods. Ainsi, Baudouin, en feignant de se présenter comme un protecteur des Damascènes, s'est offert la garantie d'un approvisionnement en grain, ce qui lui permet, par ricochet, de soutenir n'importe quel siège pendant un temps considérable. De mon point de vue, Damas est un obstacle majeur à la pression que j'entends exercer sur Jérusalem. Je dois absolument faire une contre-proposition, capable de séduire

Sokman. Sinon, il me faudra le faire éliminer. Et, si la main qui doit frapper est déjà prête, je préférerais ne pas y avoir recours.

« Quel est ton nom, Émissaire de Sokman ? »

L'homme s'incline.

« Mawdoud, Grand Émir. »

Il n'est pas étonnant qu'il me donne mon titre, bien que celui-ci soit sans doute contesté par son maître. Le message est double, et cette ambiguïté est faite pour me déstabiliser. Il peut vouloir rejoindre nos rangs, ou simplement servir très adroitement les intérêts de Sokman. Je cherche à accrocher son regard, mais lui semble fixer l'objet que je tiens dans les mains.

Bien.

« Ton maître, Sokman, est un usurpateur et un traître, Mawdoud. Il n'est pas au service d'Allah. »

L'émissaire ne réagit pas.

« Il pactise avec les chiens croisés qui souillent, au moment même où nous parlons, la Ville Sainte, Al Qods. Pourquoi ?

— Il ne m'appartient pas de répondre à cette question, Grand Émir. »

Je fais un pas dans sa direction et il se raidit légèrement.

« Tu sers fidèlement ton maître, Mawdoud. C'est une qualité des plus appréciables. »

Il comprend le message, je le sais, mais n'en laisse rien paraître.

« Sokman enverra-t-il les sabres courbes de Damas à ma rencontre ? S'en servira-t-il pour faire couler le sang de ses frères ?

— Non, répond l'émissaire. Mon maître a signé un armistice avec Baudouin, rien d'autre. Il ne combattra pas à tes côtés, Grand Émir, mais il ne portera pas non plus le sabre sur ses frères turcs et sunnites.

— S'en prendra-t-il donc à des Chiites. Attaquera-t-il l'armée du Calife de Baghdad ?

— Cela dépend. »

Nous y voilà…

« De quoi cela dépend-il, Mawdoud ? »

Je fais un nouveau pas en avant, mais, cette fois-ci, il ne recule pas.

« Sokman a un certain nombre d'exigences.

— Je t'écoute.

— Si tes armées l'emportent, aucune d'entre elles ne devra piller la Ville Sainte.

— Nous sommes des serviteurs du Très-Haut, émissaire, pas de vulgaires voleurs. Tu m'insultes.

— J'expose, simplement. Sokman exige, si Allah apporte le triomphe à ton bras, que tu lui rendes son titre de gouverneur d'Al Qods.

— C'est tout ?

— Non, Grand Émir. Sokman demande aussi la souveraineté sur les cités d'Acre et de Tyr, qu'il juge essentielles pour la bonne protection de la Ville Sainte.

— Rien que ça…, dis-je, avec une ironie calculée, tout en jouant avec l'impactite. Cela dit, il a parfaitement raison.

— Oui, et, j'allais oublier… Il veut la forteresse de Helim, près d'Aqaba, pour son usage personnel. »

Je mime l'exaspération.

« Y sommes-nous ?

— Oui, Grand Émir. Si tu lui accordes tout cela, il promet que, ni au passage de tes armées, ni pendant, ni même après l'assaut sur Al Qods, il n'agira contre toi et contre tes alliés, qu'ils soient Sunnites, Chiites, ou même Nizarites. »

Le mépris posé sur le dernier terme est moins calculé. La répugnance qui s'y exprime est personnelle. Évidemment, je feins de n'en prendre point conscience. Les demandes de Sokman sont, bien sûr, exubérantes. Et c'est pour cela que je vais y répondre favorablement, inversant ainsi la déstabilisation.

« Mawdoud, tu peux dire à ton maître qu'il obtiendra tout cela, si je suis vainqueur. Je le jure devant Allah ! »

Comme je l'avais prévu, l'Émissaire fronce les sourcils, hésite.

« Toutes ses demandes seront satisfaites ?

— Si je prends Al Qods sans coup férir de sa part, oui.

— Tu ne comptes pas exiger de mon maître une aide plus directe ? »

Je l'ai mené exactement là où je voulais, en moins de temps que prévu.

« Non, car, vois-tu, Mawdoud, Sokman ne comprend pas l'enjeu de cette bataille pour l'avenir de l'Islam tout entier… »

L'émissaire baisse les yeux et j'en profite pour faire un pas de plus dans sa direction, me plaçant à portée de frappe. Lorsqu'il relève la tête, il a un sursaut, mais son mouvement de recul demeure suspendu. Car son regard s'est agrippé à l'impactite que j'ai levée vers lui, du côté qui ne contient aucune gravure.

« Sais-tu ce que c'est, Mawdoud ? »

Malgré lui, l'émissaire damascène secoue la tête de gauche à droite, fasciné par le jeu de la lumière sur le verre naturel.

« C'est une Larme d'Allah, figée dans le sable du désert. »

Les yeux de Mawdoud s'écarquillent, sa bouche s'entrouvre. Pas une seule seconde, il ne songe que je pourrais lui mentir. D'ailleurs, suis-je véritablement en train de le faire ? Qui peut dire que ce monde tout entier, ses enjeux, ses matériaux, jusqu'au moindre de ses grains de sable, jusqu'à la plus infime goutte d'eau, n'est pas placé sous le visage miséricordieux du Très-Haut ?

« Tu peux la toucher, mon frère. »

J'ai presque murmuré, et, tandis que Mawdoud avance une main tremblante, mon Assassin, à l'autre bout de la pièce, se repositionne. Le moment est d'une extrême délicatesse et déterminera, en grande partie, l'orientation ultérieure de ma campagne. Au moment où l'index de Mawdoud effleure la surface, je reprends la parole, d'une voix plus forte.

« Sais-tu, Croyant, pourquoi Allah pleure ? »

Mawdoud retire brusquement sa main, comme s'il avait commis un geste impie, et plonge son regard dans le mien.

« Allah pleure...

— Oui. Parce que la Ville Sainte est souillée. Parce que la Terre Sainte est souillée. Parce que les Chrétiens n'ont pas suivi le chemin de la Vraie Foi, prétendent aujourd'hui imposer leur hérésie à tous les Croyants. Allah pleure car nous avons tous la lâcheté de préférer nos querelles intestines à la lutte contre l'occupant chrétien. Mawdoud ! Allah pleure parce que ses Fidèles sont désunis et ne défendent pas la seule terre qui compte vraiment : celle de la Parole de Dieu. »

L'émissaire m'écoute avec une intensité qui me rappelle celle des premiers Croisés lorsque l'appel à la Croisade d'Urbain II a retenti, loin de l'autre côté de la Mer, il y a des éons, de mon point de vue.

« Mawdoud, ton maître damascène n'a pas compris ce que j'entreprends, au nom d'Allah. Je ne me bats pas pour faire triompher le Chiisme, fût-il ismaélien ou nizarite. Je n'ai nulle intention de conquérir les cités d'Anatolie, de Syrie et de Palestine, pour leurs richesses matérielles. C'est la cité de Dieu qui m'intéresse, Mawdoud. Je veux qu'elle soit enfin à nouveau réunie, en paix avec elle-même. Tous les Croyants unis sous le regard du Très-Miséricordieux, pour qu'il puisse sécher ses larmes. Je ne conquiers pas, Mawdoud. Je rassemble les fragments de l'Islam. Les Croisés, leur expulsion de la Terre Sainte, ne sont pas une fin en soi. Ils ne sont qu'une étape... »

Je laisse le temps à l'émissaire d'absorber le choc. C'est un homme intelligent. Raffiné, mais convenablement éduqué. Je le vois à la manière dont son corps se positionne et se déplace dans l'espace. Son visage change d'expression, ses pensées se déroulent, puis se réorganisent dans une autre direction. Le Croyant, en lui, s'est réveillé.

Il relève la tête.

« Ô Grand Émir, es-tu en train de me dire que tu mènes une… Guerre Sainte ? »

Voilà !

Je retiens le sourire de satisfaction qui aurait conquis le visage de Gaston de Béarn, en de pareilles circonstances. D'autant plus que je sais pertinemment qu'il n'approuverait pas ce que je suis en train de faire. Utiliser la religion à des fins purement politiques. Ce en quoi il se tromperait bien sûr, en bon savant qu'il est, ne jurant que par l'expérimentation directe. La Paix, si elle parvient à être instaurée, n'a pas de prix. Tous les mensonges, tous les moyens sont bons, à mes yeux. Et si la colère de Dieu doit tomber sur mes épaules, qu'elle vienne et me libère, enfin, de cette vie de contraintes et de solitude !

Je m'approche encore et Mawdoud me laisse poser une main sur son épaule. Derrière nous, l'Assassin est prêt à intervenir, mais cela ne sera pas nécessaire.

« Oui, Émissaire de Sokman. À mes yeux, la reconquête d'Al Qods doit marquer le début véritable du Jihad. Alors, tous ensemble, du sud au nord, de l'ouest à l'est, nous libérerons la Terre Sainte de ces chiens lubriques et vaniteux de Chrétiens. Nous n'aurons de cesse jusqu'à ce que toutes les cités, toutes les plaines, tous les fleuves, toutes les montagnes soient reconquises. Jusqu'à ce que tous les Vrais Croyants puissent, à nouveau et sans heurts fratricides, prier le Très-Haut et le Très-Miséricordieux. Va donc dire cela à Sokman le Sceptique. Va lui dire que je lance, ce jour, le Jihad contre tous les Chrétiens et que je l'appelle à mes côtés. Sans condition. Va lui dire que lorsque j'apparaîtrai à la tête de mes armées, à l'horizon ouest de son Palais, descendant le Jourdain depuis sa source jusqu'à la Ville Sainte, j'attendrai son ost, ses meilleurs guerriers, et lui-même, Mawdoud. Qu'ils se joignent à moi ! Au nom d'Allah ! »

L'émissaire vacille, comme en transe.

Son regard glisse une dernière fois vers l'impactite, comme pour se trouver un point d'appui. Puis il se relève, brillant d'une ferveur qui ne l'habitait guère lorsqu'il a été mis en ma présence.

« Oui, Grand Émir, je le ferai. »

Et je combattrai à vos côtés, s'interdit-il d'ajouter.

Il ne le peut pas, bien sûr. J'ai loué sa fidélité.

L'émissaire se retire, me laissant seul avec mon Assassin. Ce dernier, bizarrement, n'a pas suivi Mawdoud du regard jusqu'à sa sortie, ce qui constitue une faute d'inattention grossière qu'un élève d'Alamut ne commettrait pas deux fois. C'est pourtant un Assassin expérimenté, je le sais pour l'avoir choisi moi-même, il y a longtemps déjà. Mais, son regard est figé. Il ne quitte plus l'impactite, la Larme d'Allah que je tiens toujours dans les mains.

Il croit, lui aussi.

Je me demande soudain si je n'ai pas déclenché

aujourd'hui, dans cette pièce d'un antique palais païen, un processus de fanatisation qui va m'échapper, sinon, peut-être, me broyer. Le Jihad, la Guerre Sainte, au nom d'Allah. Certes, elle est le meilleur moyen d'unifier les Croyants, le plus ample, le plus rapide, mais, dans le même temps, elle suppose une cible, en l'absence de laquelle elle pourrait bien se retourner contre son promoteur. Et, bien que je le sache pertinemment et aie agi en connaissance de cause, elle réduit la liberté de culte que je cherche, à plus long terme, à promouvoir.

L'Assassin s'agenouille à mon passage, tandis que je quitte le patio.

Jamais, dans sa formation, un tel signe de soumission n'a été exigé.

Qu'ai-je déclenché ?

Dehors, le soleil brille toujours, c'est déjà ça.

[MdTH fo 37 vo]

La Bataille d'Al Qods est terminée. Elle s'est gagnée dans les esprits. Elle s'est gagnée par la Peur et la Ferveur. Il n'a fallu que la chute de deux tours, celle de David et celle de Goliath, cibles infortunées de la puissance de feu des chars pneumatiques de mes Volutes d'Allah. Leurs ruines, encore fumantes, matérialisent l'émergence d'une nouvelle manière de Croire et la fin définitive de l'ancien monde. Il n'y a eu que très peu de morts, quelques centaines tout au plus, essentiellement des Croisés trop excités ou des Sunnites trop dogmatiques. Beaucoup d'âmes ont été sauvées, ou se sont embellies, en ce jour, mille fois béni, du 13 Safar de l'an 503 de l'Hégire. La population musulmane d'Al Qods s'est retournée contre l'Occupant, à l'aube, paralysant pratiquement tous les postes clefs. Sokman, chevauchant à mes côtés, et à ceux de Redwan, en livrée blanche, tête nue, a livré tous les renseignements dont il disposait, permettant à mes Assassins, envoyés la nuit précédant l'assaut, de garantir l'ouverture de la Porte Saint-Étienne au nord, et de la Porte de Sion au sud, celles-là même par lesquelles l'Ost Croisé était entré lors de la prise de Jérusalem, il y a exactement dix ans. L'armée du Calife de Baghdad, d'une part, et celle du Calife du Caire, d'autre part, se sont écoulées dans les murs de la Ville Sainte tels les bras puissants d'une crue, tuant sans discrimination, comme je l'avais expressément ordonné, tous ceux qui opposaient une résistance.

Celle-ci n'a pas duré longtemps.

Le silence était revenu dans la Ville Sainte avant midi.

[MdTH fo 38 ro]

Le Jihad a commencé de la meilleure manière qui soit : par un acte de Miséricorde absolue, puisque j'ai imposé l'amnistie à tous. Une fois que les hostilités ont cessé, j'ai ordonné que plus aucun sang ne coule. Ni chrétien, ni musulman. Ni même juif ou arménien, car les enfants d'Abraham et les

Chrétiens du Caucase ont subi assez de dommages, déjà, et je ne veux pas qu'ils se retournent contre nous, remettant en cause une paix encore extrêmement fragile. Les Croisés, dont certains n'étaient même pas entièrement désarmés, n'ont pas été molestés, ou torturés. Aucune exécution, aucune décapitation n'est à déplorer. Je tiens Jérusalem dans ma main, sans qu'il me soit nécessaire de fermer le poing. Au moment où j'écris ces lignes, à l'ombre d'une échoppe réquisitionnée, non loin de l'Esplanade des Mosquées, tous sont en train de prier, quel que soit leur culte, quelle que soit leur race, quel que soit leur calife, leur sultan, leur cadi, ou leur émir, fût-il le plus grand de tous. Certes, ils le font encore chacun de leur côté, mais aucun incident ne survient.

Une seule perte majeure, toutefois, est à déplorer.

Irremplaçable, Siméon s'en est allé, frappé en plein cœur par la flèche d'un archer turc qui n'a pas respecté l'ordre de cesser le feu. Il faisait une cible facile, à découvert. Il a été fauché en plein sourire, ce qui était rare chez lui, alors que Redwan s'avançait vers lui. Sans doute, le sultan d'Alep a-t-il cru à une tentative d'attentat contre lui, mais il a su réfréner son élan vengeur, pour le plus grand bien. En retour, il m'a promis qu'il s'occuperait, à titre personnel, de donner une sépulture au meilleur conseiller politique qu'il eut jamais connu. J'ai consenti à ce que Siméon soit enterré à Alep même, à l'ombre de la Grande Mosquée, au cœur de ce quadrilatère architectural qu'il m'avait dit affectionner. Et c'est là où nous nous sommes rencontrés pour la première fois. Il me manquera. D'abord, parce que, d'une certaine manière, son visage, si proche de celui d'Ibn Sinâ, continuait un peu le Vieux. Ensuite, parce que, je crois qu'en d'autres circonstances nous aurions pu devenir des amis, à l'instar des liens qui me lient à Gaston. Enfin, parce qu'il y avait en lui, même dans l'accomplissement le plus parfait des missions que je lui confiais, un parfum de rébellion latente ; dans son regard, sous la surface, une charge de liberté prête à exploser. S'il n'avait succombé, je suis certain qu'il aurait quitté Alamut et les Assassins sans me demander la permission, jugeant sa mission accomplie. Oui, il y avait en Siméon d'autres buts, d'autres projets, d'autres ambitions, que ceux qu'il servait avec tant d'efficacité. Et ils ne seront jamais réalisés, désormais.

[MdTH fo 38 vo]

Il m'a fallu, sans tarder, nommer un nouvel émir pour Mossoul, sans quoi il eût manqué une voix dans la réunion devant décider, non point du partage, mais bien des modalités de la réunion de l'Orient. Le choix n'a pas été difficile et, si certains de mes lieutenants l'ont critiqué, c'est parce qu'ils n'ont pas encore pris toute la mesure de ce qui est en train de naître, à chacun de nos pas. Mawdoud, l'émissaire de Sokman, est devenu le nouveau maître de Mossoul. Les généraux du Nord ont prêté allégeance sans heurt à l'homme du Sud. Je n'ai aucun doute quant à sa loyauté. Je sais qu'il tiendra le Nord avec diligence et fermeté, fermant la porte aux éventuelles représailles byzantines.

Gaston serait, malgré tout, fier de moi, je pense.

Je lui ai écrit une longue lettre qui, à cette heure, est déjà en route pour Alexandrie, où je songe à me rendre, lorsque tout sera stabilisé ici. Avant, il me reste une question importante à régler, précisément. Le perfide Empereur des Grecs n'a pas paru, aucune armée impériale ne s'est présentée pour m'interdire l'accès à la Ville Sainte. Je ne peux compter que ce silence, cette retenue, soit autre chose qu'un calcul politique. Sans doute, Alexis Comnène a-t-il espéré que Musulmans et Croisés s'entre-dévoreraient et qu'il n'aurait plus qu'à envoyer ce bon vieux « Tatin » dompter les restes et recueillir, dans sa main de libérateur, la population terrifiée de Jérusalem. À moins que le général au nez coupé ne soit mort, ce qui expliquerait aussi l'absence des Impériaux. Au fond, maintenant que j'y pense, je ne crois pas que ce cher Tatin aurait toléré une attente aussi longue sans rien faire. Paix à son âme.

[MdTH fo 39 ro]

Il me reste donc à forcer Alexis Ier à sortir de sa réserve, à lui imposer l'Islam tout entier comme un interlocuteur à part entière. J'ai assez attendu, assez redouté. La puissance byzantine en Terre Sainte est une scorie de l'ancien ordre des choses et son tutorat sur les cités d'Anatolie, une aberration politique qu'il convient d'effacer. Puisqu'il ne se décide pas à venir jusqu'au Grand Émir, c'est Tancrède qui ira à lui. Et je vais lui donner rendez-vous dans un endroit hautement symbolique. Il fera semblant de refuser, mais il viendra, fût-ce incognito. Peu m'importe, puisque l'annonce que je dois lui faire le fera fuir comme un agneau devant une meute de loups affamés.

Rendez-vous au bord du lac ensanglanté, Alexis !

21

Mantzikert, Djoumada-t-Tania 504 (juillet 1110)

Les rives accidentées du lac de Van Golü au cœur de l'été sont plus froides que celles de la mer Caspienne en plein hiver. Jamais auparavant, je n'étais remonté aussi loin vers le nord-est, en passant par les terres. Mon équipage d'Assassins a souffert des rigueurs du voyage ; j'ai perdu deux hommes. Mais, le Basileus est au rendez-vous. Et il semble avoir respecté les conditions que je lui avais fixées. Il se tient, devant sa propre tente impériale, face à moi, debout dans une épaisse fourrure, au bord du lac dont l'eau a la couleur et le goût salé du sang. La décurie qui l'accompagne est restée en arrière et il n'a que quatre hommes avec lui, qui se tiennent, épée au clair, armure complète, à deux ou trois mètres derrière lui.

De mon côté, j'ai choisi une yourte mongole, qui avait été offerte à Alamut par un jeune candidat au statut d'Assassin envoyé par une noble famille de l'Extrême-Orient, encore drapé dans un voile de mystères païens. Un jour, peut-être, l'un de mes successeurs s'y rendra, afin d'islamiser ces contrées barbares. Quoi qu'il en soit, le jeune mongol avait échoué et fini égorgé. La yourte, elle, est restée et Ibn Sinâ, qui pensait qu'il en aurait l'usage un jour, a eu raison de la conserver. Il ne me reste, en revanche, que deux Assassins et un scribe égyptien. Ce dernier, bien qu'il soit deux fois plus couvert que tous les autres, souffre le martyre. Le froid n'est pas son élément. Si j'ai tenu à l'emmener, c'est que ce serviteur des Fatimides maîtrise aussi bien le latin et l'arabe, que le grec. Et je compte sur lui pour retranscrire fidèlement toutes les subtilités du traité que j'entends signer avec Alexis Ier Comnène. Il se tient, à mes côtés, légèrement en retrait, et tremble. Peut-être est-ce autant de peur que de froid, je ne puis en jurer. La seule chose qui compte est que son poignet et son stylet soient sûrs, au moment où je les requerrai.

Ce matin, à l'aube, deux soldats impériaux et deux de mes Assassins sont partis pêcher. La peur d'un empoisonnement est tenace et tout à fait compréhensible, surtout de la part du Basileus. Nous déjeunerons donc de darekh grillé, un des rares poissons à survivre dans une eau aussi saumâtre.

Il a fallu également déterminer quel lieu, tente ou yourte, accueillerait notre entretien.

Sur ce point, et ce n'est pas pour faire du zèle ou montrer ma témérité à mon interlocuteur, mais j'ai spontanément accepté que la tente de l'Empereur, plus vaste et mieux équipée que ma yourte mal montée (les Assassins ne sont guère habitués à une vie de nomades des steppes) soit privilégiée, à condition de pouvoir m'y présenter accompagné d'un Assassin, désigné comme tel, et de mon scribe égyptien. Cela m'a été accordé par les soldats d'Alexis. Ils pensent sans doute avoir l'avantage du nombre et du terrain, si jamais les choses tournaient mal.

Comme ils se trompent...

Il n'y aura pas un, mais deux Assassins, sous la tente impériale, car je n'ai guère oublié ma formation initiale et l'âge ne m'a pas encore saisi au point d'émousser mes réflexes. Si je le désirais, je pourrais tuer le perfide empereur des Grecs moi-même et m'en sortir sain et sauf. Mais, précisément, je ne le désire pas. Le jeune Tancrède aurait pu éventuellement fantasmer sur cette possibilité, fier Croisé venu de Syracuse avec son oncle Bohémond et refusant d'aliéner son engagement spirituel à « l'Empereur des Grecs efféminés ». J'avais refusé de me présenter devant lui à l'époque et aujourd'hui, c'est moi qui lui demande une entrevue, reconnaissant implicitement son autorité. Je vois plus loin qu'auparavant.

Le soleil monte dans le ciel et l'heure de la rencontre a sonné.

C'est à moi de marcher vers le Basileus. Il ne fera guère que quelques pas pour se porter au devant de moi, dès que je serai à portée des armes de ses soldats les plus expérimentés. Là encore, j'aurais pu contester ce protocole qui n'a plus aucune légitimité ; j'aurais pu exiger qu'Alexis Ier vienne me trouver à mi-chemin, mais nous aurions perdu beaucoup de temps en palabres.

Je le fixe droit dans les yeux, il n'est qu'à une quarantaine de mètres de moi, et je fais le premier pas. Il fait également un pas dans ma direction, signe qu'il accepte le rendez-vous. Sans plus tergiverser, j'avance, suivi de près par mon Assassin et mon scribe.

Chemin faisant, alors qu'un aigle royal, d'une très grande envergure, vient survoler le lac aux eaux étales, avant de s'élancer vers les cimes qui le sertissent, je repense aux différentes escales que j'ai pris le temps de faire pour venir jusqu'ici.

Al Qods, Tyr, Damas, Beyrouth, Tripoli, Alep, Antioche, Tell Bacher, Edesse. Je n'ai pas eu la force de m'arrêter à Maara. Peut-être ne l'aurai-je jamais. Mais, tous, fiefs seldjoukides ou cités longtemps tenues par les Croisés, ont rendu hommage au « Grand Émir », défenseur de l'Islam Unifié, père du Jihad destiné à libérer la Terre Sainte. J'ai vu des dizaines de populations, urbaines et rurales, côtières et altières, de cultures, de confessions, d'origines et de positions sociales différentes ; marchands, soldats, lettrés, paysans, prêtres, tous se sont placés spontanément sous ma bannière. Au début, j'ai cru qu'il s'agissait d'une manifestation programmée par les sultans, les cadis, les gouverneurs, pour me plaire et s'attirer mes faveurs. Mes Assassins blancs, toujours insoupçonnables en pleine lumière, m'ont assuré du contraire. D'une certaine manière, je crois que la légende me précède, à présent. Celle du Croisé devenu Assassin, et de l'Assassin devenu Émir. Aujourd'hui, la souveraineté sur tous les Croyants m'est spontanément offerte. Pourtant, jamais je n'ai recherché le pouvoir politique. Il n'a jamais été dans mes intentions de régner sur quoi que ce soit, à part peut-être Alamut, et encore, par simple nécessité. Je suis en mesure d'harmoniser, non seulement les cultes, mais aussi les modalités d'exercice et de passation du pouvoir politique partout en Anatolie, en Syrie, en Palestine, en Égypte probablement, et jusqu'en Perse peut-être. Si je le fais, il me faudra agir avec mesure et une très grande circonspection, car Turcs et Arabes ont longtemps été les champions de la fragmentation du pouvoir, de l'instabilité de la gouvernance, auxquelles ils semblent tenir autant qu'à leur liberté de culte. Mais, si je peux changer définitivement le visage de l'Orient et lui donner l'allure d'un Empire de la Foi, pourquoi ne l'assumerais-je pas ?

Nul doute qu'Alexis, de son côté, a en tête, à la vue de l'oiseau majestueux, la gloire des premiers princeps de Rome et qu'il s'imagine capable de la prolonger. Se croit-il un nouvel Auguste ? Ou un nouveau Justinien, capable de reconquérir tout à la fois l'Orient et l'Occident par le droit et la force des institutions ? Comment me voit-il, sinon comme un énième roitelet, aussi vénal que vaniteux, qui pense pouvoir lui imposer sa loi ? S'il est arrogant, il n'en sera que plus manipulable, ce qui me convient parfaitement.

Je ne suis plus qu'à quatre pas de lui.

Méprisant le protocole, s'éloignant délibérément de ses soldats, il en fait deux vers moi et je manque de m'arrêter tant ma surprise est grande.

Alexis est plus grand, plus droit, plus hiératique que je ne l'avais imaginé. Ses atours princiers, étoffes riches et bouffantes, avaient parfaitement dissimulé, de loin, la dureté de son port, de son corps, l'usure du cuir de sa ceinture, d'où pend son épée courte de Romain. C'est un guerrier déguisé en courtisan que j'ai en face de moi, et non l'inverse, comme je l'avais cru. Son visage, son regard, ses pommettes saillantes, la main cisaillée, que déjà il me tend, montrent qu'il a connu bien plus de combats que moi, malgré tout ce que j'ai surmonté. Il n'est pas du tout le Grec efféminé dont je m'étais construit l'image naïve. Tout au fond de moi, l'ancien Tancrède s'agite, le serviteur dévoué du comte Roger, membre mineur de l'ost normand, frémit. Ma sagacité, je le réalise à la vitesse de l'éclair, est peut-être en train de se retourner contre moi. Car, manifestement, revenir à Mantzikert, où l'armée de son prédécesseur, Romain IV Diogène, avait été vaincue par les Seldjoukides il y a quarante années, ne l'impressionne nullement. Au contraire, peut-être conçoit-il cela comme une revanche potentielle, puisque après tout je représente aussi, à ses yeux, les Turcs qui ont battu l'Empire et que je me vante d'avoir rassemblés sous mon autorité.

En tant que maître des Assassins, je ne pensais plus pouvoir être surpris par quiconque. Je me suis trompé. C'est moi, et moi seul qui ai créé cette situation, je ne le comprends que trop tard. C'est moi qui ai péché par arrogance, et qui le paye à présent. Car Rome tout entière se tient devant moi. Rome et ses deux mille ans d'histoire.

Ma main monte vers la sienne, mais c'est à l'avant-bras qu'il me saisit, m'imposant le salut des fondateurs de la Ville Éternelle.

Celui des frères de sang.

La dernière fois que j'ai fait ce salut, c'était avec Gaston, avant son départ de Tripoli.

Je serre son bras, un peu trop fort, sans doute.

« Grand Émir, je suis heureux de te rencontrer », dit simplement Alexis.

Puis, il s'efface et, d'un geste accueillant m'indique sa tente.

« Sois le bienvenu dans l'Empire. »

Il me donne mon titre et, malgré toutes mes précautions, il a apporté Byzance avec lui. Je puise dans mes leçons d'Assassin pour conserver mon calme, mais je suis certain qu'il n'est pas dupe. J'ai en face de moi un maître de la manipulation. Par Allah, je l'ai terriblement sous-estimé. On ne devient pas empereur par hasard, pourtant.

« Ô Maître de Byzance, je te remercie de ton invitation », réponds-je en inclinant légèrement la tête, tandis que mon scribe et mon Assassin font un pas en avant pour se rapprocher de moi.

Alexis passe le premier, et ce faisant, me tourne le dos, me montrant qu'aucune peur n'obscurcit son jugement en cet instant.

Quant à moi, alors que mon regard s'accoutume à la lumière dansante qui règne à l'intérieur de la tente impériale, je parviens à ralentir enfin mon cœur. L'instant de déroute est passé. Il a été fugitif, mais il eût largement suffi si l'Empereur avait voulu m'éliminer. C'est une leçon que je ne pensais pas devoir subir, mais que je n'oublierai jamais plus.

Nous nous asseyons autour d'une table, sur laquelle fument diverses décoctions de plantes, accompagnées de fruits. À la droite d'Alexis, tout à fait au bord de la table, comme oubliés là, se trouvent un rouleau de parchemin vierge et plusieurs stylets. L'Empereur semble les ignorer mais, lorsqu'il me sert, lui-même, la tasse de thé qu'il m'a proposée et que j'ai acceptée, il les frôle de sa manche, faisant rouler un stylet qui attire mon regard.

Maintenant, nous savons tous les deux, avant même d'avoir prononcé le moindre mot à ce sujet, que nous sommes disposés, l'un et l'autre, à trouver un accord, éventuellement à signer un traité. Avec beaucoup d'élégance et de discrétion, Alexis vient de nous faire gagner plusieurs heures de préliminaires fastidieux. Mon respect à son endroit ne fait qu'augmenter. Un résultat qu'il espérait, bien entendu.

Je laisse une gorgée de thé brûlant couler dans ma gorge et me rasséréner. Mon scribe égyptien derrière moi, réprime un tremblement. D'un geste, Alexis ordonne à ses serviteurs de lui faire porter une tasse de thé. D'un regard, je lui signifie qu'il peut l'accepter, et vérifie la bonne position de mon Assassin, et celle des gardes impériaux.

« Pouvons-nous commencer, Grand Émir ? »

Lentement, mais pas au point que cela en devienne offensant, je me retourne, satisfait d'avoir suscité une réaction d'impatience de sa part.

« Oui, Empereur Comnène. »

Puis, après une infime pause :

« Je suis venu vous signifier que votre présence en Anatolie, par-delà Pont-de-Fer, n'est plus souhaitée. »

Il sourit, sans aucune joie.

« Préférez-vous donc celle des Croisés ?

— La Croisade est terminée, Empereur. Les princes francs, normands, de toutes origines, s'en retournent en Occident. Ils ne reviendront pas. La présence des puissances politiques extérieures n'est plus tolérée en terre d'Islam. Vos positions stratégiques à Nicée, à Dorylée, et même jusqu'à Hérakléé, peuvent être tolérées encore quelques années, rien de plus. »

Alexis joue avec sa tasse de thé.

« Et Mantzikert ? », demande-t-il, abrupt.

Je ne le laisse pas faire.

« Mantzikert fait partie de mon Émirat. Je ferai bâtir une nouvelle cité et une nouvelle mosquée au bord du lac salé.

— Et cela sera superbe, je n'en doute pas, Grand Émir. »

Son ironie n'a pas de prise sur moi.

« Une nouvelle ère s'ouvre. Celle de l'Islam Réunifié. Et elle suppose l'autonomie de toute la région qui lui a servi de berceau. »

L'empereur lâche enfin sa tasse, et pose ses deux mains à plat sur la table.

Puis, tel un poignard, il plonge son regard dans le mien.

« J'ai du mal à le croire. *Tancrède de Hauteville*,

neveu de Bohémond, devant moi, en train de me parler comme s'il s'adressait à un vulgaire capitaine de troupe normande ! Pour qui te prends-tu ? As-tu oublié que tous tes suzerains m'ont juré fidélité ? Bohémond, bien sûr, mais Godefroy de Bouillon lui-même ! Il est devenu mon homme et l'est resté jusqu'à sa mort. Toutes les conquêtes territoriales qui ont été faites par les Croisés l'ont été indirectement par l'Empire. Je suis *chez moi* en Terre Sainte, que je décide d'y résider ou pas. Jérusalem m'appartient ! Tu oses parler de tolérance ? C'est l'Empire qui, bien trop longtemps, a *toléré* l'agitation et le Chaos qui règnent en Syrie et en Palestine. Sultans, Cadis, Gouverneurs, Émirs, tous ne sont que des puissances contingentes, qui ne reposent sur aucune fondation solide, aucune armée digne de ce nom. Je peux *brûler* la Terre Sainte à tout moment, Tancrède. »

Il jette un coup d'œil au parchemin, tandis que je demeure rigoureusement immobile.

« Mais je voulais voir ce qui allait advenir. À dire vrai, j'espérais bien que quelqu'un comme toi émergerait du Chaos. Vois-tu, il est plus facile d'avoir un seul ennemi à abattre que de s'épuiser à traquer, des années durant, des seigneurs en maraude et des sultans de pacotille. Là, si tu dis la vérité, ce dont tu me permettras de douter, je peux régler la question en une seule fois, *trancher* le problème définitivement, puis m'en retourner à des enjeux bien plus prégnants. »

Je réalise deux choses, simultanément : il a cessé de m'impressionner depuis qu'il s'est mis à parler et, en vérité, il est aux abois.

« Me tuer ici ne résoudra rien, Comnène. »

Il sourit, une nouvelle fois, mais je vois la faiblesse tirer sur ses lèvres.

« Je n'ai pas l'intention de te tuer, Tancrède. Si je l'avais voulu, tu serais mort depuis longtemps, égorgé dans ton lit à Alamut, entouré de tous tes Assassins. »

Il ment, bien évidemment.

« Donne-moi une simple raison, *petit* Émir, une seule raison valable, de ne pas lancer mes centuries à l'assaut d'Antioche, d'Alep, de Damas, et de Jérusalem, de ne pas tous vous faire crucifier ou décapiter. Tu vois ce parchemin ? Je n'ai qu'à rédiger l'ordre, le signer et le confier à l'un de mes émissaires. En moins d'un mois, le pont de l'Oronte ploiera sous le poids de mes cavaliers. Donne-moi une raison, Tancrède. Je t'écoute. »

Jamais, je crois, même lors de nos moments d'intimité avec Clorinde, je n'ai mis autant de douceur dans ma voix.

« Voici ma raison, Alexis. Elle s'appelle Jihad. »

Il pâlit, très perceptiblement.

« La guerre sainte, Empereur, que je viens de lancer, contre l'Occident. Elle ne peut plus être stoppée, à présent. Le monde musulman est en train de s'organiser pour la mener. Les Croisés ont fui et ils ont bien fait, car ils n'auront pas beaucoup de temps pour consolider leurs positions. Et il me suffit d'un mot, pour diriger ce Jihad contre toi, contre ta Byzance, décadente et pervertie. Comprends-moi bien Alexis, ce dont je te parle, à ta demande expresse, ce n'est pas l'attaque d'une armée de cavaliers Turcs, ce n'est pas, non plus, la promesse de dix mille fantasins baghdadi à tes portes, c'est une marée humaine qui emportera tout sur son passage. Des centaines de milliers de Croyants, armés de leur foi en un Islam Unique et Libre. Ils déferleront, par vagues successives, jusqu'à ton palais, ton lit, ta gorge. Et chaque mort d'Infidèle leur sera une récompense. Je ne parle pas d'une guerre, Empereur. Je te parle de l'émergence d'un nouveau monde sur les ruines fumantes de l'Ancien.

— Tu ne peux pas faire cela. Tu n'en as pas le pouvoir…

— Si, je l'ai. Et je l'ai déjà fait. Depuis que nous avons Jérusalem délivrée. »

Alexis s'agite, à présent. Il semble réfléchir à toute vitesse, tandis que, derrière lui, ses soldats, sans doute accoutumés à sa morgue impériale, semblent s'alarmer.

« Tu ne pourras pas vaincre des armées professionnelles avec une meute de fanatiques. Peu importe le nombre, nous vous écraserons. »

Je souris.

« Je n'ai jamais dit que je comptais uniquement sur les Fidèles pour mener le Jihad. Vois-tu, j'ai une grande expérience militaire, mais surtout, j'ai un atout particulier, un héritage qui aurait dû t'échoir mais que tes pères n'ont pas su conserver. As-tu jamais mis les pieds à Alexandrie ? Non, bien entendu. C'est fort dommage, parce que, lorsque l'on dispose de la culture requise, comme c'est le cas de certains Croisés que tu sembles mépriser autant que les Seldjoukides ou les Arabes, on y trouve des choses tout à fait intéressantes.

— Parles-tu de ces Machines qui peuvent détruire une armée ?

— Nous les appelons les Pneumatiques.

— Elles ne sont que chimères, elles n'existent pas.

— Tu devrais demander aux chevaliers de Baudouin, l'ancien roi de Jérusalem, ce qu'ils en pensent.

— Tu mens.

— Depuis que je me suis placé entre les Mains du Très-Haut et du Très-Miséricordieux, jamais. Je n'en ai pas besoin.

— Menacerais-tu de lancer tes Machines fantômes contre Byzance ?

— Je ne menace pas, Empereur. »

Un long moment de silence s'installe entre nous deux. Les intimidations ont été prononcées. L'exposé des forces en présence a été fait. Il ne reste maintenant qu'à laisser faire la logique et l'instinct de survie. Toute négociation est le résultat de deux opérations mathématiques de base : l'addition et la soustraction. Rien d'autre. Je l'ai appris d'Ibn Sinâ. Si les pertes que je promets à Alexis Ier Comnène sont jugées supérieures au gain de puissance qu'il espère de la reconquête de l'Orient, il signera un pacte de non-agression, en attendant que change l'équilibre des forces, ce qui est toujours le cas. Sinon, il me tuera, ici, dans sa tente, et mettra la Terre Sainte à feu et à sang, avant d'aller demander des dédommagements à l'Église catholique et aux princes d'Occident. L'évaluation est plus ou moins facile à faire, selon les circonstances, mais il s'agit toujours, en dépit des valeurs dont elle prétend se parer, d'un simple calcul.

Lorsque Alexis relève la tête et avance la main vers le parchemin, je sais qu'il est opéré. L'Empereur déroule le feuillet et s'empare d'un stylet.

« Je veux ta promesse, Grand Émir, qu'aucun fedayin ne cheminera en vue de Byzance, ni n'empruntera les terres de la Macédoine. Nicée et Dorylée constitueront les frontières irréductibles de l'Empire d'Orient. Héraklée deviendra le lieu de nos rencontres, qui devront rester fréquentes et exemptes de tromperies. »

Je retiens l'animal qui exulte en moi.

« Tu as ma promesse, Empereur. En retour, tu ne devras jamais plus intervenir en Anatolie, en Syrie ou en Palestine. Et, si les puissances de l'Extrême-Occident, France, Hispanie ou Italie, te demandent leur aide, à quelque moment que ce soit, tu ne devras jamais intervenir. Si tu respectes ces conditions, je te laisserai, lorsque le sang du Jihad sera retombé, toutes les terres de la Botte, qui forment le cœur de l'antique Rome, jusqu'à la frontière des Alpes. Tu pourras y garantir la prospérité des Chrétiens. Au-delà et en deçà, l'Islam seul se dotera des États qu'il désire. Ai-je ta parole, général romain ? »

Au lieu de paraître vexé par la titulature adoptée, il se lève, me tend son bras, comme tantôt, au bord du lac. Je me lève à mon tour, et mon Assassin esquisse un pas vers nous, mais je le retiens d'un geste discret.

« Tu as ma parole, Émir Ibn Tancrède. »

Lorsque nous nous rasseyons, un souffle d'air froid s'engouffre dans la tente et caresse nos visages, déposant sur nos lèvres les embruns du lac, si proche et si calme. C'est la première fois qu'après une bataille majeure le goût salé que j'ai sur la langue n'est pas celui du sang.

« Il reste une chose », dit Alexis.

Je le laisse poursuivre, en inclinant la tête, attentif.

« Il me faut un accès à la science des Anciens Grecs. Pour la sauvegarde de l'Empire.

— Tu l'auras, Alexis.

— Quand ? »

Je ne réponds pas. Il n'insiste pas.

22

Alexandrie, Rabi'-out-Tani 510 (juin 1124)

[MdTH fo 40 ro]

Au soir de ma vie, tandis qu'encore j'écris ce carnet qui me semble si vain, je contemple le grand phare d'Alexandrie, la merveille des merveilles de l'Orient. Le sixième pilier de l'Islam Unifié, ou du moins, sa matérialisation la plus éclatante, si l'on excepte la Nouvelle Bibliothèque.

Mon fils adoptif, Abû al Walid Muhammad, quatre ans, joue à mes côtés, avec une roue crantée et un bâton. L'éclat de son rire clair monte dans le ciel d'azur, tandis que les voiles blanches des felouques dansent à la lisière de l'horizon surligné d'une brume diaphane. Derrière nous, la cité fondée il y a mille cinq cents ans par le meilleur élève qu'Aristote ait jamais eu, fils légitime de Philippe II de Macédoine, promoteur d'un rêve d'unité qui excédait largement le mien, étincelle sous un soleil généreux.

Jamais je n'ai ressenti une telle paix, une telle sensation de devoir accompli.

Il m'a fallu trois années pour me défaire de mes habits de nobliau à la croix écarlate et devenir un paria, un apatride, un Apostat. Il m'en a fallu douze pour changer le destin d'un monde, en revêtant la robe noire des Assassins.

Quatre fois autant…

Le chemin sinueux, incertain, à partir duquel de nombreux sentiers menaient à la mort, à l'échec ou la négation de soi, je l'ai emprunté jusqu'à son terme. Il m'a mené du Caire, où je m'étais éveillé prisonnier des Fatimides, jusqu'à Mantzikert, où les prétentions impériales ont été muselées par le Grand Émir. À chaque pas, durant ces douze années, il m'a fallu affronter le questionnement qui dominait mon for intérieur avant d'agir, selon la doctrine prônée par Ibn Sinâ, que les Occidentaux terrifiés par le Jihad connaissent désormais sous le nom d'Avicenne, le plus grand de tous les médecins du monde, et qui fut surtout, tous les Nizarites encore vivants se le rappellent, le premier, et le véritable, Vieux-Sur-la-Montagne.

Le maître d'Alamut, qui m'a tout appris.

Mais, le Destin que Dieu, le Très-Haut, Allah le Miséricordieux, quel que soit le nom qu'on lui donne, m'avait attribué, ne pouvait s'arrêter là, bien entendu. Et, durant les quatorze années qui ont suivi, du Traité du Lac Salé jusqu'à cet instant précis, où, assis sur la plus grande jetée de l'Heptastade, aux côtés d'Abû, je sens la mort m'approcher sans la craindre, j'ai dû consolider mon œuvre de Paix en Orient, avant de l'exporter par-delà la Méditerranée pour prévenir toute nouvelle Croisade.

Surtout, j'ai dû me retrouver, et m'accepter, en tant qu'homme, en tant que chair, en tant que cœur qui bat, car nul ne peut mourir en tant qu'icône sans risquer la damnation éternelle. Et bien que je l'aie cent fois méritée, j'ai encore la faiblesse de croire que je peux l'éviter.

[MdTH fo 40 vo]

Trente ans, voilà le temps qu'il m'aura fallu pour sauver mon âme.

Je ne suis pas si vieux, bien sûr, mais je me sens terriblement ancien, comme ces temples partiellement effondrés, à Syracuse, qui se dressaient encore sous le regard des Chrétiens et des Musulmans, comme pour leur signifier qu'il ne fallait pas oublier les civilisations glorieuses des temps les plus reculés. D'une certaine manière, elles avaient joué un rôle préparateur dans l'avènement de celle de l'Unique.

Dès que je l'ai pu, j'ai tout mis en œuvre pour qu'Alexandrie devienne, ou redevienne, le plus grand centre culturel et cultuel d'Orient. Les travaux de la Nouvelle Bibliothèque ont été dignes de ceux entrepris par les plus grands Pharaons, il y a des éons. Et, comme l'avaient fait les érudits de Zénodote d'Éphèse, et les pairs de Callimaque de Cyrène en leur temps, j'ai fait réunir le plus grand nombre d'ouvrages possibles, en mettant en priorité l'accent sur ceux des mathématiciens et des métaphysiciens des siècles enfouis, sans exclure, de toute évidence, les maîtres de la Kabbale et les juristes de Rome au temps de sa grandeur. Et j'ai ordonné qu'ils soient tous traduits en arabe. Des Arméniens, des Juifs, des Turcs, des Hispaniques, des Indiens, même des Chinois ont contribué à cet effort, la plupart de gré, mais certains de force.

Il a fallu près de vingt ans pour achever, de concert, les travaux d'architecture et les traductions. Aujourd'hui, nul esprit ne peut prétendre penser l'Univers s'il ne s'est rendu d'abord à Alexandrie. Des émissaires de tous les royaumes, de tous les empires, de toutes les républiques encore debout, viennent me quémander l'accès aux salles souterraines de la Bibliothèque qu'éclaire un savant jeu de miroirs solaires dont le mécanisme n'est guère connu que de trois ingénieurs qui m'obéissent comme on le ferait d'un Dieu.

Au fond, la plus belle ironie, dans tout cela, c'est que j'ai façonné un Monde qui ne veut plus de moi. Je ne vis que pour mon fils adoptif. Et le temps viendra vite où Abû n'aura plus besoin de moi. Déjà, il dispose des meilleurs précepteurs d'Alexandrie, il apprend les mathématiques, la physique, l'astronomie, l'anatomie, la médecine, la politique, l'histoire, le droit, la musique, le chant, la peinture ; son éducation physique, elle aussi, est entièrement prise en charge : il lutte avec les vétérans des campagnes d'Anatolie, il nage, il court, avec les meilleurs athlètes égyptiens et grecs, il navigue, pilotant aussi bien les voiliers langoureux que les éolinefs les plus véloces. Il ne passe que peu de temps avec son oncle et père adoptif.

Je le regarde. Il délaisse momentanément la roue et le bâton avec lesquels il jouait, et porte son regard sur l'orbe terrestre que l'ampleur de l'horizon laisse deviner.

Il va me poser une question.

Je lève mon stylet.

« Père Tancri…

— Oui, Abû, dis-moi.

— Père Tancri, peux-tu me parler encore de mes parents ?

— Bien sûr. Autant que tu le voudras, Abû. Que veux-tu savoir exactement ? »

L'enfant fronce légèrement les sourcils, qu'il a très clairs, presque blonds, alors que son teint est celui d'un natif des bords du Tigre. Il s'assied en tailleur, face à moi, et joint ses mains sur le sommet de son crâne, comme son père le faisait compulsivement. Il lui ressemble tellement. Mais il a le sourire de sa mère. Et lorsqu'il l'esquisse, par tous les Dieux qui ont jamais penché leur regard vers l'humanité, je ne peux rien lui refuser.

« Est-il vrai que quand tu les as retrouvés, tous les deux ici, à Alexandrie, tu as voulu les tuer ? »

Il commence toujours par cette question.

Et je lui dois, comme toujours, l'absolue vérité.

« Oui, Abû. C'est parfaitement vrai. Vois-tu, après la signature du Traité du Lac Salé avec…

— Alexis Comnène, le Basi… leus ?

— Oui. Ta mémoire est excellente, je te félicite. Après cette signature, je voulais me rendre à

Alexandrie pour retrouver Gaston de Béarn, ton père. Je voulais passer du temps avec lui, voir quels étaient ses progrès, s'il avançait comme il l'espérait dans son étude des volumes les plus anciens de la Grande Bibliothèque, et…

— Avait-il déjà écrit son Manuel sur la Science pneumique et la Vapeur ?

— La Pneumatique, Abû ! Non, il ne l'avait pas encore écrit, mais il réfléchissait déjà au plan, et, je peux te dire qu'il en avait compris toute l'importance pour l'avenir du Monde. Mais, il lui a fallu près de dix ans.

— L'avait-il fini lorsqu'il est… ?

— Oui, Abû. Il venait de le terminer lorsqu'il est mort.

— Aujourd'hui, son Manuel est dans la salle des Sciences de la Bibliothèque. Je leur ai dit que c'était mon père, tu sais. Enfin, mon autre père. Mon premier père. »

J'ignore le pincement près du cœur.

« Tu as bien fait, Abû. Tu dois être fier de ton héritage et toujours le revendiquer. Mais si tu continues à m'interrompre tout le temps en me posant des questions, je ne pourrai pas te raconter toute l'histoire. »

L'enfant se redresse et ferme ses petites mains en deux poings, sur lesquels il vient appuyer son menton, dans une attitude d'écoute très crédible.

Je me retiens de rire.

« Trois années se sont écoulées avant que je ne puisse rejoindre ton père, Gaston, à Alexandrie. Trois années pendant lesquelles, j'ai dû m'assurer que l'élan vers l'Unité de la Foi ne s'essoufflait pas, que le Jihad n'était pas un simple mot, mais une réalité de chaque jour, pour chaque Croyant.

— Il est fini, aujourd'hui, n'est-ce pas ? »

Je fronce les sourcils, que j'ai désormais broussailleux, et Abû se met précipitamment une main sur la bouche.

« De ce côté-ci de la Méditerranée, oui. Mais, tu sais, on ne peut se débarrasser en quelques jours d'un envahisseur qui s'est installé depuis dix ans... C'est finalement en l'an 506 de l'Hégire, au début du mois de Dou-l-Qa'da, que j'ai fait le long voyage jusqu'à Alexandrie. Tu imagines, Abû, mon émotion lorsque j'ai découvert les merveilles de ta cité natale. Jamais je n'avais vu une ville aussi majestueuse. Même Al Qods, je te le dis entre nous (je lui fais un clin d'œil), ressemble à un village en comparaison. »

Il sourit, démesurément fier de notre complicité.

Et moi, je vois sa mère et refoule les larmes que je sens monter en moi.

« Gaston, ton père, m'a accueilli chaleureusement. Il était si heureux de me voir. Tu sais, nous avions déjà partagé beaucoup d'aventures. Il m'a montré ce qui restait de la vieille Bibliothèque, en premier, évidemment. Contrairement à l'idée qui avait été diffusée en Occident, beaucoup d'ouvrages avaient pu être sauvés de l'incendie qui l'avait dévorée dans les temps très anciens. J'ai vu le Traité de Pneumatique de Héron, si précieux à ses yeux. Il le gardait dans une salle de lecture, entouré de ses croquis. Il y en avait des centaines,

Abû. Imagine : partout sur les tables, sur les étagères, sur le sol, accrochés aux murs, reliés entre eux par des traces faites à la craie. C'est là que j'ai réalisé que, pendant que moi je menais le combat sur le terrain de la politique, de la diplomatie et de la foi, lui combattait l'Ignorance. Ton père, Abû, était le plus grand guerrier de la Science et le vrai héritier des savants grecs. Jamais, il n'a renoncé. Jamais, il n'a reculé. C'est un héros... C'est lui qui, le premier, a eu l'idée de faire bâtir une nouvelle Bibliothèque qui permettrait une concentration du Savoir comme le Monde n'en avait jamais connu auparavant.

— Un héros comme Héraklès ? Comme Jason ? Comme Thésée ?

— Oui, si tu veux. Ou plutôt comme Archimède, comme Aristote. Un Prince des Idées, un héros du Savoir, un maître de la Technique.

— Un Ingénieur, dit l'enfant, le regard rêveur.

— Oui, Abû. Gaston possédait ce génie qui permet de transformer la Connaissance en moyens. Il changeait l'équilibre des forces. Tu sais, il nous a donné les clefs de la victoire avec ses Chars, avec ses Éolinefs, avec ses moteurs à vapeur... D'ailleurs, il y a dix ans, c'est la deuxième chose qu'il a tenu à me montrer, après la Bibliothèque. Nous avons visité ensemble les Fabriques Pneumatiques, en face de l'amphithéâtre de Kom el Dick. »

L'enfant, ayant placé ses mains en porte-voix, produit un chuintement lancinant, puis éclate de rire.

« Les Fabriques qui font *chuittt* ! Je les entendais

de ma chambre, quand j'étais tout petit. *Chuitt! Chuitt!* Toute la nuit, toute la journée. Et elles fument tout le temps, celles-là ! C'est comme une respiration. Maman me disait que c'était la Ville qui respirait.

— Oui, Abû. D'une certaine manière, elle avait tout à fait raison. Et c'est dans ces Fabriques qu'ont été construites les douze Éolinefs qui ont emmené nos meilleurs guerriers, mais aussi nos plus grands savants, vers les côtes froides de la Gaule, de l'Italie et de l'Hispanie, de l'autre côté de la Méditerranée. Te souviens-tu de leur départ ? »

Mon fils hésite. Il sait que je teste son honnêteté.

« Non.

— C'est normal, Abû. Tu n'étais pas encore né. Mais ta mère te portait lorsqu'elle a assisté, à mes côtés et aux côtés de ton père, à leur départ. Il y a cinq années, à présent. C'était en 513, en plein cœur de l'hiver. Cela correspondait à l'année 1119 de l'ère chrétienne. Soit exactement vingt ans après que les Croisés avaient pris notre Ville Sainte.

— Et les Douze ne sont pas encore rentrées, aujourd'hui, n'est-ce pas ?

— Non, mon fils. J'imagine que beaucoup de leurs équipages sont morts en combattant au nom d'Allah, au nom de notre liberté. Certains se sont peut-être installés parmi les Infidèles. Les savants sont peut-être, en ce moment même, en train d'échanger des connaissances avec les plus grands des lettrés occidentaux. Je crois que le meilleur avenir possible pourrait précisément résulter de ces échanges. Après le feu et la conquête, c'est le savoir et son partage qui seront le ciment du genre humain... »

C'est à mon tour de me perdre dans une rêverie éveillée. Abû me rappelle vertement à l'ordre.

« Pourquoi voulais-tu tuer ton ami ? »

Je me racle la gorge. Je ne peux plus repousser la vérité.

« C'est à cause de ta mère, Abû.

— Elle s'appelait Clorinde. »

Une nouvelle fois, malgré moi, mon cœur s'arrête... et repart.

Comme j'aurais voulu qu'il se fige, définitivement cette fois-ci.

Mais, il y a l'enfant. Je dois être là pour l'enfant. Jusqu'au bout.

« Oui, Abû. Elle s'appelait Clorinde et elle était une princesse abbasside d'une beauté stupéfiante. Et... je l'aimais, Abû. C'est elle qui m'a sauvé quand j'étais perdu, désespéré, prêt à mourir, aux pieds des Pyramides. C'est elle qui m'a guidé durant ma deuxième naissance. Et je la croyais morte, tu comprends ? Elle était à mes côtés depuis des années, m'aidant à diriger les Assassins depuis Fort Alamut, quand elle est tombée sous les coups de l'ennemi à la bataille de Tell Bacher. Je l'ai vue, à terre, grièvement blessée. Et lorsque je me suis réveillé, à Tripoli, ton père...

— Gaston t'a dit qu'elle était morte, n'est-ce pas ?

— Il m'a menti.

— Pourquoi, papa Tancri ?

— Parce qu'ils s'aimaient tous les deux, Abû. Tes parents s'aimaient d'un amour plus pur que celui qui permet aux âmes de monter vers Dieu. Et, moi, je n'avais rien vu. Je n'en savais rien. J'étais bien trop occupé à diriger les Assassins, puis tous les Croyants vers le juste chemin qui les placerait tous sous la protection d'Allah.

— Tu veux dire que tu ne t'es pas occupé d'elle, c'est ça ?

— Oui, c'est exactement cela, Abû. Je ne l'ai pas aidée.

— Tu ne l'as pas vraiment aimée ? »

Je n'ai qu'une seule vraie réponse à apporter à mon fils adoptif. Mais, tandis que je me noie dans son regard clair, aussi clair que celui de son père, et que je ressens son besoin de repères, de modèles auxquels l'orphelin qu'il reste, malgré tout l'amour que je peux lui offrir, je n'ai pas le courage de le faire. Lui mentir, c'est le protéger. Et s'il le désire, il pourra me tuer, plus tard.

« Non, Abû. Je ne l'ai pas vraiment aimée… »

Chaque mot m'est une souffrance indicible, mais mon visage d'ancien maître des Assassins demeure impassible.

« Gaston lui l'aimait. Elle était sa princesse, n'est-ce pas ?

— Oui, Abû. Tu es le fruit d'un amour plus solide que les murailles d'Al Qods, plus lumineux que le phare d'Alexandrie. Plus profond que les salles de la Nouvelle Bibliothèque. »

Il sourit, et à travers lui, j'ai l'impression que sa mère me pardonne.

« Alors, lorsque j'ai appris tout cela, lorsque Gaston m'a révélé la vérité et que ta mère, Clorinde, est apparue, j'ai failli perdre la raison. Je ne te demande pas de me comprendre, tu sais. Mais j'étais si en colère, si blessé. Avant de comprendre que ma colère se dirigeait contre moi, que ma blessure n'était imputable qu'à moi-même, j'ai voulu tuer tes parents. Ton père et moi, nous nous sommes battus, comme des chiens errants, faméliques et malades. En tentant de nous séparer ta mère a été blessée au visage. Et je... »

Malgré moi, ma voix se brise et l'enfant reprend la parole.

« Je me souviens de sa cacitrice...

— Cicatrice.

— Oui. Maman me disait qu'il fallait regarder où je mettais les pieds, sinon j'en aurais plein partout, des cicatrices. »

Son sourire m'emporte.

« Tu sais, papa Tancri, je ne t'en veux pas du tout. »

Il se lève et, avant que je n'ai pris conscience de son geste, il se jette dans mes bras et me serre de toutes ses forces d'enfant.

« Après tout, tu ne les as pas tués, mes parents.

— Non, Abû.

— Tu sais, je t'aime, papa Tancri. »

Les larmes que j'ai retenues toute ma vie sortent, à présent. Et elles sont plus brillantes que les larmes d'Allah. Je tiens l'enfant contre moi et, au lieu de clamer sa surprise, car jamais il ne m'a vu pleurer, il me serre encore plus fort, comme pour mieux m'aider à vider ce sac d'amertume et de douleur que j'ai porté contre mon cœur depuis si longtemps.

Il comprend et ne me posera plus de question, du moins pas aujourd'hui.

Je n'aurai donc pas besoin de lui dire comment ses parents sont morts, peu de temps après sa naissance, le jour où Gaston, perpétuellement insatisfait de ses découvertes, toujours avide de nouvelles expérimentations, a voulu inaugurer, aux côtés de sa princesse, la première avinef qu'il avait conçue, en s'élançant du toit, à peine terminé, de la Nouvelle Bibliothèque, à l'aube. Il voulait offrir à Clorinde une nouvelle perspective, lui montrer la beauté du monde, du Delta et d'Alexandrie, vue des yeux d'un oiseau. Et, n'ayant pu l'en dissuader, elle l'a accompagné. Ils ne sont pas morts sur le coup. Je les ai fait porter jusqu'à leur demeure blanche, juste à côté des jardins suspendus de la Bibliothèque, à quelques pas de l'étude de Gaston, bien entendu. Ils sont morts main dans la main et m'ont confié l'éducation et le bonheur du bébé.

Une mort ridicule ?

Une mort égoïste, vaine ?

C'est ce que certains de mes lecteurs penseront, mais, je dirais, avec le recul, que c'était une mort parfaite, méritée, offerte avec la générosité absolue qui caractérise la Main de Dieu. Gaston et Clorinde ont touché l'azur, quitté la terre. Ils sont, désormais, éternellement unis en Dieu. Et les fragments de l'avinef expérimentale qui les a emportés sont suspendus dans la grande salle de consultation de la Bibliothèque, rappelant à tous, chercheurs et lecteurs, que la quête de la connaissance a un prix.

Longtemps, je me suis demandé quel était le

sacrifice de Gaston. Après tout, Ibn Sinâ a vu juste pour moi : « ce que vous aurez de plus cher, vous le perdrez ». J'ai perdu Clorinde en embrassant l'Orient. J'ai vécu seul jusqu'à cette année 514 de l'Hégire où Abû al Walid Muhammad Ibn Gaston Ibn Tancrède est devenu mon fils adoptif, par le testament de ses deux parents, prononcé sur leur lit de mort.

Je *sais* à présent, quel est le *sacrifice* de mon frère béarnais.

Et il est infiniment pire que le mien.

Lorsqu'il l'a mesuré, juste avant d'expirer, sa douleur a dû être pire que toutes celles endurées par les hommes, infligées par les hommes, subies par les hommes, depuis l'origine de l'humanité. La plus grande douleur qu'un être conscient, doué d'intelligence et capable d'émotions puisse éprouver. Car sa mort, prématurée, l'a privé de son fils, du bonheur de le regarder grandir, de l'accompagner dans sa découverte du monde, de ses joies et de ses difficultés. Il ne saura jamais comment son enfant les a éprouvées et surmontées. Un autre le fera à sa place. Et même si cet autre est un ami, un proche, un frère, cela ne change rien. Dans les derniers éclats de sa conscience, la perte qu'il s'est infligée à lui-même, et à sa femme, est plus grande que l'Univers. Son sacrifice est venu tard, beaucoup plus tard que le mien, et a suivi des modalités différentes, presque inversées, puisque c'est de sa propre main qu'il s'est ôté le bonheur de vivre auprès de son fils. Au dernier moment, alors qu'il était jeune père, alors qu'il lui fallait se concentrer sur l'enfant qu'il venait de recevoir de Dieu, il a opté pour la Science de préférence à l'Amour. Et l'a payé, au tout dernier moment. Lorsque son âme immortelle a dû se fondre dans la nuit, et même si celle de Clorinde l'accompagnait sans doute, il l'a su. Je n'oublierai jamais son dernier regard.

Et le bonheur qu'il a sacrifié, c'est à moi qu'il revient.

La récompense qu'il a méritée, c'est à moi de la cueillir.

Et la seule chose que je puisse faire, c'est de l'accepter, d'élever l'enfant de mon mieux, de mener ce combat plus dur que tous ceux de la Foi, de la Liberté, et de Vérité réunis. Simplement, aider le fils de mon ami à devenir un homme qui, très probablement, imprimera sa marque sur le Monde, comme son père. Mais, il m'appartient qu'il le fasse sans se renier.

Mes larmes taries, je me lève.

Abû ne m'a pas lâché. Il prend ma main et me guide vers la Bibliothèque.

« Papa Tancri, tu veux bien me lire encore le grand livre ? Tu sais, celui qui raconte les exploits d'Ulysse et d'Achille. »

Je regarde le soleil.

« N'est-ce pas l'heure de la prière, mon fils ? »

L'enfant fait une grimace et, d'un coup de pied rageur, lance son bâton et sa roue dans les flots du port.

« La prière m'ennuie, père. »

Sa franchise, une nouvelle fois, m'émeut.

Il est si direct, si sincère.

« Dieu te regarde, Abû.

— Eh bien, je fais ce que je dois faire, et il le sait ! »

Je tourne mon regard vers la Nouvelle Bibliothèque, d'où les lecteurs sortent en grand nombre pour se préparer à la prière.

« Regarde, père Tancri. Ils sortent tous. On va avoir tous les livres pour nous ! Viens ! »

Il s'élance en courant. Je devrais le retenir. Je le sais. Mais, il y a longtemps que je n'ai pas couru. Ma vieille blessure au mollet va sans doute se réveiller. Quelle importance, au moins, elle me rappelera que je suis bien vivant. Je lui emboîte le pas et mon cœur, j'en suis sûr, bat avec le sien, à l'unisson. Lorsque je le rejoins sur le parvis, où il a eu la gentillesse de m'attendre, il me sourit, aussi lumineux que le phare en pleine tempête, et m'assure :

« Quand je serai grand, je serai philosophe.

— Comme Aristote ?

— Oui, oui. Je serai comme lui. J'aiderai tous les hommes. Même ceux qui prient. »

Il ne sait pas ce qu'il dit. Ou alors c'est moi qui n'ai rien compris, et ce, depuis le début de ma vie.

Il me prend par la main et m'entraîne dans l'ombre fraîche, hantée de Science.

Annexes

BIBLIOGRAPHIE RAISONNÉE

ANONYME, *Chronique de la première croisade*, éd. Arléa, 1998.

BURLOT, J., *La Civilisation islamique*, Hachette, références, Paris, 1990.

COLLECTIF, *L'Orient au temps des croisades*, textes arabes présentés et traduits par Anne-Marie Eddé et Françoise Micheau, éd. GF-Flammarion, 2002.

COLLECTIF, *États, sociétés et cultures du Monde Musulman Médiéval (Xe-XVe s.)*, éd. PUF, Nouvelle Clio, 1995.

DAFTARY, F., *Les Ismaéliens, histoire et traditions d'une communauté musulmane*, éd. Fayard, 2003.

DUCELLIER, A., *Le Miroir de l'Islam. Musulmans et Chrétiens d'Orient au Moyen Âge (VIIe-XIe s.)*, Paris, 1971.

—, *Chrétiens d'Orient et Islam au Moyen Âge (VIIe-XVe s.)*, Paris, 1996.

DELARUELLE, E., *L'Idée de croisade au Moyen Âge*, Turin, 1980.

DEMURGER, A., *Chevaliers du Christ*, éd. Seuil, 2002.

ELISSEEF, N., *L'Orient musulman au Moyen Âge (622-1260)*, Armand Colin, coll. « U », Paris, 1977.

FIRESTONE, R., *Jihad. The Origin of Holy War in Islam*, Oxford, 1999.

FLORI, J., *La Première Croisade*, éd. Complexe, 2001.

—, *Guerre Sainte, Jihad, Croisade, violence et religion dans le christianisme et l'islam*, éd. Seuil, Points Histoire, 2002.

—, *La Guerre Sainte. La formation de l'Idée de Croisade dans l'Occident chrétien*, Paris, 2001.

—, *Pierre l'Ermite et la première Croisade*, Paris, 1999.

—, *L'Idéologie du glaive. Préhistoire de la chevalerie*, Genève, 1983.

GARDET, L., *La Cité musulmane : vie sociale et politique*, Vrin, Paris, 1978.

GUICHARD, P. & SENAC, Ph., *Les Relations des pays d'Islam avec le monde latin, milieu Xe-milieu XIIIe s.*, Paris, 2000.

LAOUST, H., *Les Schismes dans l'Islam*, Payot, Paris, 1965.

LEWIS, B., *Les Arabes dans l'Histoire*, éd. Flammarion, Champs, 1996.

—, *Islam*, éd. Gallimard, Quarto, 2005.

MAALOUF, A., *Les Croisades vues par les Arabes*, éd. J'Ai Lu, 1983.

MANTRAN, R., *L'Expansion musulmane (VIIe-XIe siècles)*, P.U.F., Nouvelle Clio, Paris, 1969.

MAZAHERI, A., *La Vie quotidienne des Arabes au Moyen Âge*, Hachette, Paris, 1951.

OLDENBOURG, Z., *Les Croisades*, NRF Gallimard, Paris, 1965.

SEYED HOSSEIN NASR, *Sciences et Savoir en Islam*, Sindbad, Paris, 1979.

SIVAN, E., *L'Islam et la Croisade : idéologie et propagande dans les réactions musulmanes aux croisades*, Paris, 1968.

SOURDEL, D. et J., *Dictionnaire historique de l'Islam*, Paris, 1996.

—, *La Civilisation de l'Islam classique*, Arthaud, Paris, 1968.

TUCOO-CHALA, P., *Quand l'Islam était aux portes des pyrénées : de Gaston IV le Croisé à la Croisade des Albigeois (XIe-XIIIe)*, J&D éditions, 1994.

VERDON, J., *Voyager au Moyen Âge*, éd. Perrin, Tempus, 2003.

VON GRÜNEBAUM, G., *L'Islam médiéval*, Payot, Paris, 1962.

VON HAMMER-PURGSTALL, J., *Histoire de l'Ordre des Assassins*, Pardès [1833], 2002.

DISCOGRAPHIE

« Tancrède », un opéra d'André Campra (1702), Danchet (librettiste), interprété par « l'Ensemble instrumental de Provence », Clément Zaffini (sous la dir.), Jacques Bona (baryton), Catherine Dussaut, Georges Durand (sopranos), Armand Arapian (ténor) ; enregistré en 1981, sous le label Pierre Verany, deux gravures disponibles (en AAD) : 1989 et 2004 (rééd.).

REMERCIEMENTS

Ce *Tancrède* doit beaucoup et à un très grand nombre de personnes.

D'abord, à tous ceux et à toutes celles, dans mon entourage, qui m'ont écouté parler de *Tancrède* depuis près de dix ans et qui n'ont eu de cesse de m'encourager à le terminer. Parmi eux, je m'adresse tout particulièrement à Florian Tancogne, qui a grandi en me posant la même question à chaque repas de famille : « Tu l'as fini ton livre, tonton Ugo ? »

Ensuite, à bien des égards, *Tancrède* est un « roman familial ». Je remercie mon oncle, Michel Zaffini, qui a suivi presque toutes les étapes du manuscrit ; ma mère, Marie-Claude, qui a toujours cru que j'étais capable de finir cet hommage délicat de la plume à la baguette ; ma sœur, Vanessa, qui vibre de la même passion pour l'Imaginaire, mais sur scène ; et, plus que tout autre, Anne, dont la confiance me porte dans tous mes projets.

Enfin, je remercie Marc-Olivier Aiken, Fabrice Anfosso, Anouk Arnal, Chrystelle Camus, Gilles Dumay, Olivier Girard, Éric Holstein, Xavier Mauméjean, Philippe Monot, Jean-Yves Pascal, Laurent Queyssi, Jean-Jacques Régnier, Sylvain Renault qui, tous, ont fait un bout de chemin aux côtés de Tancrède. J'adresse un remerciement tout particulier à Éric Picholle, qui m'a fourni un personnage clef, et à Jean-François Mariotti, pour la surenchère.

Et bien sûr, je n'oublierai pas Sirius.

POSTFACE

La petite musique de la maturité...

Le *Tancrède* que vous venez de lire n'est pas un roman historique. Et la posture d'historien de mon avant-propos ne constituait qu'un masque, très facile à revêtir, pour mieux vous attirer dans mon piège fictionnel. Si mon roman épouse scrupuleusement une bonne partie des événements qui constituent la première Croisade, surtout dans sa première partie, s'il s'appuie sur un grand nombre de lectures et de recherches préalables, ce n'est que pour mieux me permettre de *créer* une trame qui s'affranchit de l'histoire telle que vous la connaissez.

En termes plus clairs, *Tancrède* est une uchronie.

Comme toute uchronie qui se respecte, il n'est pas fait pour que vous vous posiez la question de savoir si certains des faits imaginés par son auteur *auraient pu* effectivement avoir lieu. Vous savez bien qu'ils ne sont pas advenus, et cela suffit à les disqualifier, mon travail n'ayant pas partie liée avec le révisionnisme. Non, la vraie interrogation, la seule qui soit pertinente, c'est celle de savoir comment ce long et complexe passé, commun à l'Orient et à l'Occident, comment tout ce matériau culturel, cultuel, géopolitique et sociétal, accumulé par les chercheurs et distillé par les enseignants sur les causes, le déroulement et la portée des Croisades, tout particulièrement de la première, comment cette histoire donc, peut nous fournir, par le détour de l'imaginaire, une *grille de lecture idoine* pour appréhender notre présent dans sa *complexité.* Pour le vivre pleinement, en refusant la bipolarisation simpliste que l'on nous vend bien trop souvent. La toile de fond historique de *Tancrède*, au maillage serré, n'est que le support d'une aventure humaine : celle de la prise de position, d'abord psychologique, puis en actes, de l'individu par rapport à un contexte de crise donné, à sa culture d'origine, et à celle que ses choix le portent à découvrir. Je n'ai cherché qu'à vous « divertir », au sens noble du terme : à vous proposer une « divergence » qui détourne votre regard de la réalité, le temps d'un rêve éveillé, afin que, de retour, à la faveur d'un plus grand angle, vous puissiez mieux la percevoir.

Mais, lorsqu'on se lance dans l'écriture d'un roman, qu'il soit ou non uchronique, les sources ne sauraient être seulement intellectuelles. Derrière *Tancrède*, il y a aussi de profondes émotions, et la quête d'une maturité personnelle. Il y a ce besoin de rendre hommage à tous ceux dont l'amour et les conseils m'ont aidé à trouver le courage de conquérir ma *place au soleil*, et la force de la conserver. Dès cet instant, je préfère prévenir le lecteur trop friand de spéculation, c'est le cœur qui prend le pas sur l'esprit, le souvenir qui éclipse l'hypothèse rationnelle. L'uchronie se mue en euchronie, ce « temps du bonheur » qui construit mieux l'être que la souffrance, fût-elle dominée. Que tous mes proches, famille et amis, qui me supportent au quotidien, ou ne me voient que de loin en loin, sachent que, si le temps m'en est donné, ils auront tous leurs « pages de gloire », car c'est ma manière de les *aimer* en retour.

Je vais parler ici de mes deux grands-pères, qui m'ont légué bien plus qu'une mémoire et des valeurs partagées. Mon grand-père paternel, Guido Bellagamba, fut général d'artillerie dans l'armée italienne. Il était passionné d'histoire diplomatique et militaire. Grand lecteur, il faisait preuve d'une érudition toute particulière sur l'épopée d'Alexandre le Grand et sur le premier Empire napoléonien. Il avait également lu, en français, l'intégrale de l'œuvre de Jules Verne, dont il possédait une édition magnifique, dite « à l'enseigne du canon », qui, aujourd'hui encore, m'attend quelque part, au fond d'une bibliothèque des faubourgs de Rome. C'est pour ce grand-père, digne et érudit, que j'ai écrit ma première novella uchronique, « L'Apopis républicain [1] ». Un texte qui, aujourd'hui encore, reste l'un des plus chers à mon cœur.

Mon grand-père maternel nous a quittés en 2008, après une longue maladie d'Alzheimer et une surdité qui lui était comme une gifle imméritée du destin à la fin d'une vie entièrement dévouée à la Musique. Il s'appelait Clément Zaffini et était chef d'orchestre, hauboïste et professeur au conservatoire Darius Milhaud d'Aix-en-Provence. Malgré la guerre et les mille difficultés qui l'accompagnèrent et la suivirent, il ne dévia jamais du chemin qu'il s'était tracé, à force de passion et de travail. Il dirigea, pendant près de quarante ans, l'Ensemble instrumental de Provence que lui-même avait fondé au début des années 1960, et fut nommé chevalier de la Légion d'honneur en 2001 pour l'ensemble de son travail. *Tancrède* est pour lui.

Clément Zaffini m'a appris à écouter les *grands compositeurs,* depuis les maîtres du baroque jusqu'aux post-romantiques (Ludwig van Beethoven et Frédéric Chopin restent, aujourd'hui encore, mes préférés). Depuis, il ne se passe pas une journée, sans que la Musique ne m'accompagne, justifiant tous les mots que j'écris. *Tous*. Je ne peux écrire sans musique. J'en écoute en réécrivant cette post-face pour l'édition Folio SF de *Tancrède*. La musique tient à l'écart le monde extérieur, et m'offre l'*élan*. En tant que génératrice d'inspiration, je la juge *infiniment supérieure* à tout. Elle me transporte instantanément, *là où je dois être pour écrire*.

La Musique est ma clef d'imaginaire. Et mon grand-père *vit* dans le roman que vous venez de lire ; il est présent

1. In *La Cité du Soleil*, Folio Science-Fiction n° 215. *(Toutes les notes sont de l'auteur.)*

dans cette oasis de fraîcheur en plein désert, dans cette bibliothèque-refuge loin du fracas des batailles, dans cette douceur humaine en lutte contre l'âpreté des événements. Son *Tancrède* est à l'origine du mien, comme un passage de témoin. C'est un opéra baroque de 1702 qui a marqué sa vie : le *Tancrède* d'André Campra (1660-1744), sur un livret d'Antoine Danchet (1671-1748). La rencontre entre le compositeur provençal et le rhétoricien devenu librettiste donna aussi *Hésione* (1700), *Idoménée* (1712) et *Les Festes Vénitiennes* (1714). Clément Zaffini a redécouvert *Tancrède* au milieu du XXe siècle, à partir de manuscrits retrouvés dans les dépôts d'archives d'Aix-en-Provence et à la Bibliothèque nationale de France. Avec minutie, à partir de deux voix seulement, il a « reconstitué » cet opéra qui incarnait, sinon impulsait, à l'aube du XVIIIe siècle, un appel aux sens et aux plaisirs, sans renoncer à la clarté du phrasé ; une sorte de passerelle entre le Classicisme et la Quête du Bonheur caractéristique des Lumières. En le rendant au public, Clément Zaffini fit figure de pionnier de la redécouverte du baroque en France. Reconnaissance rare dans la carrière d'un chef d'orchestre de province, il eut l'opportunité d'enregistrer ce *Tancrède* avec son Ensemble instrumental de Provence, pour la prestigieuse Deutsche Grammophon, au début des années soixante, sur vinyle 33 tours, puis de le graver sur CD-laser, à l'époque où celui-ci passait encore pour le *nec plus ultra*, sous le label Pierre Verany Disques, en 1993. Son fils, Michel Zaffini, qui est aussi mon parrain, n'avait que treize ans lors du premier enregistrement, mais il put prendre part au second, en tant que claveciniste, et joua aux côtés d'instrumentistes de talent comme Claude Michaut (contrebasse) et Aurélia Spadaro (violon), et de voix non moins remarquables telles que Armand Arapian (basse), Jacques Bona (baryton), ou Catherine Dussaut (soprano).

Lorsque j'ai terminé mon *Tancrède*, il y a deux ans, et après près de dix années de recherches et de réflexions, j'ai eu l'impression d'avoir exactement *fait ce qu'il fallait*, en ayant mobilisé toute l'énergie, tout l'amour, toute la technicité dont j'étais capable au moment où le texte devait aboutir. Et, pour cette raison, autant que pour l'ambition spéculative dont je l'ai nourri, dont j'ai longuement parlé ailleurs, notamment dans l'émission radiophonique que François Angelier m'a fait l'honneur de lui consacrer sur France Culture, je ne l'oublierai jamais. Mais, aujourd'hui, *Tancrède* est un peu loin et, depuis sa publication, j'ai continué à pratiquer cet aller-retour entre l'Université et l'Imaginaire, entre la Musique et l'Écriture, entre le *Space Opera* et l'Uchronie, qui me caractérise. Ainsi, un essai sur les uchronies, en coécriture avec André-François Ruaud, est en préparation malgré des retards qui me sont entièrement imputables. Il sera très différent de ce que j'ai écrit jusqu'ici en termes de *non fiction* : moins *universitaire*, plus *subjectif* sans doute, et beaucoup plus *léger* aussi. De même, je pense que mes fictions à venir, si elles sont publiées, surprendront ceux de mes lecteurs qui s'étaient accoutumés, bon gré mal gré, à ce ton, parfois sentencieux, du « docteur » Bellagamba (le clin d'œil était irrésistible, pardonnez-moi). Oui, pour paraphraser Giuseppe Tomasi di Lampedusa, je dirais que *tout a changé, afin que rien ne change*, depuis l'exposition-découverte *Science & Fiction : aventures croisées* à la Cité des Sciences et de l'Industrie de Paris, en 2010-2011, dont j'ai été, plus d'une année durant, l'un des commissaires scientifiques, aux côtés de Roland Lehoucq, Clément Pieyre et Patrick Gyger.

Je m'explique. Pour préparer cette exposition, il m'a fallu livrer des centaines de lignes de synthèses sur les champs intersectés de l'utopie, des voyages extraordinaires, et de la science-fiction au sens le plus large du terme, depuis les pères européens du merveilleux scientifique, jusqu'aux maîtres américains de la singularité ; faire le point de mes connaissances, faire des recherches complémentaires, évaluer la pertinence et l'utilité de chaque information, dans des documents qui, aussi concis qu'ils aient pu me sembler au moment de leur livraison aux commissaires internes de la

Cité, Évelyne Hiard et Sophie Lescuyer, ont été systématiquement, et, je l'ai compris un peu tard, *nécessairement*, encore simplifiés, réduits à leur trame, à quelques mots clefs qui « parleraient » au plus grand nombre des visiteurs de l'exposition. Au « grand public ». Ah, le *gros mot* est lâché ! Et, si au début j'ai lutté contre cette simplification, que je jugeais outrancière, je me suis « transformé », peu à peu, sans m'en rendre compte : de jeune auteur de science-fiction, ivre de reconnaissance et d'originalité, ayant commencé par publier une nouvelle intitulée « Écrire l'humain », qui s'adressait au public plutôt restreint des lecteurs se trouvant à l'intersection de *Demain les chiens* de Simak et de *L'Esprit des Lois* de Montesquieu, je suis devenu modeste artisan de l'accessibilité et de l'attractivité d'une exposition *énorme* qui devait célébrer l'union de la fiction et de la science, et convoquait à ces noces, forcément périodiques, toute la science-fiction de l'âge d'or, la notion de Singularité, les oreilles de Spock, les scaphandres réalistes de *2001 : l'odyssée de l'espace*, les *pulps* américains, *Surface de la planète* de Daniel Drode, *Le songe* de Kepler, les carnets de Laurent Genefort, le Temps lui-même, et R2D2. Cette expérience, inégalable, imprévisible, m'a changé. S'y est ajoutée, celle d'un enseignement intitulé « Culture et Communication Scientifique », dans le cadre d'une licence pluridisciplinaire Science & Culture, à l'Université de Nice-Sophia-Antipolis, toujours pionnière en matière d'interdisciplinarité. J'ai pu identifier, dans une formidable heuristique, à la Cité comme à l'Université, les parallèles qui existent entre la vulgarisation scientifique, lorsqu'elle est élégante et sincère, et les techniques de la science-fiction, lorsqu'elle est elle-même, c'est-à-dire, vertigineuse et enlevée. Tout cela, tout autant que *Tancrède*, a eu un impact profond. Alors que je ne jurais, jadis, que par le nombre de références, de notes, de sources, d'adjectifs, de livres, de mots, d'effets, d'interprétations, d'envolées lyriques, j'ai compris qu'il suffisait le plus souvent d'un simple mot sur une page, d'une note sur un piano, du chant d'un soliste, d'une courbe à la naissance d'une figure, d'une touche de couleur dans un tableau, pour provoquer l'émotion la plus intense, et communiquer un savoir le plus pérenne. L'art de *la ligne claire*, tel que le pratiquait admirablement Robert A. Heinlein, auquel j'ai consacré un essai en coécriture avec Éric Picholle qui m'a également beaucoup apporté (*Tancrède* est aussi un clin d'œil à Éric et je suis bien certain que ceux qui le connaissent l'ont déjà reconnu parmi les personnages clefs du récit). Cette ligne claire, il me reste à l'appliquer véritablement, après avoir cheminé vers elle, au fil de mes travaux, de mes expériences.

Il me semble percevoir, dans le lointain, mais de plus en plus proche, la petite musique de la maturité. Elle me dit que le rôle de l'écrivain, qu'il soit ou non de science-fiction, est très proche de celui de l'enseignant, et guère éloigné de celui, *ô combien merveilleux*, de papa : il s'agit de *donner envie du monde* en l'expliquant de façon claire. Il s'agit d'*enchanter le réel*, même s'il est parfois *dégueulasse*, en refusant de le diaboliser. Il s'agit de *faire tinter* délicatement les terres lointaines pour mieux résonner en celle-ci. Et la maturité, c'est de continuer à écrire, encore, alors même qu'on a l'impression que le devoir est accompli. Écrire pour soi, pour ses enfants, pour être utile à *autrui*. Écrire comme une modalité du partage. Oui, le temps de mes gammes est fini. La partition s'ouvre. Et, dans le silence qui suit, j'ai la très nette impression de m'être suffisamment éclairci la voie. Vous me direz si j'ai raison…

Ugo Bellagamba,
Nice, mai 2011

LES TEMPLIERS D'AL QODS

La nouvelle qui suit a été rédigée en 2001 pour une anthologie sur les Templiers, qui n'a jamais vu le jour. À quelques corrections formelles près, je l'ai délibérément laissée telle qu'elle était, avec ses maladresses et ses failles. Si je vous la livre, chers lecteurs, c'est donc moins pour sa qualité intrinsèque que pour ce qu'elle représente : l'une des sources indirectes de *Tancrède*. Les quelques lignes ci-dessous sont des explorations, des balbutiements qui m'ont amené jusqu'au roman, en près de dix années. Je vous offre une brève plongée dans ce qui est le plus intime pour un auteur : son inspiration.

À l'évidence, je n'étais pas encore « mûr » en 2001 pour m'attaquer aux grands sujets que ce texte convoque. Une méconnaissance des subtilités profondes de la foi islamique et des complexités de la règle de l'Ordre du Temple me semble, aujourd'hui, le grever. Même pas un mot sur les Assassins. J'y insiste beaucoup plus sur l'aspect « dramatique » de la situation qu'affrontent les compagnons de Hugues de Payns. Il ne s'agissait là que d'une ébauche, bien trop imprégnée par l'actualité internationale de l'année 2001 (encore que la première version du texte date du mois d'août). Cette nouvelle exprime toutefois une thématique spécifique que l'on retrouve bien dans le roman : celle de l'uchronie, qui est clairement identifiable dans les passages mis en exergue, au début et à la fin du texte. L'idée m'en est venue en découvrant l'*Uchronie* de Charles Renouvier, ce texte fondateur du genre sur lequel je n'avais pas encore vraiment passé assez de temps (la parution de mon article en histoire des idées politiques qui découle d'une lecture plus approfondie ne date que de 2005). De surcroît, au sein du genre uchronique, cette nouvelle met l'accent sur un « *point de divergence* » en train de naître ; l'enjeu n'y est donc pas d'identifier l'événement fondateur, comme dans la plupart des textes classiques, mais bien de le faire vivre au lecteur. Or, c'est très précisément l'ambition que j'ai poursuivie dans *Tancrède*.

Si j'ai décidé, avec l'aval bienveillant de Pascal Godbillon, d'inclure cette nouvelle dans l'édition Folio SF de *Tancrède*, c'est parce qu'elle vous prouvera, par l'exemple, qu'un texte ne saurait remplir sa mission, spéculative et d'émerveillement, sans la rencontre entre le cœur et l'esprit. Ici, il manque l'essentiel : Tancrède, lui-même. Celui de mon grand-père, celui d'André Campra qui l'a tant marqué, et par ricochet, qui est venu jusqu'à moi. Entre les racines familiales et le terreau de l'Imaginaire, c'est bien lui le fil directeur qui m'a permis de planter l'idée, d'attendre la floraison, et d'enfin cueillir les fruits. Tout projet littéraire qui atteint son but vient du vécu. Une belle leçon, pour tous les apprentis auteurs.

> Car ce n'est pas contre des adversaires de chair et de sang
> Que nous avons à lutter, mais contre les Principautés,
> Les Puissances, les Régisseurs de ce monde des ténèbres,
> Contre les esprits du Mal qui hantent les espaces célestes.
>
> *Épître de saint Paul*
> *aux Éphésiens (6, 12)*

Je m'appelle Ahmed ibn Haroun ibn al Raschid ibn al Hazari ibn Godefroy de Saint-Omer et je suis Templier. Comme mon père, le père de mon père, son père et le père de son père avant lui. Le premier de notre lignée fut le compagnon du martyr Hugues de Payns. Il fut « le Franc à la croix écarlate et à l'âme pure » qui reconnut Allah, emprunta le chemin de la Vraie Foi et lança le Jihad contre les Barbares, en l'an 527 de l'Hégire[1]*. Ce qui changea la face du Monde.*

Ma fonction d'archiviste au sein de la communauté des guerriers saints d'Al Qods emporte la charge de transmettre la Véritable Histoire. C'est avec une profonde humilité et sous le regard de Dieu le Très Miséricordieux, le Très Compatissant, le Très Haut, et du Prince des Prophètes, mon Seigneur et Maître Mahomet, que j'entreprends de la retranscrire ici pour l'édification des générations futures, des fidèles qui peupleront le monde de part et d'autre du grand Océan de la Foi…

*

En l'an 505 de l'Hégire, lorsque le Commandeur Hugues de Payns partit pour l'Occident lointain afin de recruter de nouveaux défenseurs de la vieille et honnie Chrétienté, cinq membres de l'Ordre du Temple l'accompagnaient : son plus proche et plus fidèle compagnon, mon ancêtre le chevalier Godefroy de Saint-Omer, le trapu et puissant Payen de Montdidier, le subtil et rusé Archambaud de Saint-Amand, l'archer émérite Geoffroy Bisol, et le taciturne Roland de Tyr.

La Compagnie traversa la Mer du Milieu à bord d'une grande galère romaine. Celle-ci était dotée de longs avirons manœuvrés par sept rameurs, aidés de contrepoids en bronze et de *dames de nage*, destinés à augmenter la vitesse du navire. À l'aplomb du franc-bord démesuré, les destriers,

1. L'Hégire, en 622 après J.-C., marque le point de départ de l'ère musulmane : Mahomet (571-632) critiqua les traditionnelles idoles des tribus et commença à prêcher la doctrine de l'Islam, *la soumission à un seul Dieu*. Les Koraïchites tentèrent de le supprimer. Mahomet décida de s'enfuir de La Mecque (*hégire*) et de se retirer à Yatreb, qui devint Médine. L'année 505 de l'Hégire correspond à l'an 1127 de l'ère chrétienne.

les armes et l'équipement des Templiers emplissaient presque tout l'espace du pont, sous la grande voile carrée arborant la croix écarlate, emblème de l'Ordre. Malgré le manque de moyens matériels mis à la disposition du Temple, la Compagnie irradiait une impression de puissance à laquelle Hugues de Payns tenait beaucoup. Il avait confié à Godefroy de Saint-Omer qu'il importait de montrer à l'Europe et à la Papauté la force et la détermination des prêtres guerriers qui avaient fait vœu de protéger la Terre Sainte.

Durant la traversée, Godefroy discuta longuement avec Hugues de leur mission en Occident. Plusieurs considérations la rendaient prégnante. Depuis sa fondation en l'an 497 de l'Hégire[1], l'Ordre du Temple avait grandi, mais pas suffisamment pour assumer pleinement sa première mission : la protection des pèlerins chrétiens en Terre Sainte. Il avait besoin de nouvelles recrues. Parallèlement, une organisation ordinale précise, une règle commune à toutes les commanderies germées sur les franges de l'Orient, était devenue nécessaire. Hugues et Godefroy entendaient réclamer la rédaction de cette règle du Temple à un concile œcuménique. Ils comptaient également sur l'appui de saint Bernard qui, dans ses échanges épistolaires avec le Commandeur, prétendait avoir déjà légitimé l'existence des Templiers auprès des autorités ecclésiastiques et laïques. Si Hugues de Payns et ses compagnons réussissaient dans leur entreprise, les Templiers incarneraient un idéal chrétien en plein cœur d'une terre encore hantée par le paganisme.

Pour monter cette expédition en Occident, Hugues de Payns avait obtenu un financement de Baudouin II, roi de Jérusalem, inquiet de l'aggravation des tensions entre Chrétiens et Musulmans. En contrepartie, l'un des buts de la Compagnie était d'atteindre les terres de Foulques V, comte d'Anjou et de Touraine, vassal des rois de France et

1. An 1119 de l'ère chrétienne.

d'Angleterre. Celui-ci avait été l'un des premiers chevaliers à être accueilli par l'Ordre du Temple, lors de l'accomplissement de ses vœux de Croisade en l'an 499 de l'Hégire[1] et, à son retour, il avait fait d'importants dons pour soutenir l'action des Templiers. Hugues et Godefroy l'avaient déjà rencontré. Le Commandeur devait lui transmettre un message de la part de Baudouin II : dépourvu d'héritier mâle, le roi de Jérusalem avait l'intention de faire de lui son successeur en lui offrant la main de sa fille, Mélisende. S'il acceptait, Foulques deviendrait le protecteur de la Ville Sainte. Hugues avait confié à Godefroy qu'il espérait bien qu'à cette occasion les Templiers seraient définitivement associés au destin de Jérusalem, la Ville Sainte.

*

La Compagnie templière débarqua en Provence, de nuit, foulant les terres sèches que les comtes de Toulouse tenaient en fief du roi de France. Avec la plus grande discrétion, les prêtres guerriers rassemblèrent leurs effets et bivouaquèrent à l'abri d'une crique. Hugues exprima son intention de se rendre sans tarder à Rome pour y rencontrer le pape Honorius II, afin d'obtenir son appui quant au recrutement de nouveaux Templiers parmi la chevalerie européenne.

« Ne devrions-nous pas nous présenter d'abord au roi Louis VI ? Nous sommes aux portes de son royaume, suggéra Godefroy.

— Tentant, répondit Hugues. D'après ce qu'il m'a écrit, saint Bernard est très bien placé à la Cour de France, suite à la disgrâce du conseiller Étienne de Garlande. Il serait un atout pour nous. Une lettre royale faciliterait notre campagne de recrutement auprès des vassaux directs de Louis et dans les villes auxquelles il a octroyé une charte de franchise.

— Cependant, dit Archambaud, le roi de France ainsi d'ailleurs que les autres monarques seront plus enclins à

1. An 1121 de l'ère chrétienne.

nous assister si nous nous présentons à eux nantis de l'aval du trône apostolique.

— Ta remarque est pertinente, Archambaud. Une fois de plus. »

Hugues marqua une pause. Il ôta son camail en inclinant la tête en avant, et, d'une main gantée, se caressa la barbe. À ses côtés, son heaume et son écu jetaient des éclats argentés dans l'air nocturne, renvoyant l'éclat de la lune. Lorsqu'il se redressa, sa décision était prise. Leur premier interlocuteur serait le souverain pontife. Godefroy et Archambaud acquiescèrent. Mais, ni Geoffroy, occupé à vérifier son arc d'if et le contenu de son archais, ni Payen, qui n'avait d'yeux que pour sa hache, ne s'exprimèrent. Quant à Roland, il ne parlait jamais. Hugues prit le premier tour de garde et laissa ses compagnons dormir, à l'exception de mon ancêtre qui veillait toujours en sa compagnie.

*

Le lendemain, alors que l'aube déployait sa flamboyante chevelure au-dessus des roches ocres du littoral, les Templiers s'équipèrent pour une longue chevauchée. Hugues prit la tête de la Compagnie aux côtés de Godefroy ; les suivaient Archambaud et Geoffroy, puis Roland et Payen qui fermaient la route.

Alors que le soleil cheminait vers son zénith, la Compagnie subit l'attaque d'une bande de brigands sales et dépenaillés, armés de fourches et d'épées rouillées, puant la charogne et suintant le purin. Malgré leurs efforts, les Templiers ne purent éviter le combat. Ils massacrèrent une partie de la horde dérisoire, laissèrent s'enfuir le reste. Geoffroy décocha quelques flèches sans conviction pour les éparpiller. Archambaud fut légèrement blessé par l'un des assaillants, mais oublia rapidement son écorchure au visage.

Hugues de Payns fut profondément irrité par ce contretemps. Il fallut enterrer les corps sur le côté du chemin, et réciter une messe pour le repos des âmes. Lorsque la Compagnie reprit son chemin, la journée était déjà avancée. Le soir vint avec la pluie et les Templiers se mirent en quête d'un endroit pour passer la nuit au sec. Ils avaient traversé quelques villages dans la matinée, mais ceux-ci étaient déjà loin derrière. Godefroy et Payen revinrent, trempés et bredouilles, d'une reconnaissance du terrain. Une lune gibbeuse pointait à travers de lourds nuages, quand Roland de Tyr fit entendre sa voix pour la première fois depuis que la Compagnie avait quitté la Ville Sainte.

« Il y a une commanderie non loin d'ici, Hugues. »

Le Commandeur se tourna vers l'homme de Tyr, mais ne s'exprima pas.

« Comment sais-tu cela, compagnon ? lança Godefroy, en prenant les devants.

— Je le sais, tout simplement, répondit Roland en ne regardant que Hugues de Payns. Lorsque j'ai décidé de quitter l'Occident pour venir m'installer à Tyr et essayer de rejoindre l'Ordre du Temple, j'ai ouï la construction d'une grande commanderie provençale. Cela fait presque huit années. Je suppose qu'elle doit être achevée.

— Où est-elle ? demanda Hugues.

— Entre les villages de Brignoles et du Luc… C'est tout près d'ici. »

Godefroy et Hugues échangèrent un regard. Ils n'avaient jamais entendu parler de ces bourgs. Ils ne savaient même pas où se trouvaient les châteaux des seigneurs locaux. La présence de Roland était un atout inespéré pour l'expédition. Hugues pria Roland de leur indiquer la route à suivre. L'homme de Tyr se plaça en tête de la Compagnie et Godefroy vint prendre sa place auprès de Payen. Le massif wisigoth cracha par terre, tel un païen superstitieux.

*

La pluie avait fini par cesser et c'est sous les étoiles que la Compagnie d'Hugues de Payns atteignit la commanderie. Sise sur une large colline dont les pentes boisées coulaient lentement jusqu'à la ligne d'horizon, elle se composait de trois bâtiments. La grande bâtisse et ses dépendances formaient un angle droit, dans lequel se dressait une chapelle à l'architecture dépouillée. Un endroit majestueux, à la fois empreint de puissance et de spiritualité. Hugues et ses compagnons furent accueillis dans la cour par un petit homme sec, enveloppé dans une soutane trop grande pour lui.

« Je vous souhaite la bienvenue à Peyrassol, ô Frères de la Croix, à l'armure de fer et de foi », dit-il.

Des écuyers prirent en charge les chevaux. Des serviteurs entraînèrent les membres de la Compagnie à l'intérieur du bâtiment principal, dans une immense salle de pierre nue qui faisait office de réfectoire. Là, d'autres Templiers les aidèrent à retirer leurs lourdes armures et leurs robes salies, leur fournirent des chausses de rechange. Puis, le Cellérier de Peyrassol les invita à s'attabler face à la grande cheminée de la salle commune et leur offrit du vin et de la nourriture. Plusieurs templiers partagèrent leur repas, en silence.

*

À la fin du dîner, Roland manifesta son désir de prier, en bon moine soldat. Hugues de Payns souscrivit à cette proposition et, sur sa propre demande, la Compagnie fut conduite à la chapelle centrale. Appelée à devenir une vraie église paroissiale dès que la commanderie de Peyrrasol se serait suffisamment développée, cette chapelle était déjà relativement imposante. Il s'agissait d'une construction rectangulaire à nef unique, dont les murs épais étaient flanqués de contreforts plats et d'étroites baies s'inscrivant sur un chevet en abside demi-circulaire. La voûte intérieure, en berceau brisé, arborait, quant à elle, des arcs doubleaux qui déterminaient les travées de la nef. Godefroy remarqua qu'aucune décoration ne venait compromettre l'éclat clair de la pierre nue, à peine éclairée par la lueur des bougies cérémonielles.

Malgré l'heure tardive, une quinzaine de moines en robe de bure, capuchon rabattu sur le visage, priaient à genoux.

Godefroy s'en étonna, mais resta coi. Hugues, Archambaud, Geoffroy, Payen, Roland et lui-même prirent place et s'agenouillèrent à leur tour pour prier le Seigneur.

Il y eut un choc sourd, suivi d'un raclement de métal. Les lourdes portes de la chapelle venaient d'être brusquement refermées. Le souffle éteignit quelques bougies, accentuant la pénombre. Les compagnons d'Hugues retrouvèrent instantanément leurs réflexes de combat, et se regroupèrent. Tout autour d'eux, les faux moines s'étaient redressés et s'avançaient, arme au poing. Ils n'attaquèrent pas, toutefois. Il ôtèrent leurs capuches, ils dévoilèrent leur véritable identité.

*

Au milieu des visages menaçants, Hugues et Godefroy reconnurent la physionomie du comte Foulques V. Ils n'eurent guère le loisir de s'en émouvoir. Avec un grand cri, malgré l'absence d'arme à sa ceinture, le massif Payen se jeta sur les assaillants. Il frappa le plus proche à la tête, mais vint s'empaler sur la lame de celui qui s'était auparavant présenté comme le Cellérier de la commanderie. Le Provençal lui porta un second coup au cœur, sans pitié. Puis il repoussa le corps inerte dans le coin le plus sombre de la chapelle. Geoffroy, qui avait fait mine d'intervenir, périt à son tour. Sa tête roula jusqu'à l'autel et les survivants de la Compagnie se figèrent, horrifiés.

Foulques s'avança d'un pas.

« Nous nous sommes déjà rencontrés, Templiers.

— Que signifie tout cela ? demanda fermement Hugues de Payns.

— Que ta mission est réussie, Commandeur. Tu voulais attirer l'attention de la Papauté sur la situation de l'Ordre du Temple en Orient. C'est chose faite. Je suis mandaté par Honorius II pour pourvoir à toutes les réformes utiles vous concernant.

— Peux-tu fournir un décret officiel du Pape ?

— Hugues, voyons. Ah, j'oubliais ! Je remercie Roland au nom de notre Souverain Pontife. Rien n'aurait été possible sans son aide. »

Hugues, Godefroy et Archambaud dévisagèrent Roland, mais celui-ci, ignorant leurs regards, vint se placer aux côtés de Foulques, conservant la tête basse.

« Je ne peux y croire, dit sombrement Hugues dans sa barbe.

— Aucune importance. Tu mourras bientôt, Hugues. Mais je tiens à te rassurer sur un point : l'Ordre que tu as contribué à fonder ne partira pas avec toi, bien au contraire. Un glorieux avenir l'attend…

— L'Ordre ne se pliera pas aux exigences d'un laïc corrompu ! lança soudainement Godefroy avec colère.

— Godefroy de Saint-Omer. Si je n'avais pas autant besoin de toi, tu serais déjà mort. Et de la main même de tes propres frères. Regarde donc autour de toi : il n'y a que des Templiers, ici. Crois-tu qu'ils n'agissent pas de leur propre chef ? Crois-tu que je pourrais si facilement les contraindre ?

— Je ne comprends pas…

— Tu ne comprends rien. Les choses changent en Occident. La Papauté a pris conscience du potentiel des Templiers, de *tout* ce qu'ils peuvent devenir, du magnifique instrument qu'ils incarnent quant au processus d'évangélisation de l'Orient…

— Cela n'a jamais été notre mission. »

Foulques fixa durement le Commandeur.

« Hugues, avec toi, les Templiers ne sont rien d'autre qu'une police des routes. Cette finalité est indigne de cette caste de prêtres guerriers qu'incarne l'Ordre du Temple.

— Nous protégeons les pèlerins depuis dix ans. Que veut donc Honorius ?

— Faire de l'Ordre le fer de lance de la guerre sainte contre les Musulmans. Les Templiers deviendront les Croisés absolus, les libérateurs de la Terre Sainte. Leur raison d'être ne sera plus la défense et la prière, mais l'attaque et la christianisation forcée des masses.

— Non. Ce serait subvertir toutes les valeurs premières de notre Ordre.

— Le bien de l'Église le commande. Le Pape et le monde chrétien veulent des champions. Les Templiers sont *ces* champions. Ils cumulent la foi du prêtre et la force du chevalier. Il suffit de leur en faire prendre conscience et de les lancer dans la bataille.

— Je m'y opposerai.

— Bien sûr que non. »

D'un geste précis, Foulques trancha net la gorge d'Hugues de Payns, avec la pointe de son épée. Le Commandeur porta les mains à son cou et tomba à genoux, sans un cri. Godefroy n'eut pas le temps de s'interposer. Le mouvement du comte d'Anjou avait été d'une rapidité et d'une efficacité démoniaques. Sur son ordre, un autre exécuteur de Peyrassol mit à mort Archambaud. Mon ancêtre Godefroy, prenant conscience qu'il devait survivre pour contre-attaquer, réfréna sa colère.

« Hugues incarnait un symbole. Il devait mourir, expliqua Foulques. Toi, Godefroy de Saint-Omer, tu n'es qu'un homme, mais un rouage important de l'Ordre. Tu vas vivre pour m'aider à faire des Templiers restés en Orient cette "*Militia Christi*" souhaitée par Honorius.

— Il y avait d'autres moyens, Foulques. Il y avait la foi.

— La volonté du Pape est celle de Dieu, Templier. »

Sentant croître sa détermination, Godefroy soutint le regard de Foulques, alors que les yeux de Roland, eux, fuyaient toujours son expression vengeresse.

*

Et c'est ainsi, par la grâce d'Allah le Très-Miséricordieux, que mon trisaïeul, Godefroy de Saint-Omer, survécut, alors que tous ses frères furent massacrés. Profondément écœuré par la corruption minant la Chrétienté, il rumina secrètement sa vengeance, tandis que Foulques l'Infidèle l'entraînait à

Jérusalem pour enrôler de nouveaux Templiers. Il lui fallut attendre de longues années avant de pouvoir agir.

Godefroy de Saint-Omer se convertit à la Vraie Foi et entretint des contacts réguliers avec les rebelles musulmans. Subrepticement, il forma un corps d'anti-templiers, choisis avec soin au sein même des commanderies qu'il fonda sur l'ordre de la Papauté. Il les nomma « Les Templiers d'Al Qods »[1]*. Ce groupe d'élite se composait à la fois de Francs convertis à l'Islam, d'Arabes et de Turcs Seldjoukides. Ils mirent en commun tous leurs savoirs. Ils additionnèrent leurs valeurs. Lors de la deuxième Croisade, en l'an 525 de l'Hégire*[2]*, les troupes musulmanes qui avaient une parfaite connaissance, grâce aux agents de Godefroy, des techniques de combat franques et des faiblesses de la cavalerie occidentale, écrasèrent les troupes de Louis VII dans les montagnes du Cadmos, puis harcelèrent les survivants jusqu'à leur complète débâcle. Face à cet échec retentissant des Croisés, la Papauté ordonna le repli général.*

*Mais « le Franc à la croix écarlate et à l'âme pure » n'avait pas l'intention de s'arrêter là. Sous son impulsion, les Croisades suivantes se firent à rebours et, avant la fin du VI*ᵉ *siècle de l'Hégire, la domination arabo-turque s'était définitivement enracinée en Occident. Aujourd'hui, près d'une centaine d'années plus tard, alors que des mégapoles à l'architecture éthérée s'élèvent partout, arborant des palais flamboyants, des souks animés et d'étincelantes forêts de minarets, je peux écrire sans hésitation que, sous la parfaite symbolique du Croissant qui relie le Sud et le Nord du Monde, tous les peuples sont fraternellement réunis dans la foi civilisatrice. Et nos enfants, nos femmes, nos vieillards n'auront plus jamais à craindre la barbarie…*

1. Al Qods est le nom arabe de Jérusalem.
2. An 1147 de l'ère chrétienne.

DEUXIÈME PARTIE

LES ASSASSINS

ANNEXES

DU MÊME AUTEUR

Aux Éditions du Bélial'

L'ÉCOLE DES ASSASSINS (en collaboration avec Thomas Day)

LA CITÉ DU SOLEIL (Folio Science-Fiction nº 215)

Aux Éditions Mnémos

LE DOUBLE CORPS DU ROI (en collaboration avec Thomas Day, Folio Science-Fiction nº 278)

Aux Éditions Les moutons électriques

SOLUTIONS NON SATISFAISANTES : UNE ANATOMIE DE ROBERT A. HEINLEIN (en collaboration avec Éric Picholle)

TANCRÈDE (Folio Science-Fiction nº 416)

Aux Éditions Mémoires millénaires

LA HUITIÈME COLLINE DE ROME

Dans la même collection

335. Isaac Asimov — *Fondation* (Le cycle de Fondation, I)
336. Isaac Asimov — *Fondation et Empire* (Le cycle de Fondation, II)
337. Isaac Asimov — *Seconde Fondation* (Le cycle de Fondation, III)
338. Isaac Asimov — *Fondation foudroyée* (Le cycle de Fondation, IV)
339. Isaac Asimov — *Terre et Fondation* (Le cycle de Fondation, V)
340. Jack Vance — *La vie éternelle*
341. Guillaume Guéraud — *La Brigade de l'Œil*
342. Chuck Palahniuk — *Peste*
343. Paul Anderson — *Trois cœurs, trois lions*
344. Pierre Corbucci — *Journal d'un ange*
345. Elizabeth Hand — *L'ensorceleuse*
346. Steven Brust — *Taltos*
347. Stéphane Beauverger — *La cité nymphale* (La trilogie Chromozone, III)
348. Gene Wolfe — *L'ombre du Bourreau* (Le livre du Nouveau Soleil, I)
349. Robert Charles Wilson — *Blink Lake*
350. Alain Damasio — *La Zone du Dehors*
351. James Patrick Kelly — *Fournaise*
352. Joëlle Wintrebert — *Le créateur chimérique*
353. Bernard Simonay — *La Vallée des Neuf Cités*
354. James Tiptree Jr — *Par-delà les murs du monde*
355. Gene Wolfe — *La Griffe du demi-dieu* (Le livre du Nouveau Soleil, II)
356. Gene Wolfe — *L'épée du licteur* (Le livre du Nouveau Soleil, III)

357.	Wayne Barrow	*Bloodsilver*
358.	Ted Chiang	*La tour de Babylone*
359.	Clive Barker	*Le royaume des Devins*
360.	Michael G. Coney	*Péninsule*
361.	Theodore Sturgeon	*Un peu de ton sang*
362.	Robert Charles Wilson	*Spin*
363.	Gene Wolfe	*La citadelle de l'Autarque* (Le livre du Nouveau Soleil, IV)
364.	Francis Berthelot	*Khanaor*
365.	Mélanie Fazi	*Serpentine*
366.	Ellen Kushner	*À la pointe de l'épée*
367.	K. J. Parker	*Les couleurs de l'acier* (La trilogie Loredan, I)
368.	K. J. Parker	*Le ventre de l'arc* (La trilogie Loredan, II)
369.	K. J. Parker	*La forge des épreuves* (La trilogie Loredan, III)
370.	Thomas Day	*Le trône d'ébène*
371.	Daniel F. Galouye	*Simulacron 3*
372.	Adam Roberts	*Gradisil*
373.	Georges Foveau	*L'Enfant Sorcier de Ssinahan* (INÉDIT)
374.	Mathieu Gaborit	*Bohème*
375.	Kurt Vonnegut Jr	*Le pianiste déchaîné*
376.	Olivier Bleys	*Canisse* (INÉDIT)
377.	Mélanie Fazi	*Arlis des forains*
378.	Mike Resnick	*Ivoire*
379.	Catherine L. Moore	*Les aventures de Northwest Smith*
380.	Catherine L. Moore	*Jirel de Joiry*
381.	Maïa Mazaurette	*Dehors les chiens, les infidèles*
382.	Hal Duncan	*Évadés de l'Enfer !* (INÉDIT – à paraître)

383.	Daniel F. Galouye	*Le monde aveugle* (à paraître)
384.	Philip K. Dick	*Le roi des elfes* (à paraître)
385.	Poppy Z. Brite	*Contes de la fée verte*
386.	Mélanie Fazi	*Notre-Dame-aux-Écailles*
387.	J.G. Ballard	*Le monde englouti*
388.	Jean-Philippe Jaworski	*Gagner la guerre*
389.	Mary Gentle	*L'énigme du cadran solaire*
390.	Stéphane Beauverger	*Le Déchronologue*
391.	Robert Charles Wilson	*La cabane de l'aiguilleur*
392.	Christopher Priest	*L'Archipel du Rêve*
393.	McSweeney's	*Anthologie d'histoires effroyables*
394.	Robert Heinlein	*Marionnettes humaines*
395.	Norbert Merjagnan	*Les tours de Samarante*
396.	Jean-Philippe Depotte	*Les démons de Paris*
397.	Stephen Fry	*Le faiseur d'histoire*
398.	Kelly Link	*La jeune détective et autres histoires étranges*
399.	J.G. Ballard	*Sécheresse*
400.	Fabrice Colin	*Comme des fantômes*
401.	Ray Bradbury	*Les pommes d'or du soleil*
402.	Laurent Genefort	*Mémoria*
403.	Maïa Mazaurette	*Rien ne nous survivra*
404.	Foin Colfer	*Encore une chose... (H2G2, VI)*
405.	Robert Charles Wilson	*Mysterium*
406.	Serge Lehrman	*Le Haut-Lieu et autres espaces inhabitables*
407.	Isaac Asimov	*L'homme bicentenaire*
408.	Catherine Dufour	*L'accroissement mathématique du plaisir*
409.	Ian McDonald	*Brasyl*
410.	James Patrick Kelly	*Regarde le soleil*
411.	Alfred Bester	*L'homme démoli*
412.	Jack Vance	*Les chroniques de Durdane*

Cet ouvrage a été composé par IGS-CP
à L'Isle-d'Espagnac (16)
Impression CPI Firmin-Didot
à Mesnil-sur-l'Estrée, le 3 janvier 2012.
Dépôt légal : février 2012.
Numéro d'imprimeur : 109188.

ISBN 978-2-07-044289-8/Imprimé en France.

182324